BASTEI
LÜBBE

BILL McCAY

STARGATE 2

Das Erbe des Sonnengotts

Science Fiction Roman

Ins Deutsche übertragen
von Karl-Heinz Ebnet

BASTEI LÜBBE

BASTEI-LÜBBE-TASCHENBUCH
Band 24219

Erste Auflage:
Dezember 1996

Published by arrangement with
Dutton Signet, a division of
Penguin Books USA Inc.
Deutsche Lizenzausgabe 1996
Bastei-Verlag
Gustav H. Lübbe GmbH & Co.,
Bergisch Gladbach
Originaltitel: Stargate Rebellion
Lektorat:
Christine Schläfer/Stefan Bauer
Titelbild: Arndt Drechsler
Umschlaggestaltung:
Quadro Grafik, Bensberg
Satz: Fotosatz Schell, Hagen a.T.W.
Druck und Verarbeitung:
Brodard & Taupin,
La Flèche, Frankreich
Printed in France

ISBN 3-404-24219-X

Der Preis dieses Bandes
versteht sich einschließlich der
gesetzlichen Mehrwertsteuer.

ERSTES KAPITEL

DREIMALIGES ERWACHEN

Noch Stunden bis zur Morgendämmerung, doch fast unmerklich wurden die Schatten im Schlafzimmer deutlicher und kündigten an, daß der Sonnenaufgang unweigerlich bevorstand. Allmählich, Stück für Stück konnte Sarah O'Neil die Einzelheiten der Anrichte und der Kommode erkennen.

Schweigend, auf einen Ellbogen gestützt, betrachtete sie den Mann, der im verschwommenen Dämmerlicht neben ihr lag. Bald würde Colonel Jack O'Neil aufstehen, sich rasieren und in frisch gestärkter Kleidung zur nahegelegenen Marine-Basis gehen. Sarah war froh, daß seine momentanen, der Geheimhaltung unterliegenden Aufgaben aus Schreibtischarbeit bestanden, statt im Feld Menschen zu töten.

Sie hatte befürchtet, daß seine vergangene Mission seine letzte hätte werden können. Jack war zusammengebrochen, als ihr Sohn, Jack Junior, bei einem Unfall ums Leben gekommen war. *Ihr Junge* war auf der Liste der Gefallenen aufgetaucht, nachdem er in ein Feuer geraten war, das aus den eigenen Reihen kam – nämlich aus Jacks eigener Pistole. In den Monaten, die darauf folgten, hatte Jack das gemeinsame Bett gemieden, und wenn er neben ihr lag, dann war sein ganzer Körper angespannt wie ein Drahtseil. Stundenlang hatte er in seinem Arbeitszimmer gesessen und mit einem automatischen Army-Colt aus dem Jahre 1911 herumgespielt, der Dienstwaffe eines Offiziers aus alter Verwandtschaftslinie, 45er Kaliber – der sein Gehirn über die ganze Wand verspritzt hätte, wenn er sich nur hätte entschließen können, den Lauf in den Mund zu stecken.

Als die Befehle kamen, die Jack wieder auf eine Mission schickten, glaubte Sarah, daß ihn seine Vorgesetzten wie ein Artilleriegeschütz in Stellung brachten – und er für sie nichts anderes als eine Kombination aus Selbstmordbombe und Zünder darstellte.

Aber Jack war zurückgekommen. Und sie war freudig überrascht, daß er, was noch unerklärlicher war, als ein geheilter Mann zurückkehrte. Der Tod ihres gemeinsamen Sohnes war nicht verwunden, aber irgendwann während dieser Mission – von der er niemals sprach –, mußte er den Verlust von Jack Junior überwunden haben. Jack kehrte weder als dieses wandelnde Wrack zurück, das er unmittelbar nach der Beerdigung gewesen war, noch war er die Beinahe-Parodie eines auf Hochglanz polierten Offiziers, in den er sich verwandelt hatte, nachdem die Befehle eingetroffen waren.

Er war wieder ... er selbst. Und nach seiner Rückkehr von wo auch immer schliefen sie wieder miteineinander; es war das erste Mal seit langer, allzu langer Zeit. Als er sich auszog, sah Sarah, daß es sich um keine einfache Mission gehandelt hatte. Blutergüsse in allen erdenklichen Farben zogen sich über Jacks Rippen und seine Magengrube – Souvernirs an harte Nahkämpfe.

Sie hatte versucht, sanft zu sein. Und der sonst so draufgängerische Colonel war fast schüchtern, als wäre er sich nicht ganz sicher, ob die Teile noch zusammenpaßten. Sie taten es, gewiß, und das trieb den Heilungsprozeß voran.

Still betrachtete Sarah die vertrauten Gesichtszüge. Von dem Augenblick an, an dem sie ihn kennengelernt hatte, war sie fasziniert gewesen von dem Widerspruch, der sich in seinem harten, entschlossenen Kinn und seinen Augen ausdrückte, die ständig »Fahr zur Hölle« zu sagen schienen. Nun waren die Augen geschlossen, Kinn und Kiefer waren entspannt. In der Verletztlichkeit des Schlafes sah der ältere Jack fast so aus wie sein verlorener Sohn.

Sarah glitt über das Bett und schlang ihre Arme um den Ehemann, als wollte sie ihn mit ihrem Körper beschützen. Nach Monaten der Ruhe wußte sie, daß heute einer dieser schattenhaften Vorgesetzten, denen Jack verpflichtet war, der Basis seinen Besuch abstatten würde.

Er hatte so wenig Zeit gehabt, ein Mensch zu sein – so wenig Gelegenheit, dachte sie, während sie sich an ihren Ehemann klammerte. *Ich hoffe nur, sie schicken ihn nicht wieder dahin, wo er erneut zu einem Roboter wird.*

Auf dem Planeten Abydos sah Daniel Jackson hoch zur Decke und beugte und streckte unablässig seine Finger, um die Blutzirkulation in seinem rechten Arm wieder in Gang zu bringen. Nicht daß er etwas gegen die Ursache gehabt hätte, die die Blutzufuhr hatte stocken lassen. Sha'uris Kopf lag auf seinem Bizeps, während sie sich an ihn kuschelte und die edlen Züge ihres Gesichts in seiner Brust vergrub.

Daniel hatte einen seltsamen Weg hinter sich, der ihn an diesen Ort geführt hatte. Seine wissenschaftlichen Kollegen, Ägyptologen, hatten ihn als Spinner abgetan, weil er die Behauptung aufgestellt hatte, daß das plötzliche Erblühen der Zivilisation am Nil seinen Ursprung in einer früheren Kultur haben mußte.

Aber bei einem streng geheimen Regierungsprojekt hatte er dann ein Artefakt dieser früheren, vorägyptischen Zivilisation entdeckt. Anhand der Hieroglyphen, die mit diesem Fund in Zusammenhang standen, hatte er es *SternenTor* getauft.

Und dann hatte er sich an die Arbeit gemacht und die kryptischen Zeichen am SternenTor entziffert, die, wie sich herausstellte, Sternenkonstellationen waren. Der Schlüssel, den er damit lieferte, hatte es den Regierungswissenschaftlern erlaubt, das SternenTor zu öffnen. Und Daniel, in Begleitung eines Erkundungsteams von Marines, war auf diesen fremden Planeten geschleudert worden und hatte Nagada und Sha'uri gefunden – und ein rachsüchtiges halbmenschliches Wesen, das als Sonnengott Ra über Abydos und andere Welten herrschte.

Daniel hatte die Rebellion der versklavten Menschen geschürt, während die Marines und einige Aufständische gegen die Wächter des Ra gekämpft hatten. Sowohl Daniel als auch Sha'uri wurden dabei tödlich verletzt, doch durch Ras extraterrestrische Technologie – einem seltsamen Quarz-Kristall-Sarkophag – konnten sie aber gerettet werden.

Ra hatte erklärt, daß seine Technologie das Fundament für die spätere ägyptische Zivilisation bildete. Aber seine Sklaven auf der Erde hatten revoltiert und das SternenTor tief in der Erde vergraben. Nun, Jahrtausende später, wollte er die menschliche Heimatwelt durch das wiedergeöffnete Tor bestrafen, indem er eine Atombombe zurück nach Colorado schickte, deren Sprengkraft er mit seinem mysteriösen Quarz-Kristall noch verstärken wollte.

Der Aufstand und die Bemühungen der Marines hatten diesen Plan vereitelt. Am Ende wurde Ra durch die Atomexplosion selbst vernichtet.

Daniel hatte beschlossen, auf Abydos zu bleiben. Die dortige Bevölkerung war nicht nur schamlos ausgebeutet, sondern auch – des Lesens und Schreibens unkundig –, in Unwissenheit über ihre Vergangenheit gehalten worden. Daniel konnte sie unterrichten – und gleichzeitig die Wurzeln der ägyptischen Kultur studieren. Daneben erlebte er ein Abenteuer, wie man es sonst nur auf Filmleinwänden zu Gesicht bekam. Schließlich heiratete er sogar die Tochter des obersten Stadtältesten.

Daniel starrte an die von Rissen durchzogene, im Adobe-Stil errichtete Decke. Es gab hier noch viel zu tun. Er hatte angefangen, der Bevölkerung das Lesen und Schreiben beizubringen. In den vergangenen Monaten hatte er einem ausgewählten Kreis – Sha'uri, einigen der Stadt-Ältesten und interessierten Stadtbewohnern – die Hieroglyphen beigebracht. Diese erste Generation unterwies nun die Einführungsklassen, während Daniel den Fortgeschrittenen Unterricht erteilte.

Sein Postgraduierten-Arbeitskreis hatte sich heute in den Geheimarchiven von Nagada getroffen. Generationen geheimer Schreiber hatten, trotz des sonnengöttlichen Schreibverbots, die Wände eines verborgenen Raumes mit der wahren Geschichte von Ras Schandtaten gefüllt. Eine von Daniels ersten Handlungen war, diese Hieroglyphen zu kopieren.

Er erinnerte sich an Sha'uris stockende Übersetzung eines Abschnitts. »Als sich diejenigen auf Ombos erhoben, fuhr Hathor hernieder als das Auge des Ra. Sie ertränkte diese Welt in Blut, bis sie, verwundet, in die Kammer von Ra stieg und seitdem dort schläft.«

Daniel fühlte sich an einen ägyptischen Mythos erinnert. Um einen Aufstand der Menschen niederzuwerfen, schickte Ra die katzenköpfige Hathor, die Göttin der Lust und der schnellen Rache, um die Rädelsführer niederzumetzeln. Dabei aber entwickelte sie eine Vorliebe für Blut und plante, die gesamte Menschheit zu töten. Die Götter, besorgt über den Verlust derer, die ihnen dienten und sie anbeteten, schufen einen See mit Bier, das mit Traubensaft vermischt war. Die blutrünstige Göttin trank ihn leer, fiel in einen trunkenen Schlaf, und als sie erwachte, war sie wieder so ausgelassen und verführerisch wie früher.

Nun haben wir die Geschichte, die hinter dem Mythos steht, dachte Daniel. Dank der Hieroglyphen. Aber in seinem Hinterkopf nagte eine Stimme. *Vielleicht solltest du diesen Menschen lieber Englisch beibringen.*

Nagada hing von der Landwirtschaft und dem Handwerk ab – eine Subsistenzwirtschaft; der Großteil der Arbeiter aber waren Bergleute gewesen. Die Stadt lag in der Nähe einer Mine, in der das quarzähnliche Kristall abgebaut wurde, das für Ras Technologie so große Bedeutung hatte. Es war das wichtigste Exportgut gewesen, auch wenn die Menschen nichts dafür zurückbekommen hatten.

Vielleicht konnte ein profitabler Export entstehen, wenn die Wissenschaftler auf der Erde die Proben untersuchten, die O'Neil durch das SternenTor zurückgebracht hatte. Daniel hatte versucht, Sha'uris Vater Kasuf und die anderen Stadt-Ältesten vorsichtig über irdische Geschäftspraktiken aufzuklären. Aber es war schon schwer, überhaupt zu erklären, was *multinationale Unternehmen* waren. Für Kasuf und die anderen waren die Besucher, die durch das SternenTor kamen, vor allem Freunde und vielleicht Helden.

Daniel konnte nur hoffen, daß dies so blieb.

Sha'uri bewegte sich und seufzte. Sie öffnete die Augen und ließ ihm ein verschlafenes Lächeln zukommen. »Dan-yer«, flüsterte sie und betonte den Namen in ihrer Sprache.

Daniel erwiderte das Lächeln und beschloß, seine Sorgen erstmal zu vergessen.

Die Marmorhallen auf dem kleinen Mond Tuat waren nicht für laute Stimmen geschaffen. Vor allem diese Halle nicht, deren Kristalldom in Form einer Pyramide sich zu einem Punkt weit oben erhob. Nicht zum ersten Mal fragte sich Thoth, warum Ra dieses Gebäude mit einem Aussichtsdom ausgestattet hatte. Draußen gab es nur Fels, der von einem Vakuum umgeben war, Sterne, die nicht funkelten, und die grau-blaue Masse der Welt, um die dieser kleine Mond kreiste. Selbst nach zehntausend Jahren hatte sich der Planet von der ökologischen Katastrophe noch nicht erholt. Laut den geheimen Aufzeichnungen hatte Ra hier seine ersten Diener gefunden, die Hände, die die SternenTore, die exoskelletalen Helme und die Waffen gebaut hatten, die für die menschlichen Diener Zeichen von Ras Göttlichkeit waren.

Die Aufzeichnungen deuteten auf ein Abkommen, das geschlossen wurde und gemäß dem Ra die Bewohner der verwüsteten Welt auf einen neuen Planeten zu bringen hatte. Es stellte sich jedoch heraus, daß diese Welt Ombos war, die Welt voller Blut.

Thoth richtete seinen Blick nach oben und betrachtete den über ihm stehenden Planeten. Wer immer diese ersten Diener gewesen sein mochten, sie hatten gut gebaut. Selbst aus dieser Entfernung konnte er die regelmäßigen Linien ihrer verfallenen Anlagen ausmachen.

»Schaut mich an, oder Ammit soll Eure Seele verschlingen!« dröhnte und hallte Sobeks Stimme durch den geschlossenen Raum.

Seufzend richtete Thoth seine Aufmerksamkeit auf den Mann, der den zentralen Säulengang durchstreifte. Er wußte nicht, warum sich Sobek ständig umblickte. Schließlich hatte er selbst diesen Ort für ihr verschwiegenes Treffen ausgewählt. Thoth erwähnte nicht, daß auch drei andere Kleingötter-die-Ra-sein-wollten denselben Ort gewählt hatten.

Schwer zu glauben, daß er und Sobek vor langer Zeit denselben Jahrgang an Tributkindern – *den* hübschen Jungen und Mädchen – angehört hatten, die man zu Ras Dienst sandte. Sie waren sehr unterschiedlich erzogen worden. Thoth hatte sich an die Spitze von Ras Bürokratie erhoben, er war der Buchhalter der Götter geworden. Seinem Äußeren nach glich er dem Wesen, das seine Gottheit bezeichnete und dessen Maske er trug. Thoth war der ibisköpfige Gott – und Ibis war ein storchenartiger Vogel. Mit seinen spindeldürren Armen und Beinen und dem Bauchansatz machte er in dem weißen Leinen-Kilt keine besonders eindrucksvolle Figur.

Sobek, andererseits, war der Krokodil-Gott, bekannt für seine Grausamkeit, einer von Ras planetarischen Vizekönigen, ein Aufseher über Aufseher. Er besaß den dicken, muskulösen Körper eines Kriegers. Und wenn er auch nicht über die Anmut des verschwundenen Anubis verfügte, des Ersten von Ras Kriegern, so verfügte er zweifellos über eine Menge überschüssiger Kraft.

Gerade jetzt schien es, als müsse er sich dazu zwingen, diese Kraft zu bändigen, um Thoth nicht Arme und Beine zu brechen.

Thoth ließ den Blick von dem umherstreifenden Krieger nicht ab. Es gab einige gute Gründe, warum Sobek sich nicht dazu herabließ, in diesem gewaltsamen Notbehelf Zuflucht zu suchen – zumindest *noch* nicht. Aber Thoth hatte gelernt, Gegner im Auge zu behalten, auch wenn sie um seine Gunst buhlten.

Denn darum ging es bei diesen einander umschleichenden Unterredungen – welcher Seite würde der Verwaltungsapparat zufallen?

»Einige aus Khnums Volk sind bei einer Auseinandersetzung mit Horus-Wächtern, die Apis dienen, getötet worden«, sagte Sobek. »Der Widder hat dem Stier in letzter Zeit schwer zugesetzt.«

Er erstarrte und richtete seine listigen Augen auf Thoth. »Nicht daß ich *Euch* damit etwas Neues erzählen möchte. Eure Schreiber sind ausgezeichnete Spione. Das habe ich oft genug auf Wefen erfahren. Ra schien meine Geheimnisse fast gleichzeitig mit mir zu erfahren.«

Sobek blieb stehen, fuhr herum und baute sich vor Thoth auf. »Aber«, sagte er, und seine Stimme wurde leiser, »dieses System kann nur funktionieren, wenn an der Spitze eine Macht steht. Ich bin mir sicher, daß Ihr viel wißt. Aber wem könnt Ihr das nun erzählen?«

Thoth sagte nichts. Die Schreiber hatten Ra wirklich mit vielen nützlichen und wissenswerten Informationen versorgt.

Aber nun war Ra fort, seit Monaten schon verschwunden, nachdem er für einen kurzen Besuch zur abgelegenen Welt von Abydos gereist war.

Von überall aus Ras Imperium kamen Krieger-Götter durch das SternenTor auf *Tuat-die-Welt* und flogen von dort zu *Tuat-dem-Mond* – denn niemals hatte Ra erlaubt, daß sein persönliches Heiligtum durch das SternenTor zugänglich gemacht wurde.

Auf dem kleinen Mond, wo Thoth einst – als oberster Beamter der Verwaltung – die nach Ra wichtigste Position eingenommen hatte, drängelten sich nun die Krieger und Vizekönige und ließen ihre Diener die Entschlossenheit und Aggressivität der anderen Fraktionen auskundschaften. Raubtiere waren sie alle, und nur deswegen in Zaum gehalten, weil Ra sich das Pack selbst ausgesucht hatte. Aber nun schien es immer wahrscheinlicher zu werden, daß Ra nicht mehr existierte. Die Gedanken der Krieger beschäftigten sich ganz zwangsläufig mit der Möglichkeit, seine Nachfolge anzutreten. Für die etwas nachdenklichere Minderheit – zu der Sobek und einige wenige andere gehörten – gingen diese Planspiele darüber hinaus, nur die Zahl der verfügbaren Krieger und der Strahlen-Lanzen zu zählen, die diese Krieger einsetzen konnten.

»Ihr könnt eine schlechtere Wahl als mich treffen«, fuhr Sobek fort. »Als wir klein waren, haben wir vom selben Tisch gegessen – und *Ihm* gemeinsam gedient.«

Während seines gesamten Vortrags, bemerkte Thoth, hatte Sobek kein einziges Mal Ra beim Namen genannt. Die Stimme des Kriegers wurde nun zu einem Flüstern. »Noch gut erinnere ich mich, welche Furcht Ihr ausgestanden habt, wenn *Er* ungehalten über Euch war – wie Ihr Euch vor der Strafe gefürchtet habt, die *Er* Euch vielleicht zukommen ließ.« Mit kaltem Blick durchbohrte Sobek seinen alten Kameraden. »Denkt daran, zu welchen Strafen ich fähig bin. Und wenn Ihr mir nicht aus alter Anhänglichkeit dienen wollt – dann tut es aus Angst!«

Er drehte sich um und ließ Thoth allein in der Halle zurück. Thoth richtete seinen Kopf nach oben und betrachtete erneut die unbeteiligten Sterne. Es sah Sobek ähnlich, daß er sein Angebot ganz direkt unterbreitete – und es in eine Drohung kleidete. Gewiß, es gab schlimmere Kandidaten für den Platz an der Spitze. Sobek konnte eine recht große Streitmacht ins Feld führen, um die Macht zu erringen. Aber selbst wenn Thoth hinter ihm stünde, konnte Sobek dann – konnte überhaupt einer der *Möchtegern-Nachfolger* – angesichts des Widerstands der anderen Konkurrenten auch die Macht *erhalten*? Oder würden die Schlachten der Krieger alles vernichten? Und unwiderruflich den gesamten Apparat zerschlagen, der das Imperium am Laufen hielt?

Ganz zu schweigen davon, daß es Thoth das Leben kosten könnte, wenn er auf den falschen Aspiranten setzte. Wenn Anubis nur unter ihnen wäre, ein Krieger von erwiesenermaßen großer Grausamkeit, der das Pack an die Kandare nehmen konnte …

Aber Anubis war mit Ra verschwunden. Kein vergleichbarer Krieger war in den Hallen auf Tuat zu finden. Falls sich Thot nicht auf ein noch viel gefährlicheres Spiel einließ.

Er mußte sich bald entscheiden, bevor sich die Handgemenge zu regelrechten Schlachten mit Energie-Waffen entwikkelten. Keine angenehme Vorstellung, wenn außerhalb von Ras Vergnügungsstätten nur lebloses Vakuum war. Und wenn er sich für diese Option entschied, dann hatte er, was noch schlimmer war, nicht mehr den geringsten Platz zum Manövrieren; es gab dann keine Möglichkeit mehr, sich mit Sobek und den anderen, die um Thoths Unterstützung rangen, zu verständigen.

Thoth aktivierte den Helmmechanismus und ließ sein Gesicht unter dem Ibis-Antlitz verschwinden. Geschmeidig bewegte sich sein schlaksiger Körper, plötzlich war er von einem bestimmten Zweck erfüllt. Sein Ziel waren die unteren Ebenen der Pyramide, dort, wo die Maschinerie war und sich die wenigen Mechaniker aufhielten. Es existierten Baupläne, und diese mußten aufgezeichnet und archiviert werden und waren so in die Hände der Schreiber gelangt.

Dank dieser Pläne hatte Thoth die Luftschleuse gefunden, und dank anderer Aufzeichnungen hatte er von der Kleidung erfahren, die die Arbeiter bei ihren seltenen Wartungsarbeiten draußen tragen mußten. Der Anzug paßte über seinen Kilt und umschloß eng Brustkorb und Extremitäten; für seine Haut, die sonst nackt war, ein ungewöhnliches Gefühl. Leitungen liefen zu seinem Helm, so daß er atmen konnte.

Er durchquerte die Schleuse und machte sich inmitten des nackten Felses auf den Weg. Wenige Meter von der Pyramide entfernt verlor sich das künstliche Gravitationsfeld. Um so besser. Mit langen, übertrieben hohen Sprüngen bewegte er sich auf den Horizont zu, der unnatürlich nah schien. Sein Ziel lag weit genug von dem Komplex entfernt, in dem sich Ras Palast befand. Selbst von der Kristallspitze der höchsten Pyramide aus – dort, wo er sich gerade mit Sobek getroffen hatte – war es nicht zu sehen.

Thoth keuchte, als er den Rand eines kleinen Kraters erklomm. Trotz der niedrigeren Schwerkraft war das hier eine ungewohnte Anstrengung. Wenigstens mußte er dieses Mal nichts mitschleppen.

Der Kratergrund bestand aus schwärzlichem Gestein, und wenn er aus den geheimen Aufzeichnungen nicht genau wüßte, wo er suchen mußte, dann hätte er seinen Zielpunkt für einen Schatten oder eine zufällige Felsformation gehalten. Selbst von nahem waren die Umrisse noch so unregelmäßig – und von den 8500 Jahre langen Einschlägen winziger Meteoritensplitter zerfurcht –, daß man es für ein natürliches Steingebilde halten konnte.

Man mußte schon in das düstere Loch im Boden blicken, um den Eingang zu der *Mastaba*, der unterirdischen Grabstätte, zu erkennen.

Thoth drückte auf die Steuerungstasten des Eingangs und glitt hinein. Mitten im Zugang lagen Werkzeuge, die er Stück für Stück hierhergebracht hatte. Er nahm eine kleine Handleuchte, drehte sich um und versiegelte das Portal der Grabstätte. Erst als er sicher war, daß man sie von der Oberfläche aus nicht mehr sehen konnte, schaltete er die Fackel ein. Dem Inneren der *Mastaba* war weit weniger Aufmerksamkeit geschenkt worden als dem kunstvoll getarnten Eingang. Die Kammer war anscheinend mit Energiestrahlen freigelegt. Die schiefwinkeligen Wände waren grob bearbeitet, an manchen

Stellen war das schwärzliche Gestein geschmolzen und zu Tropfen geronnen. In einer Ecke lagen die verbrannten, exekutierten Überreste der Arbeiter, die den Aushub vorgenommen hatten.

Ihre ineinander verdrehten Glieder bildeten einen auffallenden Kontrast zum ebenmäßigen Sarkophag, der auf dem rauhen Boden ruhte. Die Steinkiste, fein bearbeitet und aus dem Quarz-Material geschnitten, das Ras technologischen Wunderwerken vorbehalten war, füllte das grobe Quartier fast ganz aus und schien in einen mattgoldenen Schimmer getaucht, als Thoths Licht darauffiel. Eine Sonnenscheibe zierte das Kopfende der Leichenbahre, die doppelt so lang war wie ein Mensch. Hieroglyphen umgaben den hüfthohen Deckstein – Verse, die eine Hymne auf das ewige Leben sangen.

Thoth widmete sich den anderen Materialien, die er in der Grabkammer untergebracht hatte. Er öffnete Druckluftkanister und füllte den Raum zum ersten Mal seit Jahrtausenden wieder mit atmosphärischem Druck. Schließlich öffnete er seine Ibis-Maske und atmete tief ein.

Dann wandte er sich dem Sarkophag zu und berührte verschiedene Hieroglyphen in einer ganz bestimmten Reihenfolge. Die Kristallwände der Kiste bewegten sich, als wären sie zum Leben erwacht. Der scheinbar massive Deckstein spaltete sich in drei Teile. Die Sonnenscheibe hob sich, bis sie auf Kopfhöhe war, und mit ihr ein Teil des Decksteins, der sich teilte, nach außen glitt und der Scheibe Flügel verlieh.

Perlmuttartig schimmerndes Licht, das vom Inneren der Kiste kam, durchflutete den Raum. Thoth trat vor, auf seinem Gesicht lagen die Züge gespannter Erwartung. Das Kopfende des Sarkophag-Inneren war dem pharaonischen Kopfschmuck nachgebildet und umgab wie eine Aura das wunderschöne weibliche Gesicht, das dort drinnen ruhte. Die scharfen Gesichtszüge der Frau waren von olivbrauner Farbe, dunkel, aber nicht braun, und vollkommen. Mit ihren geschlossenen Augen sah sie aus wie eine wunderbare Statue.

Dann bemerkte Thoth, wie sich unter ihrem Jochbein-Kollier die geschmeidigen Brüste leicht hoben und senkten.

Ihre Augen öffneten sich.

Hathor lebte.

ZWEITES KAPITEL

EINSCHÄTZUNG DER NACHRICHTENLAGE

Die Schmerzen waren da, sie hatten Hathor nicht nur gestreift, sondern *waren* ihre letzte, bewußte Erinnerung. An der Schlacht auf Ombos gab es keinen Zweifel mehr. Skrupellos hatte sie, Schritt für Schritt, die Situation auf dem aufständischen Planeten gewendet, bis die Rebellen sich nicht nur mit ihrer Niederlage, sondern mit ihrer vollständigen Auslöschung konfrontiert sahen. Sogar ihre eigenen Truppen fürchteten sie als die Göttin, die einen Planeten in Blut ertränkt hatte.

Hathor hatte die Operationen gegen einen der wenigen noch verbliebenen Rebellen-Stützpunkte geleitet, der in einer unzugänglichen Gebirgskette lag. Die *Udajeet*, Ein-Personen-Gleiter, waren ständig Einsätze geflogen, pausenlos hatten ihre Zwillings-Strahlenwaffen gefeuert, um aus der Erde ein Landegebiet regelrecht herauszubrennen. Aber kaum hatte sie den Fuß auf festen Boden gesetzt, als einer dieser rothaarigen Teufel aus einem Loch im Boden herausschoß. Der verfluchte Hurensohn hatte keine Energiewaffe getragen. Anscheinend hatten die Rebellen herausgefunden, daß die Horus-Wächter solche Waffen aufspüren konnten.

Noch bevor Hathor ihre eigene Strahlen-Lanze anlegen konnte, hatte der Rebell ein Metallstück geschleudert. Stechender, glühendheißer Todesschmerz strahlte von ihrem Magen aus. Es war keine einfache Fleischwunde. Ihre Nervenstränge schienen in Säure getaucht und wurden dann taub.

»Gift …« murmelte sie zu einem der Horus-Wächter, der den nun unbewaffneten Attentäter mit einer Strahlenwaffe erledigte. Dann setzte die Lähmung ein – und mit ihr sengender Schmerz. Jeder Schritt zurück zum SternenTor war von Schmerz erfüllt. Selbst während des kurzen *Udajeet*-Fluges konnte sie den Fäulnisgeruch riechen, der von ihrem Magen aufstieg. Was immer auf diese verdammenswerte Klinge geschmiert war, es verwandelte ihr Fleisch in eine brandige, rohe Masse.

Wenn sie das überleben sollte, versprach Hathor, würde sie das Gift auftreiben. Eine neue Waffe für ihr Arsenal …

Sogar die Haut in ihrem Gesicht war schwarz, aufgerissen und voller Geschwüre, als sie endlich Tuat erreichte. Ra höchstpersönlich war anwesend, um sie zu empfangen, und ihr Herz stockte ein wenig, als sie seine Reaktion bemerkte, nachdem er sie in ihrem Zustand erblickte.

Es gab nur eine Hoffnung, wenn sie überleben wollte: Internierung im Wunder-Sarkophag des Ra. Bereits andere seiner Diener – die, die unersetzlich waren – hatte man in den kristallinen Kasten gelegt, wenn sie an Krankheiten litten. Sie alle waren wieder gesund und geheilt aus ihm gestiegen.

Voller Hoffnung schlug Hathor daher die Augen auf, als sie das Bewußtsein wiedererlangte. Kraft und Aussehen würden wiederhergestellt sein. Und natürlich wäre Ra anwesend, um sie zu begrüßen. Und, das allermindeste, ihre eigenen Diener wären zur Stelle. Statt in Ras Thronsaal fand sie sich jedoch in einer kleinen, schäbigen Kammer wieder, die eher einer Höhle glich – oder einem Verlies. Und sie hatte nicht die geringste Ahnung, wer dieser Mann war, der hier auf sie herabstarrte.

Hathors Muskeln schrien vor Protest auf, als sie sich zwang, sich aufzurichten und den Kerl zu ergreifen. Was eine geschmeidige, leichte Bewegung sein sollte, verzögerte sich etwa um eine Sekunde – genügend Zeit für den Mann, um einen Schritt nach hinten zu tun, bevor sie aus dem Steinsarg stieg und ihn an der Kehle packte.

Einige Schritte, und sie warf den Eindringling gegen die rauhe Wand. Sein Gesicht nahm eine interessante Färbung an, bevor sie den Druck auf seine Luftröhre minderte. Hathor – eine Hand hatte sie noch erhoben, um, wenn nötig, zuschlagen zu können – löste die Maske des Mannes. Sie hatte erwartet, einen abtrünnigen Horus-Wächter vorzufinden, der seinem voyeuristischen Drang nachgegeben hatte. Statt dessen fand sie … Thoth.

»Das kann nicht sein«, stammelte sie und drückte erneut fester zu. »Thoth ist ein nicht mehr junger Mann, aber nicht so alt, daß er sterben würde, bevor ich …« Ihr schwindelte, und der Raum drohte um sie zu kreisen. »Wo bin ich?«

Thoth rang trotz zugeschnürter Kehle nach Luft. »Auf Tuat.« Es gelang ihm, einen versöhnlichen Ton anzuschlagen. »In einer *Mastaba*, einige Meilen vom Palast des Ra entfernt.«

»Eine Grabkammer!« Wortlos deutete sie auf ihren Körper und wollte damit sagen, daß sie gesund und heil war.

»Ihr habt geschlafen, Kriegerin.« Thoth rang nach den rechten Worten. »Die Aufzeichnungen, die ich studiert habe, wiesen darauf hin, daß Ihr bei Eurer Mission wohl zu erfolgreich wart.«

»Ich habe wie befohlen den Aufstand niedergeschlagen, gnadenlos«, erwiderte Hathor. Sie spitzte die Lippen. »Und habe dabei sogar bei Ra Unbehagen geweckt. Deswegen hat er mich begraben lassen, um mich wieder holen zu können, falls schlimmere Desaster drohen? Ist das der Fall?« Hathors Augen verengten sich. »Oder ... Ihr erwähntet Aufzeichnungen, die *Ihr* studiert habt. Wenn Ihr glaubt, Ihr könnt mich wecken, um mich gegen Ra einzusetzen ...« Wieder wurden ihre Lippen spitz. »Dann habt Ihr einen großen Fehler begangen, Verschwörer.«

Ihre ganze Karriere, ihr Aufstieg in den Kreis der Krieger, die den Sonnengott umgaben, hatten auf einer Strategie beruht, die schon zu ihrer Zeit etwas altertümlich war – auf Verführung und dynastischem Einfluß. Selbst ihr Ehemann, der Handwerker und Ingenieur der Götter, hatte sich ihr und ihrer »Freundschaft« zu Ra nicht zu widersetzen gewagt. Und sie wußte, *wußte*, daß der immer jugendliche Körper ihres Lehnsherrn auf ihre Ränkespiele bereitwillig einging. Nur die fremde Seele, die in diesem Fleisch wohnte, hatte sich als widerspenstig erwiesen. Ja, Ras fremdartige *Ka* war zweifellos dafür verantwortlich, daß sie aus dem Weg geräumt worden war.

Trotzdem war es nicht besonders klug von diesem Eindringling, wenn er erwartete, daß sie Groll hegte. Was zu tun war, konnte erneut getan werden. Sie war nun wach. Und der sicherste Weg, Ra einen Gefallen zu erweisen, war, ihm den Kopf eines Verräters zu bringen.

Ihre Gedanken mußten sich in ihrem Gesicht widerspiegeln. Denn Thoth drückte sich gegen die Wand und hob schnell eine Hand. »Ich habe Euch geweckt, denn es scheint, als sei Ra nicht mehr am Leben.«

Nun war es an Hathor, zurückzutaumeln. Eine Sekunde lang schwieg sie. Dann: »Wie ...« Doch dann unterdrückte sie die Frage, die sie stellen wollte, und wandte sich praktischeren Dingen zu: »Wie lange war ich hier eingeschlossen?«

Als Thoth ihr die Antwort gab, weiteten sich ihre Augen vor Entsetzen. Achttausend Jahre waren mehr als genug gewesen, um über ihre Handlungen die Patina einer Legende zu legen. Ihre nächste Frage war eine rein politische. »Wer trägt nun den Kopf der Katze?«

Thoth wirkte überrascht. »Es gibt seitdem keine Hathor mehr.«

Eine gewisse grimmige Befriedigung erfüllte Hathor bei dieser Nachricht. Man hatte sie also für unersetzbar gehalten. Aber das schuf auch Probleme. Hätte es eine Nachfolgerin gegeben, dann könnte sie diese nun herausfordern – und durch einen einzigen Mord nicht nur ihre frühere Stellung wiedergewinnen, sondern auch die Dienerschaft und die Krieger. Da dies nicht der Fall war, war ihr dieser Weg versperrt.

Sie starrte zu diesem Thoth, der so viele Generationen vom Ersten Zeitalter entfernt war. Was glaubte er, wozu sie in der Lage war? Der Thoth ihrer Tage war ein Schreiber und Intrigant gewesen – seine liebste Waffe war ihm die der Feder. Sie zweifelte, ob dieser verweichlichte Thoth ihr viel Unterstützung bieten konnte – seine Diener waren für den Kampf nicht ausgebildet. Baute er auf sie, um ganz alleine die gesamte Kriegerkaste auszuschalten?

Sie wandte sich ihm zu und faßte ihre Gedanken in Worte. »Was erwartet Ihr von mir?«

»Ra, wie es scheint, ist tot«, sagte er. »Jemand muß sein Haus in Ordnung bringen.«

Ah, dachte Hathor, *die Gefahren der Legende. Er erwartet von mir, daß ich alleine und ohne Hilfe die begierigen Nachfolger besiege.*

Dennoch, sofort spürte sie, wie sich in ihr eigene Ambitionen regten. Sie hatte einmal vorgehabt, durch ihre Liebe das Haus Ra zu errichten. Würde es einen so großen Unterschied ausmachen, wenn sie durch einen Krieg das Haus Hathor errichtete?

»Wir haben viel miteinander zu bereden«, sagte sie und sog stirnrunzelnd Luft ein. »Und die Luft hier wird bereits stikkig.«

Thoth wies auf die Geräte am Eingang zur *Mastaba*. »Ich habe einen zweiten Anzug für den Weg über die luftleere Ebene. Und ich habe eine Unterkunft vorbereitet ...« Er machte eine demütige Geste. »Bescheidene Quartiere für jemanden in Eurer Stellung. Aber sie sind sicher und befinden sich in einem wenig benutzten Teil des alten Palastes.«

Hathor nickte. Nach mehr als acht Jahrtausenden in einer Steinkiste waren ihre Bedürfnisse mehr als bescheiden. Und gewiß war es besser, sich das Überraschungsmoment aufzubewahren. »Erzählt mir von den Führern«, sagte sie. »Welche Gruppierungen bewerben sich um Ras Thron? Welcher der Vizekönige ist der Stärkste? Wer hat die größte Anhängerschaft? Gibt es noch einen Anubis? Oder folgte auch er Ra in das Nichts?«

Thoth begann ihre Fragen zu beantworten, noch während er ihr den Druck-Anzug zeigte. Hathor hatte diese Anzüge früher bereits getragen. Sie kannte sie. Und natürlich hatte sich in der zeitlosen Einrichtung von Ras Imperium die Technologie nicht verändert.

Sie war zum Abmarsch bereit, nachdem Thoth die kurze Liste der Kandidaten skizziert hatte, die am wahrscheinlichsten in der Lage waren, alle Macht auf sich zu vereinigen. Am meisten interessierte sich Hathor für die Beschreibung ihres Freundes aus alten Kindertagen, Sobek. Schon zu ihrer Zeit hatte sie den Krokodil-Gott nicht gemocht. Dieser Sobek war nicht nur als grausamer Krieger berühmt, er verfügte auch über eine starke und gutausgebildete Anhängerschaft.

Dies machte ihn in den Augen Hathors zum wichtigsten und gefährlichsten Gegner.

»Genug«, sagte sie schließlich. »Laßt uns von hier verschwinden.« Sie aktivierte ihre Maske, und zum ersten Mal seit achttausend Jahren war das Antlitz der Katze wieder zu sehen.

Gut so, dachte Hathor. Aufgrund ihres geschmeidigen Körpers und ihres weichen Schnurrens wurde die Katze von vielen als Wesen rein sinnlicher Lust abgetan. So war es auch in ihrer Karriere gewesen. Zu spät hatten sie erkannt, daß diese Katze vieles mit ihrem Verwandten, dem Löwen, gemein hatte.

Vielleicht war es nun mit Sobek und den anderen Klein-Göttern, die Ra sein wollten, ebenso.

Andererseits konnte es auch sein, daß es ihnen so wie Thoth erging; daß sie an die Legenden glaubten, die ihren Ruhm ins beinah Unermeßliche gesteigert hatten. Auch das konnte von Nutzen sein. Sie konnte sich einen herausgreifen – vielleicht diesen Sobek – und an ihm ein Exempel statuieren, und den Rest allein durch den Schrecken, den dies hervorrief, unterwerfen.

Töte einen, ängstige tausend. Diese Gleichung hatte sie auf Ombos gelernt, als sie die Aufständischen niederwarf. Nun würde sie diese Gleichung auf Tuat anwenden. Auch wenn dieses Prinzip, wie sie bemerkte, dort bereits von niemand geringerem als Ra selbst institutionalisiert worden war.

Vom Anbeginn des Ersten Zeitalters war Ra ein Meister in der Anwendung der Schreckensherrschaft gewesen. So hatte er die Sklavenbevölkerung unter seinen Willen gezwungen. Und, um die Wahrheit zu sagen, Schrecken war auch Bestandteil des Systems von Zuckerbrot und Peitsche gewesen, mit dem er die Götter in Zaum gehalten hatte.

Zuckerbrot stand – natürlich – für die Macht und für eine Lebenszeit, die weit über die eines gewöhnlichen Sterblichen hinausging. Aber wenn man dem Sonnengott nicht gerecht wurde, wenn man Ra enttäuschte, dann war die Strafe dafür der Tod. Und Ra konnte den Tod in vielen, unerfreulichen Gestalten darbringen, zum Beispiel durch die Berührung mit seiner Gemme, die Knochen in Wasser verwandelte.

Ob es einem nun gefiel oder nicht, Ra hatte seine Untergötter durch Angst in Zaum gehalten.

Hathor lächelte. Das konnte sie auch.

Auf der Erde, in Washington, hob ein militärisches Transportflugzeug ab. Sein Innenraum war nicht gerade spartanisch ausgestattet – schließlich befand sich ein hoher Offizier an

Bord. Aber General West war klug genug, nur planmäßig verkehrende Maschinen zu benützen – und nicht als einziger Passagier mitzufliegen.

Andere Offiziere ähnlichen Ranges hatten sich niemals die Mühe gemacht, diese Lektion zu lernen, und hatten es dadurch geschafft, ihrer Karriere ein Ende zu setzen. Ein Kollege von West, Big Boß einer Operation in Europa, war einmal in einem riesigen, außerplanmäßigen Starlifter von Rom in die USA geflogen, an Bord nur er und seine Sekretärin. Nachdem ihn die Zeitungen des ganzen Landes niedergemacht hatten, fand sich der unglückliche General zum Pinguine-Zählen in der Antarktis wieder.

Auch wenn er mit planmäßig verkehrenden Maschinen flog, hatte der General doch genügend Platz, um sich auszubreiten, nachdem die Maschine ihre Flughöhe erreicht hatte. Sein Aktenkoffer war voller Berichte, die er lesen und über deren Inhalt er zu einer Entscheidung gelangen mußte, bevor das Flugzeug wieder aufsetzte.

Wests leicht feistes Gesicht nahm den versteinerten Ausdruck des alten, erfahrenen Poker-Spielers an, als er das erste einer Reihe von Dokumenten überflog, die als TOP SECRET klassifiziert waren. Eine technologische Dokumentation aus den hohen Tempeln des Pentagons, dort hatten sie versucht, eine dieser Strahlen-Lanzen zu zerlegen und wieder zusammenzubauen. Natürlich waren sie darauf bedacht, sich bedeckt zu halten, aber sie gaben sich vorsichtig optimistisch. Wenn sie auch nicht versprachen, daß in zwei Wochen mit der Fließbandproduktion dieser Waffen begonnen werden konnte, so vertraten sie doch die Meinung, daß diese Technologie mittelfristig beherrschbar und zugänglich sei.

West runzelte die Stirn. Der einzige Haken daran war nur, daß diese Lanzen – wie die ganze außerirdische Hochtechnologie, die Jack O'Neil und die Überlebenden des Abydos-Erkundungsteams mitgebracht hatten –, auf das quarzähnliche Material angewiesen waren, damit sie funktionieren konnten. Und die einzige Quelle dieses Kristalls stellte auf der Erde das SternenTor dar. Müßig überlegte West, wie viele Strahlenwaffen sie wohl herstellen konnten, wenn sie den Materie-Transmitter – oder was immer es sein mochte – in Grund und Boden stampften ...

Denn damit wären zwei Probleme gelöst – die Waffen würden das Machtgleichgewicht hier auf der Erde für immer zugunsten der USA verschieben, und durch die Zerstörung des SternenTors wäre die außerordentlich beunruhigende Tür zu einem feindlichen Universum geschlossen.

Er machte sich wieder an die Lektüre, dieses Mal die Abschlußberichte der Überlebenden. Energie-Waffen, Materie-Transmitter, ein einsatzfähiges Raumschiff. Das waren nur einige der technologischen Bonbons, die das Aufklärungsteam auf der anderen Seite des SternenTors gesehen hatte.

Andererseits ... West lief es kalt über den Rücken, als er wieder Colonel Jack O'Neils geheimen Bericht zur Hand nahm. Fast wäre das SternenTor als Transportsystem für eine riesige Atombombe benutzt worden, deren Detonation groß genug gewesen wäre, um jede Zivilisation auf diesem Planeten auszulöschen. Waren die möglichen Vorteile es wert, daß man die nur allzu konkreten Risiken einging?

Natürlich war es O'Neil mittels des Materie-Transmitters gelungen, die Bombe auf das Raumschiff umzulenken und es hochgehen zu lassen, und mit ihm das außerirdische Wesen, das sich als Gott ausgegeben hatte.

Aber nach der Rückkehr der drei überlebenden Marines zur Erde war niemand mehr durch das SternenTor gegangen. West hatte den Raketen-Silo, der das Artefakt beherbergte, nicht nur absichern lassen, er hatte die besten Kampftruppen der Marines, die er auftreiben konnte, dort postiert und ließ sie rund um die Uhr Wache schieben. Nichts und niemand ging in dieses fremde Ding hinein oder aus ihm heraus ohne seine Einwilligung. Es war schon schwierig genug, mit den Unwägbarkeiten auf der Erde zurechtzukommen. Er war nicht gewillt, eine ganze neue Welt in seine Risiko-Kalkulationen miteinzubeziehen.

Und dennoch ...

O'Neils Bericht teilte auch mit, daß sich unter den Bodenschätzen des Planeten Abydos reichhaltige Vorkommen des magischen Quarz-Kristalls befanden. So gerne West die ihm angebotene Einladung ins Universum ablehnen wollte, er hatte auch die strategischen Auswirkungen zu bedenken.

Mit einem verfügbaren Vorrat dieses Quarz-Elements konnte der technische Entwicklungsstand der Erde – und vor allem der der Vereinigten Staaten – einen Quantensprung vollziehen. Noch besser, die USA hätten als einzige Nation Zugang zur neuen Technologie. Die Japaner wären nicht in der Lage, dazwischenzufahren und die Produktion an sich zu reißen. Denn der Rohstoff, der für diese technologischen Wunderdinge notwendig war, würde nur in Amerika erhältlich sein. Er käme aus einem Loch in einem amerikanischen Berg. Was spielte es für eine Rolle, daß er zuvor eine Million Lichtjahre zurücklegen mußte, um überhaupt dorthin zu kommen?

Laut O'Neils Report betrieben die Bewohner von Abydos den Abbau des Rohstoffs auf ineffiziente – um nicht zu sagen, auf vollkommen primitive – Art und Weise. Anscheinend Resultat des Würgegriffs, in dem dieser fremde Gott sein Volk gehalten hatte. Alles schön und gut, aber die Situation würde sich ändern müssen. Wenn diese tolle neue Technologie in Produktion gehen sollte, dann brauchten die Fabriken regelmäßige Lieferungen – in großen Mengen. Das wäre der einzige, ökonomische Grund, um dieses Tor zum Unbekannten offen zu halten.

Bergbau im großen Maßstab machte Maschinen und technisches Gerät erforderlich – und natürlich die Menschen, die damit umgehen konnten. Die Arbeiter müßten allerdings Leute sein, die General West unter Kontrolle hatte. Zunächst hatte er an das *Army Corps of Engineers* gedacht. Die hatten das Know-how, und sie waren im *Militär*, bei Gott.

Aber er sah schnell den Schwachpunkt, der sich ergab, wenn er das Militär einsetzte. Oberstes Gebot war Geheimhaltung. Konnten sie sich wirklich auf jemanden verlassen, der sich nur kurzfristig verpflichtete, einen Bulldozer steuerte und dann, weil er so schnell nicht mehr nach Hause kommen sollte, allen erzählte, daß er einen Job auf einem fremden Planeten hatte?

Wieder wünschte sich West, O'Neil hätte das SternenTor auf Abydos in die Luft gesprengt und so das Problem aus der Welt geschafft, bevor es dem General im Schoß landete. Wenn niemand davon wüßte, daß dieses Zeug existierte …

Aber die Technologie und das Kristall existierten, und in der »Wir müssen es wissen«-Kultur des Pentagons war es West zugefallen, darüber eine Entscheidung zu treffen. Er hatte seine Position nicht erreicht, indem er solche Dinge wegschob. Er verfügte über den Ruf, in angespannten Situationen die richtigen Entscheidungen zu treffen.

Die Entscheidung, zu der er tendierte, war die Bergbau-Option – verstärkt durch eine nicht unbeträchtlichen Zahl an Sicherheitskräften, falls weitere unliebsame Überraschungen vom Himmel fallen sollten. Aber die Bergleute waren keine Soldaten. Sie kamen vom *United Mining Consortium*. UMC hatte bereits in der Vergangenheit viele Regierungsaufträge übernommen – darunter, in Zusammenarbeit mit Vertretern des Geheimdienstes, einige sensible Übersee-Operationen.

West hatte seine Hausaufgaben gemacht; er hatte sich davon überzeugt, daß UMC nicht nur die Ressourcen, sondern auch die richtigen Leute für diesen Job besaß – Leute, die ihren Mund halten konnten. Noch besser, die Gesellschaft hatte Erfahrung mit Aufträgen in der Dritten Welt, ein weiterer Vorteil, wenn es darum ging, mit den Primitiven auf Abydos zurechtzukommen. Und UMC war sehr einfallsreich, was die Aufrechterhaltung der Förderung anbelangte – ganz egal, welches Erz gerade abgebaut wurde, trotz der lumpigen Beschwerden der Bevölkerung oder der lästigen Wechsel ihrer Regierungen.

Der General sah sich kurz die Zeitungsartikel in seiner UMC-Akte an. Sie handelten vom Sturz eines einheimischen Potentaten, von Separatisten-Bewegungen im Gebiet reicher Erzvorkommen, von widerspenstigen Präsidenten, die von einer gefügigeren Militär-Junta abgelöst wurden …

Ja, UMC war sicherlich eine Gesellschaft, die mit Schwierigkeiten zurechtkam. Auch wenn sie Zivilisten waren, sie machten genau den richtigen Job. Er hatte die Namen und Zahlen, die er brauchte, um die Sache ins Rollen zu bringen. Zweifellos würde UMC erst einige Vermessungsleute hinüberschicken wollen, Leute, die eine Durchführbarkeitsstudie erstellten.

Natürlich alles unter dem dicken Deckmantel der nationalen Sicherheit.

Er hatte den Mann, der sie auf Trab brachte. Jemand, der Erfahrung hatte auf der anderen Seite des SternenTors. Ein Mann des Militärs, der Befehle befolgen und den Mund halten konnte.

Colonel Jack O'Neil.

West lächelte. Eines Tages würde O'Neil dem General vielleicht danken, daß er ihn mit den richtigen Leuten ihn Verbindung gebracht hatte. Sicherlich erwartete West, daß ihm Dank entgegengebracht wurde ... von UMC. Nicht sofort, natürlich.

Aber jemand, der einem Unternehmen die Aussicht auf hübsche Profite zuspielte – eine Monopolposition für einen seltenen Rohstoff, für den es eine ganze Anzahl wertvoller Anwendungen gibt. Nun, so jemand verdiente eine Belohnung. Lukrative Beraterverträge, vielleicht einen Sitz im Aufsichtsrat.

West lehnte sich in seinen Sessel zurück. Schließlich erwartete das Militär von ihm, daß er sich in nächster Zeit zur Ruhe setzte. Der militärisch-industrielle Komplex war auch nicht mehr das, was er einmal war.

Sogar ein General mußte an seine Zukunft denken.

DRITTES KAPITEL

INFILTRIERUNG

Skaara hatte die Augen gegen die brutalen Wüstensonnen auf Abydos geschützt und zählte schnell die Köpfe der Tiere in der *Mastadge*-Herde, die er und seine Freunde hüteten. Sha'uris Bruder mußte sich eingestehen, daß nach seinem kurzen Einsatz als Freiheitskämpfer das Geschäft des Viehhütens noch langweiliger geworden war als zuvor.

Fast zufällig waren er und seine Freunde Krieger geworden, die die außerweltlichen Besucher vor Ras Zorn gerettet hatten. Das meiste hatte Skaara dabei von dem Mann gelernt, den er

– nach dem schwarzen Barett, das Colonel Jack O'Neil trug – »Schwarzhut« genannt und den er aufmerksam beobachtet hatte. *Das* war ein Krieger, trotz der langweiligen grünen Kleidung, die er trug. Der Mann war unberechenbar, was durch die Verständigungsprobleme noch verschlimmert wurde – denn der einzige, der ihre Sprache beherrschte, war Daniel, der Ehemann seiner Schwester.

Aber Skaara hatte O'Neil bewundert, und zwischen ihnen hatte sich so etwas wie eine Freundschaft angebahnt. Seine Enttäuschung war groß, als sein Idol im SternenTor verschwand, um wieder in diese ferne, fremde Welt zurückzukehren, aus der er gekommen war.

Aber es war nicht nur der Wunsch nach Aufregung, der Skaaras Unzufriedenheit schürte. Er hatte schnell begriffen, daß Krieg nicht gleichbedeutend war mit Ruhm und Herrlichkeit – unter seinen Kameraden hatte es Todesopfer gegeben, sein Freund Nabeh wäre fast getötet worden, noch schlimmer hatte es die unschuldigen zivilen Opfer getroffen, die abgeschlachtet wurden, als fliegende *Udajeet* die Stadt Nagada aus der Luft angriffen.

Zwischen seiner täglichen Arbeit und der Beschäftigung am Abend, wenn er die Hieroglyphen lernte, gab es für ihn genügend zu tun, um seine jugendlichen Energien aufzuzehren. Aber sogar die Studien erzeugten nur Rastlosigkeit. Wenn er die Wandbilder in den geheimen Archiven Nagadas übersetzte, lernte er weitere Geschichten über die Tyrannei Ras kennen und erhielt beunruhigende Hinweise auf andere Welten, über die der falsche Gott ebenfalls geherrscht hatte. Was, zum Beispiel, war auf Ombos geschehen, nachdem die katzenköpfige Hathor den Planeten in Blut ertränkt hatte?

Selbst der kluge Daniel wußte darauf keine Antwort.

Während so seine Studien allmählich fortschritten, regte sich in Skaara der Wunsch, diese Welten auf der anderen Seite des SternenTors zu sehen, um ihnen mitteilen zu können, daß Ra nicht mehr existierte – und sich mit diesen Sternen-Brüdern zu treffen und mit ihnen für die Freiheit zu kämpfen, so wie es die Bewohner von Abydos getan hatten.

Er hatte diese rudimentären Vorstellungen noch nicht mit

seinem Vater, dem Stadt-Ältesten Kasuf, mit Sha'uri oder Daniel besprochen. Aber wenn er sich mit seinen Freunden beredete, Viehhüter wie er und Veteranen im Krieg gegen Ra, dann waren die Reaktionen überwältigend positiv. Seinen sonstigen Verpflichtungen hatte er also eine weitere hinzugefügt. Wann immer er neben dem Hüten und den Studien noch Zeit hatte, übte sich Skaara mit seinen Freunden in der Kriegskunst.

Sie unterwiesen sich in der Kunst der Tarnung, des schnellen, entschlossenen Angriffs unter simuliertem Beschuß. Sie übten sich im Gebrauch der verschiedenen Waffen und waren eifrig darum bemüht, die wenigen Gewehre und Pistolen, die die Besucher von der Erde zurückgelassen hatten, in einsatzbereitem Zustand zu halten. Skaara hatte sogar inmitten der Überreste des ehemaligen Basislagers eine sorgfältige Suchaktion organisiert. Sie waren mit mehreren Kisten Gewehrmunition, die dabei zu Tage traten, belohnt worden.

Tag und Nacht ließ Skaara einige Hüter-Jungen, zur Einübung der Kriegsdisziplin, an der Pyramide, die das SternenTor enthielt, Wache stehen.

Als er daher automatisches Gewehrfeuer über die Sanddünen hallen hörte, war er nicht unbedingt überrascht. Ein Schuß war das verabredete Signal, daß neue Besucher angekommen waren. Aber Skaara war alles andere als zufrieden. Das Signal sollte ein einziger Schuß sein. Er würde mit den Wachen ein ernstes Wort reden müssen, was Munitionsverschwendung anbelangte.

Aber … wenn die Besucher nicht in friedlicher Absicht kamen und die Wachen sich verteidigen mußten?

Skaara sah das entsetzliche Bild von Horus-Wächtern vor sich, die aus dem steinernen Eingangsbogen zur Pyramide strömten. Er hatte davon geträumt, die Freiheit auf die anderen Planeten in Ras Imperium zu tragen. Was aber, wenn einer von Ras Untergöttern nach Abydos kam, um dort die Tyrannei wiederherzustellen?

Er rief den anderen einen Befehl zu, und im nächsten Augenblick wurden aus den Viehhütern Krieger. Sie trugen alle Waffen bei sich. Sie ließen die *Mastadges* zurück, formierten sich zu einer etwas ungeordneten Schützenlinie und strebten dem Beobachtungspunkt entgegen, einer hohen Sanddüne, von der aus das Felsplateau zu überblicken war, auf dem die Pyramide stand.

Sorgsam verteilte Skaara seine Männer, sicherte die Flanken durch Gewehre ab, dann bestiegen sie den Dünenkamm. Vielleicht war es ihnen möglich, auf die Invasoren ein paar Schüsse abzugeben.

Aber als sie die Wachtposten erreichten, fanden sie zwei Jungen vor, die völlig aus dem Häuschen waren.

»Skaara!« schrie Nabeh und zeigte mit dem Finger in die Ferne hinter der Düne. »Sie sind wieder da! Sie sind zurückgekommen!«

Skaara warf sich auf die Erde und holte einen weiteren Schatz von der Erde aus seinem Umhang. O'Neil hatte ihm, bevor er Abydos verließ, ein kompaktes schwarzes Fernglas geschenkt. Als Skaara das Glas auf die drei Gestalten richtete, die die Böschung in den darunter liegenden Sand hinabschlitterten, sah er, daß das, was Nabeh gesehen und gesagt hatte, stimmte. Die Besucher waren gekleidet wie Leute von der Erde. Und einer von ihnen trug ein schwarzes Barett. Skaara erkannte, daß es tatsächlich Jack O'Neil war.

Allerdings trug der Mann mit der schwarzen Kopfbedekkung einen anderen Anzug: Diesmal war er nicht grün, sondern beige und gelb gefleckt. Die sandfarbene Tarnung machte es schwieriger, den Neuankömmling zu erkennen. Aber Skaara hatte gute Sicht auf das Gesicht des Colonels. Mehr brauchte er nicht, um sich sagen zu können, daß das Freunde waren.

Noch im Umdrehen ordnete er seinen kleinen Trupp um; aus der Guerrillatruppe wurde eine Ehrengarde.

Und wie jeder gute Offizier nahm er sich noch einen Moment Zeit, um Nabeh wegen der Verschwendung der wertvollen Munition scharf anzugehen.

Walter Draven, UMCs Erkundungsmann auf Abydos, warf seinen langen, dünnen Körper in den Sand, als der Lärm von Gewehrfeuer gegen die Wände der Pyramide schlug.

»Das klang wie Schüsse«, sagte er. Die harten Augen in seinem scharfgeschnittenen Gesicht wandten sich fast verärgert an ihren militärischen Verbindungsoffizier.

»Mindestens ein Feuerstoß aus einer auf Dauerfeuer gestellten M-16«, stimmte Colonel Jack O'Neil zu.

»Sie sagten doch, diese Leute wären Primitive – sie hatten doch kaum Metallwerkzeuge, als Sie das letzte Mal hier waren!« Dravens Vergangenheit als Jurist kam, wie bei dieser anklagenden Rede, manchmal zu den absonderlichsten Anlässen zum Vorschein.

»Nun, scheint, daß sich die Bewohner mit Hardware versorgt haben«, gab Martin Preston von sich, der die Ingenieursseite des Erkundungstrupps darstellte. Er war klein und stämmig, mit krummen Beinen und einem runden roten Kopf. Angeblich wußte er alles, was es über Bergbau unter primitiven Bedingungen zu wissen gab.

»Eine Gruppe von Kindern hat uns geholfen«, erklärte O'Neil. Ein Lächeln huschte über seine Lippen, als er sich an Skaara und seine Freunde erinnerte. »Sie haben sich einige unserer Gewehre genommen. Obwohl«, wie er zugeben mußte, »es mich überrascht, daß sie zu diesem Zeitpunkt überhaupt noch einen Schuß Munition übrig haben.«

»Vielleicht haben sie sich über Ihre Vorräte hergemacht«, meldete sich Prestons praktischer Verstand zu Wort. »Laut Ihrem Bericht haben Sie doch den größten Teil Ihrer Ausrüstung im Basislager zurückgelassen.«

O'Neil konnte kaum seine Überraschung verbergen, daß General West geheim eingestufte Berichte an einen Bergbau-Ingenieur weitergegeben hatte. Er blickte zu dem Sandhügel, unter dem die meisten der zurückgelassenen Versorgungskisten begraben lagen. »Falls es so sein sollte, dann zeigen sie mehr Initiative, als ich ihnen zugetraut hätte.« Seine Gesichtszüge verhärteten sich. »Und mehr Disziplin.«

»Wie das?« wollte Draven wissen.

»Kinder und Gewehre sind eine gefährliche Kombination. Gib einem Kind ein Gewehr, und es geht von alleine los.«

Die UMC-Männer blickten sich an und folgten dann schweigend O'Neil, der den steilen Felshang der Felsplatte hinunterstieg. Weitere Schüsse waren nicht mehr zu hören.

»Könnten es Schießübungen gewesen sein?« schlug Preston ein wenig außer Atem vor, während er sich hinabschwang und nach festem Tritt suchte.

»Ich würde eher sagen, es war ein Signal«, sagte O'Neil. Sein Atem ging so leicht, als würde er einen kleinen Spaziergang über das Exerzierfeld vollführen.

»Also haben die jemanden, der das SternenTor bewacht.« Dravens Worte klangen, als wäre allein das schon ein feindseliger Akt.

»Nun, sie haben ein gerechtfertigtes Interesse, zu erfahren, wenn jemand hier auftaucht«, teilte O'Neil mit.

»Glauben Sie, daß hier dieser Professor dahintersteckt, der was mit dem einheimischen Mädchen angefangen hat und dageblieben ist?« fragte Draven. »Wie war gleich wieder sein Name – Jackson?«

O'Neil mußte bei dem Gedanken lächeln. »Daniel? Ich denke, der ist viel zu sehr damit beschäftigt, Hieroglyphen zu entziffern und das Eheleben zu genießen, um noch irgendeine Zivilverteidigung aufzubauen.«

»Aber wer hat dann hier draußen Leute abgestellt, die uns ausspähen können?« wollte Draven wissen.

»Das ist leicht herauszufinden«, erwiderte O'Neil. »Wir gehen hin und fragen sie.«

Er hatte die Basis des Felsplateaus erreicht und ging nun auf die höchste Düne in Sichtweite zu. Draven und Preston kletterten hinab und folgten dem Colonel. Der Sand schien an ihren Füßen zu saugen, unbeholfen und langsam stapften sie hinterher, während O'Neil förmlich über den Sand zu gleiten schien. Seine Uniform, die noch aus Beständen des *Desert Storm* stammte, ließ seine Bewegungen in der Umgebung verschwinden.

Keuchend stieß Draven einen Fluch aus und schleppte sich vorwärts. Er hatte in seiner UMC-Karriere einen Punkt erreicht, wo er erwartete, mit einem Jet an die Brennpunkte des Geschehens eingeflogen und von einer gepanzerten Limousine und einigen Bodyguards empfangen zu werden. Noch vor einer Woche – noch vor einem Tag – wäre er allein bei der Vorstellung, mit einem einzigen Mann als technischem

Stab durch die Botanik zu stapfen, beschützt nur von einem Marine-Klugscheißer, in schallendes Gelächter ausgebrochen.

Und dennoch war er nun hier, um die Verhandlungen seines Lebens in die Wege zu leiten. Weit mehr als das Militär, schien es, hatte UMC die Möglichkeiten erkannt, die sich boten, wenn eine gesamte neue Welt erschlossen werden sollte. Sie wollten den besten Kontakter für den Job haben.

Und dieser Mann war Walt Draven.

Er wischte sich den Schweiß von der Stirn und blickte auf, um zu sehen, wie weit dieser verdammte Marine schon voraus war.

Überraschenderweise erreichten sie dennoch den Fuß der hohen und weiten Düne. O'Neil arbeitete sich die zerfurchte Sandfläche empor.

Dann bemerkte Draven, daß sich oben am Kamm etwas bewegte. »Colonel!« brüllte er. Fast ungebeten kam ihm die Warnung über die Lippen. »Über Ihnen!«

Aber O'Neil hatte es bereits bemerkt. Er beschleunigte seine Schritte, auf seinem Gesicht erschien ein breites Grinsen.

Oben am Dünenkamm hatten Skaara und seine zerlumpte Bande von Viehhütern Aufstellung genommen. Als sie O'Neil erblickten, legten sie die rechte Hand an die Stirn und ließen ihm einen zackigen Gruß zukommen.

»Was, zum *Teufel* …« murmelte Draven und starrte nach oben.

Als dann O'Neil endlich bei ihnen ankam, geriet die Disziplin der Jungs ins Wanken und löste sich schließlich ganz auf. Sie umringten den Colonel, und sogar Skaara vergaß sich, gab dem durch und durch peinlich berührten Colonel einen Willkommenskuß und umarmte ihn.

»Scheint sich um eine sehr ausdrucksstarke Kultur zu handeln«, bemerkte Preston trocken.

Dann stoben die jungen Männer auseinander und wollten dem Colonel ihre soldatischen Fertigkeiten vorführen, der hübsche junge Kerl mit dem lockigen Haar und den Ohrringen aber stellte mit ein paar scharfen und unverständlichen Befehlen die Ordnung wieder her.

»Auf den muß man ein Auge werfen«, sagte Draven mit leiser Stimme. »Eine Führernatur.«

Mit schmerzverzerrtem Gesicht schafften die beiden Erdlinge den Aufstieg, oben streckten sich ihnen ein Dutzend Hände entgegen, die ihnen über den Kamm halfen. O'Neil stellte sie einander vor. »Das sind Skaara und seine jungen Männer, die uns geholfen haben, Ra zu vernichten.«

Die Jungen konnten nicht verstehen, was er sagte, erkannten aber den Hinweis auf Ra. Schon bei der Erwähnung des Namens spuckten sie aus.

Wieder war es an Skaara, die Ordnung wiederherzustellen.

Draven war von den jungen Männern nicht sonderlich beeindruckt. Sie besaßen keine Uniformen, sondern trugen schlechtsitzende, grobe Kittel aus einem selbstgefertigten Leinengewebe. Ihre Ausrüstung war geradezu lächerlich – die Handvoll Gewehre reichte nicht einmal für die Hälfte ihrer Kompanie. Der einzige andere militärische Ausrüstungsgegenstand, den sie noch besaßen, war der aus Kunststoff bestehende Helm auf Nabehs Kopf.

Aber Skaara – hier, mußte Draven zugeben, hier lagen Möglichkeiten verborgen. Die Leute hörten auf ihn. Er hatte nicht nur das Gehabe, er hatte das Potential zum Führer.

Er konnte entweder gefährlich werden, oder, und so stufte ihn Draven automatisch ein, er konnte dazu benutzt werden, das gegenwärtige Regime – wie immer das hier aussehen mochte – zu destabilisieren.

VIERTES KAPITEL

BESTÜRZUNG UND USURPATION

Es war von Vorteil, daß die Horus-Wächter, die vor dem Eingang zu Sobeks Quartier Stellung bezogen hatten, ihre Masken trugen. Hätte Hathor nämlich den Ausdruck auf ihren bloßen Gesichtern gesehen, wäre sie vielleicht versucht gewesen, sie sofort zu töten – und das war nicht Teil ihres Plans.

Die Reaktion der Wächter war unter den Umständen nicht anders, als zu erwarten war. Hathor war mit einem Negligee bekleidet, das aus zehn Prozent Stoff und neunzig Prozent Luft bestand – eine absichtlich gewählte, transparente Umhüllung für ihre ausladenden Reize. Ras Diener wurden bereits in der Kindheit nach ihrer körperlichen Schönheit ausgewählt. Andere, wie Thoth, wuchsen im Gegensatz dazu als häßliche Entlein auf. Hathor jedoch war zu einem herrlichen Schwan herangereift, dessen Schönheit ihre kindliche Wohlgestalt noch weit übertraf. Die verführerische Vollkommenheit ihres Körpers gebot über alle Eigenschaften, die man von einer Göttin der Liebe und der Lust erwarten konnte.

Und Hathor war klug genug, ihre Reize nicht zu verbergen. Gläserne Armreifen und zwei dicksohlige Sandalen stellten den Rest ihres Verführungs-Ensembles dar.

Einer der Wächter trat vor, um ihr den Weg abzuschneiden – nur allzu gern hätte er sich an ihr gerieben –, und beäugte sie mit seinen Adleraugen. »Was bringt Euch hierher?« wollte er wissen.

Demütig blickte sie zu Boden. »Mein Herr, Thoth, schickt mich.«

Der Wächter grunzte und drehte sich dann um, um mit jemanden innerhalb des Quartiers Rücksprache zu halten. »Hier draußen ist ein Mädchen – ein Friedensangebot von Thoth.«

Von drinnen ertönten einige schlüpfrige Kommentare – und dann ein Befehl.

Der Wächter draußen brach in schallendes Gelächter aus. »Sie durchsuchen?« lachte er. »An ihr ist nichts, wo sie etwas verstecken könnte!«

Anschließend wurde Hathor in eine große Marmorkammer gebracht, wo sich Krieger Sobeks beim Spiel aufhielten. Dort herrschte ein beißender Gestank nach Bier und Schweiß. Männer schrien in voller Lautstärke, stritten sich und schlossen Wetten ab. Unterlegt wurde das Schauspiel von dem unaufhörlichen Klappern getrockneter Knöchelchen, die auf den polierten Steinboden geworfen wurden.

Nur langsam wurde sich die Menge der Anwesenheit Hathors bewußt, allmählich ließ der Lärm nach, bis im gesamten Raum Totenstille herrschte: die Männer verschlangen sie mit ihren Blicken. Einer der Untergebenen näherte sich Sobek und flüsterte ihm ins Ohr.

Der breite Leib des Krokodil-Gottes reckte sich urplötzlich in die Höhe, sein schweres Gesicht lief vom übermäßigen Biergenuß rot an. »Thoth schickt dich also?«

Hathor nickte.

»Und schickt er auch eine Botschaft?«

Hathor zuckte mit den Schultern, eine Geste, deren Wirkung sie sich nur allzu bewußt war. »Nur, daß er mich schickt, als Zeichen seiner hohen Wertschätzung.«

»Nun, er weiß, wie man ein ... Geschenk darzubringen hat. Und auch die Wahl des Empfängers verrät Klugheit.« Mit schallendem Gelächter wandte er sich an seine Anhänger. »Sicherlich verfügt er nicht über genügend Frauen dieser Qualität, um *alle* zufriedenstellen zu können, nicht wahr, Männer?«

Ein ungestümer, alkoholgeschwängerter Chor der Zustimmung kam aus den Kehlen der versammelten Krieger.

»Also entschuldigt mich eine Weile, damit ich Thoths Geschenk ... genießen kann, alleine.«

Sobek deutete mit dem Finger auf sie und setzte sich quer durch den Raum in Bewegung. Hathor folgte ihm, ihr Blick war noch immer demütig zu Boden gerichtet. Sie war von der Disziplin der Männer beeindruckt. Obwohl sie johlten und Zoten rissen, rührte sich keiner von ihnen, um die Frau zu berühren, die für ihren Führer bestimmt war.

Hathor verließ den großen Gemeinschaftsraum und folgte Sobek in ein abgelegenes Gemach. Der Vizekönig ließ sich auf einen schweren Diwan fallen und betrachtete sie mit lüsternem Blick. »Bleib stehen«, sagte er und deutete ihr mit einer Handbewegung an, nicht weiterzugehen. »Und dreh dich um. Ich möchte sehen, was auf mich wartet.«

Mit einer langsamen, verführerischen Bewegung drehte sie sich und zeigte sich ihm unter dem hauchdünnen Stoff. Sobeks Atem ging schwer; er gab ihr zu verstehen, daß sie näher kommen sollte. Hathor spürte die Hitze seines Körpers, als sie nur wenige Zentimeter vor dem Sitzenden entfernt stehenblieb.

Mit dem Eifer eines Zweijährigen, der ein Geschenk auspakken darf, ließ Sobek seine Hände nach vorne schnellen. Eine Faust wickelte sich in den zarten Stoff ihres Negligees und zog es nach unten. Und während ihr einziges Kleidungsstück zerfetzt hinabfiel und zu ihren Füßen liegenblieb, fuhr Sobeks linke Hand an ihrer Hüfte vorbei nach hinten, um sie am Hintern zu packen und die letzten Zentimeter zu sich heranzuziehen. Heiß fiel sein Atem auf ihren Bauch, als er sie an sich riß.

Doch Hathors Hände waren bereits in Bewegung. Ihre rechte Hand schlug auf den Arm, der sie gepackt hatte, und ihre linke fuhr nach oben in Sobeks Gesicht. Die rasiermesserscharfen gläsernen Armreifen taten ihre Arbeit. Unter der Wucht des Schlages lockerte der Vizekönig seinen Griff, Hathor konnte sich ihm entwinden. Ihr zweiter Angriff schnitt in Sobeks linke Wange eine klaffende Wunde, die von der Kieferpartie bis fast zum Auge reichte.

Einen langen Augenblick hockte er wie gebannt auf dem Diwan und starrte auf sein eigenes Blut. Dann verzerrte sich sein Gesicht vor Wut. »Hündin!« stammelte er und wollte sich erheben.

Hathors Fußtritt traf ihn im Magen und nahm ihm alle Luft. Vor langer Zeit, nachdem sie beschlossen hatte, sich mit den Kriegern zu messen, hatte sie sich die besten Ausbilder kommen lassen, die zu haben waren. Und sie hatte sie gut bezahlt, in Gold oder in der Währung der Liebe. Ihre Experten erklärten, daß Hathor in den Schultern und Armen niemals die Kraft eines männlichen Kriegers erreichen würde. Ihre Beine allerdings waren stärker als die Arme jeden Mannes – und verfügten über eine größere Reichweite. Und in den Sohlen der zierlichen Sandalen, die sie trug, waren schwere Metallplatten eingearbeitet.

Sobeks verschwommener Blick schien zu fragen, *wer ist diese teuflische Frau?*, während er versuchte, wieder zu Atem zu kommen. Ein schwieriges Unterfangen, angesichts des angeschlagenen Zustands seiner Bauchmuskulatur, wie Hathor wußte. Sie schien ihm das Dilemma, in dem er sich befand, von den Augen ablesen zu können. Ein Ruf, und der Raum würde von Kriegern wimmeln. Aber welchen Eindruck würde es bei seinen Anhängern hinterlassen, wenn er Krieger brauchte, um sich gegen eine einzige, nackte Frau zu verteidigen?

Hathor täuschte mit dem linken Bein einen niedrigen Schlag an. Als Sobek versuchte, ihren Knöchel zu ergreifen, wechselte sie zu einem Rundumschlag über, der von rechts kam. Die verstärkte Sohle traf Sobek an der Schläfe und warf ihn halb bewußtlos auf den Steinboden.

Einen Moment lag er da, ohne sich zu rühren. Dann versuchte er, auf Hände und Knie zu kommen. Ein Fußtritt gegen seinen linken Ellbogen brach ihm fast das Gelenk; er krachte seitlich zusammen. Hathor ließ einen Tritt in die Nieren folgen, hakte dann einen Zeh in seine Rippen ein und drehte ihn um, so daß seine verwundbare Unterseite oben lag.

Der Krokodil-Gott versuchte sich zusammenzukrümmen und seinen Bauch zu schützen, Hathors schwere Sohlen aber krachten in seine Hoden. Er stieß einen Schmerzensschrei aus und verlor erneut den Atem.

Nun versuchte er sich umzudrehen, doch ein Schlag von Hathor warf ihn wieder flach auf den Rücken. Zu diesem Zeitpunkt hätte Sobek um Hilfe schreien *wollen*, aber ihm fehlte die Kraft dazu.

Hathor trug nicht unbedingt dazu bei, daß sich die Situation verbesserte. Kalt lächelnd legte sie ihren rechten Fuß auf Sobeks Hals. Die einzige Reaktion, zu der der hilflose, nach Luft japsende Mann noch in der Lage war, war das Kinn anzulegen, um die weiche und nun gefährdete Stelle zu schützen.

Ein weiterer Schlag der weiblichen Kriegerin ließ Sobeks Kopf nach hinten schnellen; die Wunde an seiner Wange riß noch weiter auf.

Blut strömte über den Hals des Krokodil-Gotts; unermüdlich trafen die Tritte von Hathors Beinen. Ein abgewürgtes, krächzendes Flüstern kam aus seiner Kehle. »Wer ...«

Das war alles, was er zustandebrachte.

Hathors Lächeln verzerrte sich. Die Frage konnte lauten: »Wer hat dich geschickt?« Wahrscheinlich vermutete Sobek dahinter einen seiner Rivalen. Thoth, dessen war er sich sicher, verfügte weder über die personellen noch die genetischen Mittel, um ihm einen Attentäter an den Hals zu hetzen, geschweige denn einen ausgebildeten weiblichen Killer.

Aber wenn Sobeks Leutnant bei Thoth nachgefragt hätte, wie Hathor fest erwartet hatte, dann wäre ihm das »Geschenk« aus ganzem Herzen bestätigt worden.

Denn Thoth war nicht mehr frei in seinen Entscheidungen. Er handelte zur Unterstützung – in Wirklichkeit aber nach den Befehlen – der Kriegerin, die das Imperium des Ra retten und wieder zu alter Größe führen würde.

Also sagte sich Hathor, daß Sobeks unvollständige Frage lauten mußte: »Wer bist du?«

Sie hielt es für angemessen und gerecht, wenn er es erfahren sollte. Hathor trat zurück und holte sich das Paket, das unter dem Diwan lag. Anscheinend hatten diese Krieger-Typen noch nicht einmal bemerkt, daß das Dienstpersonal ein Teil des Verwaltungsapparates war – und Thoth den Lehenseid geschworen hatte.

Hathor zog eines der Jochbein-Kolliers heraus, die sich in die Köpfe der Götter verwandeln konnten. Sie nahm ihre vorherige Position wieder ein – einen Fuß auf Sobeks Hals –, legte das Jochbein-Kollier an und aktivierte die weiche Metallmaske. Und das leicht golden schimmernde Material nahm das Aussehen eines Katzenkopfes an – das alte Zeichen für Hathor.

Sobeks Augen traten hervor, im Schock wurde ihm bewußt, wer hier auf ihn herabstarrte.

Die Maske war das letzte, was er sah. Hathor drückte mit ihrem Fuß zu und zerquetschte ihm die Luftröhre.

Während Sobek in seinen letzten Todeszuckungen lag, eilte Hathor zu dem Paket zurück, das auf ihr Betreiben hin hinterlegt worden war, holte das Gewand eines Kriegers heraus und legte es an. Sie wartete, bis der Krokodil-Gott wirklich und unumstößlich tot war, bevor sie sich zum Eingang der Kammer begab.

Hathor hatte niemals an ihrer Fähigkeit gezweifelt, Sobek besiegen zu können. Das war der leichtere Part dieses Unternehmens. Die wirkliche Herausforderung stand erst bevor – wieder in diesen Raum zu gehen, in dem die Krieger ihre Freizeit verbrachten, und sie dazu zu bringen, ihr den Lehenseid zu leisten.

Laut rasselte ihr Atem in dem Helm; sie legte den Schalter um, der die Maske wieder verschwinden ließ. Sie wollte, daß die Krieger ihr Gesicht sahen – sie wollte, daß sie das Gesicht der Frau erkannten, die Sobek zu seinem Vergnügen mit sich genommen hatte und die nun als Kriegerin zurückkehrte, nachdem sie ihn getötet hatte.

Blieb nur noch ein Letztes. Sie griff in den Beutel und holte das Messer heraus. Die Klinge bestand aus einer Wunderlegierung, ihre Schneide war so scharf, daß ein Rasiermesser dagegen hoffnungslos stumpf erschien.

Hathor wog das Messer in der Hand. Wenn es ihr nicht gelingen sollte, die Menge einzuschüchtern und zu überwältigen, dann brauchte sie die Waffe, um die Angreifer aufzuschlitzen, vielleicht auch, um sie gegen sich selbst zu führen, falls die Bestien versuchen sollten, sie in der Weise zu gebrauchen, wie Sobek es vorgehabt hatte.

Und es gab noch einen ganz praktischen Grund für das Messer, jetzt sofort. Mit dem Handrücken, den sie am Kinn der Leiche ansetzte, drückte sie den Kopf nach hinten. Dann begann sie durch das Fleisch und die Knorpel des Halses zu schneiden. Sie beachtete nicht das Blut, das herausschoß, und arbeitete mit derselben Sorgfalt wie eine Hausfrau, die ein Hühnchen zerlegt. Das einzige Problem stellte die Wirbelsäule dar. Sie schob die Messerspitze zwischen zwei der Wirbel und drehte, bis sie auseinandersprangen. Dann mußte sie nur noch die Hautlappen wegschneiden, die Sobeks Kopf noch an seinem Körper hielten.

Hathor wischte das Messer am Kilt des Leichnams ab und streckte dann den Kopf auf Armlänge von sich, um ihre Arbeit zu begutachten. Der Schnitt war nicht ganz sauber, ein wenig gezackt, und Blut troff noch herab. Glücklicherweise hatte sich Sobek, wie die meisten Krieger, das lange, seitlich glatt herabfallende Haar der Jugend stehen lassen. Das Haar bot nun einen ausgezeichneten Griff.

Das Messer in der einen, Sobeks Kopf in der anderen Hand, so schlug Hathor die Tür auf und schlenderte den kurzen Gang zurück zur Hauptkammer. Die Krieger unterbrachen erneut ihre Beschäftigung, als sie erkannten, was Hathor in ihrer Hand hielt.

Sie warf ihre blutige Last in die Mitte der Krieger. »Ich, nur ich allein habe ihn getötet«, sang sie mit lauter Stimme, die an die Exekutionszeremonie erinnerte und jeden im Raum stillschweigend herausforderte. »Es kann nur einen Sobek geben, und meine Stärke habe ich erwiesen durch diese, schlimmste aller Taten.«

Sie hatte das Messer noch immer in Verteidigungsposition, mit der freien Hand aber ging sie zum Kippschalter an ihrem Jochbein-Kollier. »Aber ich werde Sobeks Platz nicht einnehmen«, fuhr sie, von der alten Zeremonie abweichend, fort. »Denn meine Kraft und meine Stellung sind größer als die Sobeks. Denn ich bin Legende geworden. Ich bin Hathor.«

Sie aktivierte die Transformation des biomorphischen Metalls, der Katzenkopf legte sich über ihre Gesichtszüge. Die schimmernde Maske bewegte sich vor und zurück, grün glühten ihre Augen, während Hathor die versammelten Krieger beobachtete und auf erste Anzeichen von Feindschaft wartete.

Sobeks Anhänger waren in verblüfftes Schweigen versunken. Ihr Führer war weggegangen, um eine reife Dienstmagd zu genießen. Aber die Magd war als Kriegerin zurückgekehrt, in ihrer Hand das Haupt Sobeks. Sie nahm für sich einen Namen in Anspruch, der sogar in ihrer wilden Gemeinschaft einen legendären Ruf besaß. Und den grausigen Beweis, mit dem sie ihren Anspruch rechtfertigte, hatte sie ihnen fast verächtlich vor die Füße geworfen.

Hathor konnte in den Gesichtern der Krieger die Gedanken lesen. Sobek war ein Meister des Kampfes und der Taktik gewesen. Deswegen hatten die hier versammelten Männer beschlossen, ihm zu folgen. Sobeks Kraft und Geschicklichkeit aber waren offensichtlich von diesem Eindringling überwunden worden.

Ein grauhaariger Krieger kam zur naheliegenden Schlußfolgerung. Langsam sank er auf die Knie und verneigte sich vor ihr. Andere folgten, bis auch der letzte im Raum den Lehenseid geschworen hatte.

Unter ihrer Katzenmaske verzogen sich Hathors Lippen zu einem grimmigen Grinsen. Sie schleuderte das Messer fort. *Ein legendärer Ruf kann nützlich sein*, dachte sie. *Er ist eine gefährlichere Waffe als das schärfste Messer.*

Nur mit einem Tuch bekleidet, das sie um ihre Schultern drapiert hatte, erschien Hathor von ihren rituellen Waschungen. Als Mitglied einer Gesellschaft, die auf Schönheit basierte und die spärlichen Umgang mit Kleidung gewohnt war, hatte sie keine Probleme damit. Aber sie bemerkte, daß Thoth sich von ihrem zur Schau gestellten Körper abwandte. Nach dem, was mit Sobek geschehen war, waren fast alle ihrer neuen Anhänger sehr vorsichtig, was ihre Blicke betraf.

Sie fühlte sich ausgezeichnet, ihre Muskeln reagierten, wie sie es gewohnt war. Und ganz gewiß hatte sie diesen Morgen einiges geleistet.

Natürlich übernahm Hathor nicht Sobeks Stellung in der Götterschaft. Sie hatte verlauten lassen, daß sie ihren neuen Anhängern den traditionellen Kampf auf Leben und Tod, durch den bestimmt wurde, wer der neue Sobek wird, nicht gestattete. Ihre Fraktion konnte sich einen Verlust an guten Kämpfern nicht erlauben.

Statt dessen hatte sie alle, die daran interessiert waren, die Position des Krokodil-Gottes einzunehmen, aufgefordert, sich mit ihr im Zweikampf zu messen. Ihre praktische Antwort auf das Problem lieferte mehrere nützliche Resultate. Wesentlich weniger Kandidaten meldeten sich, um um Sobeks Stellung zu kämpfen. Der Erfolg, mit dem sie ihnen gegenübertrat – ohne sie dabei zu töten –, hatte ihr Ansehen unter den eigenen Kriegern wesentlich gefestigt. Und wenn die Geschichten der Zweikämpfe erst einmal die Runde machten – Männer klatschten nun einmal gern –, dann würde sich auch unter den anderen Fraktionen ihr Ruhm als hervorragende Kämpferin verbreiten.

Nachdem Hathor ihre Stellung innerhalb ihrer Fraktion konsolidiert und ihrer Legendenbildung aufs neue Vorschub geleistet hatte, bereitete sie den Angriff auf eine weitere Gruppierung vor, die dazu beitragen konnte, die Herrschaft über Ras Imperium zu erringen.

Thoth hatte ihr die Verwaltung von Ras Imperium in die Hände gespielt. Wenn sich die Krieger über Thoths Leute als reine Erbsenzähler lustig machten, dann hatten sie keine Erfahrung mit großangelegten Operationen. Hathor wußte von ihrer Zeit auf Ombos, wie wichtig gute Logistik war.

Es gab jedoch noch eine weitere, nicht-militärische Komponente, auf der Ras Macht gründete – die Meister der Technologie unter Führung von Ptah, dem Handwerker und Ingenieur der Götter. Sie waren es, die die Triebwerke der Raumschiffe startklar machten, die *Udajeet*-Gleiter bauten und aus dem rohen Quarz-Kristall Ras Wunderwerke herstellten – darunter auch die Strahlen-Lanzen, die die Wächter so gerne benutzten.

Um die Kontrolle über die Techniker des Imperiums zu erlangen, wollte sich Hathor mit Ptah treffen. Gewöhnlich durchwanderte der Ingenieur das Imperium und konstruierte und reparierte, was gerade notwendig war. Das Spionagesystem der Schreiber allerdings hatte herausgefunden, daß Ptah auf *Tuat-der-Welt* angekommen war und dem Palast auf *Tuat-dem-Mond* einen Besuch abstatten wollte.

Während Thoth seinen Blick abwandte, legte Hathor die Insignien der Krieger an. »Ich bin fertig«, verkündete sie endlich. »Konnten Eure Leute ihn lokalisieren?«

Thoth nickte. »Er ist im Wartungsbereich einer der älteren Pyramiden.«

»Führt mich hin.«

Begleitet von einem kleinen Kader aus Horus-Wächtern, machten sie sich auf den Weg. Thoth wählte eine umständliche Route; einerseits wollten sie die Hochburgen der anderen Fraktionen meiden, andererseits sollte aber auch ihr wahres Ziel verschleiert bleiben.

Ra war niemals auf den Wartungsebenen seines Pyramiden-Palastes erwartet worden, wie die spartanische Einrichtung dort zeigte. Statt poliertem Marmor und weiten Säulenhallen schritt Hathors Gruppe durch dunkle, enge Korridore, die aus rauhem Stein bestanden. Die Luft wurde warm und stickig, durchzogen von einem leichten Geruch nach Ozon, als wäre der Stoff, den sie einatmeten, aufgeladen und von den großen Energien, die hier ihre Arbeit verrichteten, ionisiert worden.

Hathor kannte diese Atmosphäre nur zu gut. Der erste Triumph ihrer Karriere war vor langer Zeit die Heirat mit dem Ptah des Ersten Zeitalters gewesen. Der Schritt hatte ihre Stellung verbessert und sie in das Gesichtsfeld Ras gebracht. Sie und der oberste Gott hatten miteinander verkehrt, ohne daß Ptah etwas dagegen hätte unternehmen können. Mit kaltem Schweigen hatte er den göttlichen Ehebruch ertragen und nicht ein Wort über die brillante militärische Laufbahn verloren, die sich Hathor aufgrund eigener Fähigkeiten erworben hatte. Als sie nach Ombos abreiste, war Ra anwesend gewesen ... nicht allerdings Ptah.

Hathor verscheuchte diese Gedanken, während sie ihren Wächtern durch den kalten Gang folgte. Längst vergangene Geschichte, sagte sie sich. Der Ptah des Ersten Zeitalters mußte vor Tausenden von Jahren gestorben sein, genau wie Thoth, Sobek und alle anderen ... alle, bis auf Ra. Und natürlich sie selbst, die eine Existenz zwischen Leben und Tod gefristet hatte.

Am Ende des Tunnels erblickte sie Licht; nicht die trübe richtungslose Helligkeit, die Ra vorgezogen hatte, sondern ein grelles aktinisches Flackern.

»Seine Werkstatt«, flüsterte Thoth.

Sie traten ein. Techniker waren hektisch mit einer geheimnisvollen Apparatur beschäftigt, während ein Mann mit einer Maske einen Bogenschweißbrenner führte. Anders als die Tierköpfe, die sich über die Häupter der anderen Götter legten, bestand seine Maske aus Rauchglas. Der erste Ptah hatte der Praxis der Tierkopf-Masken abgeschworen und war, dargestellt als bärtiger Mensch, in die Geschichte eingegangen.

Dieser Ptah hatte anscheinend körperliche Desaster ungeheuren Ausmaßes hinter sich. Der Arm, der den Schweißbrenner hielt, war ein mechanisches Glied, das aus goldglänzendem Quarz bestand. Mehr als die Hälfte seines Körpers schien künstlich zu sein, die Gelenke zwischen seinem Fleisch und den Apparaturen waren mit Leinenbändern umwickelt. Die wenigen Hautteile, die Hathor erkennen konnte, waren aschfahl und schienen mit dem phosphoreszierenden Fäulnisschimmer der Pilze zu glühen, die Sumpfbäume befielen.

Als Ptah seine Gäste bemerkte, schaltete er den Schweißbrenner ab, und die Schutzmaske vor seinen Augen verwandelte sich in ein dekoratives Nackenband.

»Ah«, sagte er mit trockener, leiser Stimme, die einen metallischen Klang enthielt. »Die Gerüchte stimmen also. Meine Reise hierher war nicht umsonst. Willkommen unter den Lebenden, meine Liebe.«

Hathor wurde starr vor Schreck, und eine Sekunde lang war ihr Gesicht so fahl wie das des Mannes, der ihr gegenüberstand. Einst war Ptahs Gesicht leidlich schön gewesen, nun aber war es nur noch ein Wrack. Die Hälfte seines Gesichts, darunter ein Auge, bestand aus Ras biomorphischem Quarz-Material. Das Fleisch, das noch zu sehen war, war mehr als totenblaß; es besaß einen wächsernen, grünlichen Schimmer.

Noch schockierender aber war die Tatsache, daß Hathor dieses ruinierte Angesicht erkannte. Der Mann, der hier vor ihr stand, war der erste Ptah – ihr einstiger Gemahl.

Fassungsloses Unverständnis legte sich auf ihr erstarrtes Gesicht. Dann wandte sie sich voller Wut an Thoth.

»Er hätte es Euch nicht sagen können, meine Liebe«, kam ihr Ptah zuvor. »Informationen sind nur so gut wie das System, das sie aufzeichnet. Und gewisse Fakten sind über die Jahre hinweg aus den Chroniken ... entfernt worden.« Ein schwaches Lächeln erschien auf der noch menschlichen Hälfte von Ptahs Gesicht. »Mein eigener Ursprung zum Beispiel war nur Ra bekannt. Und unsere Beziehung wurde gänzlich getilgt, während Eure Verbindung mit unserem Führer fast mythologische Dimensionen annahm.«

»Wie ...« begann Hathor und wies auf seine Cyborg-Schale. »Was ...«

»Ein Mißgeschick bei der Reparatur eines kleinen Steuerungsfehlers bei einem der Kriegsschiffe, die Ihr Ra abgeschwatzt habt.« Ptah versuchte, seiner Stimme einen sanften Tonfall zu verleihen, Hathor aber entging nicht, daß sie noch metallischer klang. »Ihr hattet bereits Ras Ersatz-Sarkophag okkupiert, und er wollte in der Zeit, die es dauerte, bis ich wiederhergestellt war, nicht auf den ersten verzichten. Was wäre gewesen, wenn er ihn überraschend selbst gebraucht hätte? Also hat er bei der Reparatur meiner Verletzungen auf eher ... mechanische Mittel zurückgegriffen. Unglücklicherweise bedeutete das, daß ich den Sarkophag von da an nicht mehr benutzen konnte.«

Ptah strich sich mit seiner metallenen Hand über die mechanische Hälfte des Gesichts. »Aber ich habe mit diesem Hilfsmittel überlebt. Wie ironisch, daß ich, der ich den Gebrauch der Masken abgeschafft habe, nun selber für immer eine tragen muß.«

Was Hathor jedoch wissen mußte, war, was hinter Ptahs Maske lauerte. Offensichtlich gab er ihr die Schuld an seiner verunstalteten Existenz. Aber in einer politischen Allianz konnte sie auf persönliche Animositäten keine Rücksicht nehmen.

»Ihr wißt sicherlich – besser als alle anderen –, was ich vorhabe«, sagte Hathor. »Werdet Ihr mich unterstützen?«

Ptah breitete die Arme aus – einer aus matt-poliertem Metall, der andere aus blaß-fahlem Fleisch. »Ich habe mir Eure Rivalen angesehen«, sagte er. »Auf sich alleine gestellt, werden sie alles zerstören, falls sie nicht gezügelt werden. Ja, meine liebe Hathor, ich werde Euch unterstützen.«

Das Wort »zunächst« aber hing unausgesprochen zwischen ihnen in der Luft.

FÜNFTES KAPITEL

MAN KAUFT SICH EIN

Jack O'Neil amüsierte sich köstlich über Skaaras Soldaten, als sie die Besucher in die Stadt Nagada begleiteten – und konnte gleichzeitig nicht umhin, sich beeindruckt zu zeigen. Skaara hatte bei ihrem Marsch über die Dünen einen Mann an der Spitze, eine Nachhut und Wachleute an den Flanken. Die perfekte Vorgehensweise einer Aufklärungspatrouille der Marines – und Zeugnis von Skaaras Talent zur Beobachtung. Seine Marschordnung hatte er offensichtlich O'Neil bei dessen letztem Besuch auf Abydos abgeschaut.

Der Colonel blickte sich zu Walter Draven um, der sich redlich abmühte. Wahrscheinlich tat der hitzköpfige Unterhändler der UMC gut daran, primitiv nicht mit dumm gleichzusetzen.

Als sie in Sichtweite der Stadtmauern kamen, bellte Skaara einen Befehl. Nabeh hob sein Gewehr und achtete diesmal darauf, nur einen Schuß abzugeben. Sobald man die Fremden erblickt hatte, ließen die Wächter auf den Türmen Trompeten erschallen, die aussahen wie riesige, mutierte Widderhörner. Der tiefe, alles durchdringende Klang, der dem Muhen von Kühen glich, brachte die Bewohner auf die Straße.

O'Neil fühlte sich an seinen ersten Besuch in dieser Stadt erinnert, an die fast schon angeborene Höflichkeit und Gastfreundschaft der Menschen. Damals hatten sie die Fremden voller Ehrfurcht empfangen, da sie dachten, sie kämen von Ra. Dieses Mal öffneten sich die großen, schweren Tore, und dahinter stand eine lächelnde, fröhliche Menge.

O'Neil traf es fast wie ein Keulenschlag, als ihm bewußt wurde, daß dieser Heldenempfang *ihm* galt. Die Nagadianer strömten mit aller Macht auf die Straßen, um den Mann willkommen zu heißen, der Ra vernichtet und ihnen die Freiheit geschenkt hatte.

Der Colonel spürte einen stechenden Schmerz in seiner Magengrube, als sein Blick von der jubelnden Menge auf seine Gefährten von der Erde fiel. Die Menschen werden diese Schlangen in ihr Herz schließen – nur weil sie mit mir kommen, dachte er. Nur deswegen war er hier, es bestand keine Notwendigkeit, für sie die Rolle des *Guide* zu spielen – eine bittere Pille, die O'Neil schlucken mußte.

Dann tauchte in der Menge ein bekanntes Gesicht auf. Sha'uri winkte Skaara zu sich heran und flüsterte ihm etwas ins Ohr. Skaara führte sie daraufhin zum zentralen Platz, wo Kasuf und die Stadt-Ältesten bereits vor einem der Lehmziegelgebäude versammelt waren. Als die Besucher ankamen, trat Daniel Jackson aus der Menge der Umstehenden und kam ihnen entgegen.

»Wir haben schon mit gelegentlichen Besuchern gerechnet. Ich werde also als Dolmetscher fungieren.«

Draven starrte ihn entgeistert an. »Sie meinen, Sie haben den Leuten nicht Englisch beigebracht?«

»Wir sind zu sehr damit beschäftigt, die Geschichte dieses Volkes zu rekapitulieren, die ihnen von Ra gestohlen worden ist«, erwiderte Daniel. »Abydos ist seit Generationen auf dem Stand des Analphabetentums gehalten worden.«

Dravens Lächeln gab zu erkennen, daß er das für einen ausgezeichneten Gedanken hielt.

»Aber in den letzten Monaten haben mehr und mehr der Bewohner schreiben gelernt ... in ihrer eigenen Sprache.«

»Sie mußten doch wissen, daß früher oder später wieder Kontakt mit der Erde aufgenommen wird. Wir sind hier, um die Exportmöglichkeiten dieses einzigartigen Erzgesteins zu erkunden, das es hier gibt.« Mit weitausholender Geste wies Draven auf die baufälligen Lehmgebäude um den Platz. »Machen wir uns doch nichts vor, diese Welt kann den großzügigen Zufluß amerikanischen Kapitals und moderner Einrichtungen doch gebrauchen.«

»Das hier ist nicht Disneyland«, gab Daniel verärgert zurück. »Diese Leute besitzen eine Kultur, die Tausende von Jahren alt ist. Mit Spülklosetts und Fast Food brauchen Sie diesen Menschen nicht zu kommen.«

»Wie steht es mit modernen Baumaterialien und medizinischer Versorgung?« schnurrte Draven. Er nickte den Stadt-Ältesten zu. »Und sollten diese Führer nicht selber für ihr Volk entscheiden?«

O'Neil schüttelte den Kopf. Mitansehen zu müssen, wie dieser weltfremde Akademiker gegen die Syndikats-Haie antrat, war schlimmer als ein Zweikampf zwischen Godzilla und Bambi. Als die Verhandlungen aber begannen, erwiesen sich die Ältesten als härtere Verhandlungspartner als Daniel. Doch vielleicht hatte er sie ja vorgewarnt.

Widerwillig erklärte sich Daniel schließlich bereit, Englisch-Unterricht zu geben.

»Ich denke nicht, daß es notwendig ist, Sie von Ihren Studien abzuhalten«, sagte Draven mit weicher Stimme. »Meine Gesellschaft wird diese Aufgabe übernehmen.«

Und damit kontrollieren, wer mit UMC zusammenarbeiten kann und wer nicht, fügte O'Neil stumm für sich hinzu.

»Unser erster Verhandlungsspunkt sollte vielleicht sein, die Löhne für diejenigen festzusetzen, die in der Mine arbeiten«, schlug Draven vor.

»Daniel hat das erwähnt«, sagte Kasuf und warf dem Übersetzer einen finsteren Blick zu.

»Wir möchten Euch erklären, wie das System funktioniert«, fuhr der Älteste fort.

»Ihr zahlt euren Minenarbeitern nichts?« begann Draven.

Als Kasuf zu einer langen und ausführlichen Erklärung ansetzte, blickte Daniel zu Draven. »Wollen Sie das Wort für Wort oder kurz und bündig? Er geht bis zum Anfang der Mine zurück, vor etwa achttausend Jahren.«

»Sie können sich die Höhepunkte heraussuchen«, sagte Draven und sah dabei ein wenig verwirrt aus.

»Okay«, sagte Daniel. »Unter der Herrschaft des Ra war die Mine eine Verpflichtung der Gesellschaft – betrachten Sie sie als eine Art schweißtreibende Version der amerikanischen Geschworenen-Pflicht. Die gesamte Gemeinschaft arbeitete, wenn es notwendig war. Als Gegenleistung lieferten die Ältesten hier Getränke, Essen und Schutz vor der Sonne. Wenn Sie zur Mine gehen, werden Sie sehen, daß die größte Konstruktion dort – abgesehen von den neun Millionen Leitern, die man braucht, um rauf- und runterzukommen – das Zelt der Ruhe ist, wie es die Leute hier nennen. Und wenn Sie einmal dort unten in der Hitze und im Staub der Mine gewesen sind, werden Sie verstehen, daß es unbedingt notwendig ist.«

»Sagen Sie Kasuf bitte, daß meine Gesellschaft gerne für die Kosten dieses Ruhezelts aufkommt«, sagte Draven. »Tatsächlich wollte ich eine solche Einrichtung selber vorschlagen.« Aus den Augenwinkeln heraus sah er zu den Ältesten. »Sie sagen also, sie haben nicht die geringste Vorstellung, wie sie für die Arbeit bezahlt werden möchten?«

»Nein, es gibt hier zwar Löhne, aber was die Mine betrifft,

wurden die Leute nicht bezahlt – weil Ra nicht zahlte. Er hat nur das Erz gefordert, und wenn sie nicht genug davon und nicht rechtzeitig liefern konnten, mußten sie sterben.«

»Muß ein interessanter Bursche gewesen sein«, sagte Draven.

Daniel nickte. »Ich bin mir sicher, Ihnen hätte die Art und Weise seines Managements gefallen.«

Die Lippen des UMC-Unterhändlers zuckten. »Jedenfalls, um auf die Bezahlung zurückzukommen. So wie es aussieht, gibt es wahrscheinlich nicht genügend einheimische Währung, mit der wir die notwendige Arbeiterschaft bezahlen können.«

Daniel übersetzte, und nach längerer Diskussion mit seinen Kollegen stimmte Kasuf zu.

»Vielleicht könnten wir uns auf eine Art *Übergangs-Geld* einigen«, schlug Draven vor.

O'Neils Gesicht erstarrte. Klar. UMC konnte zu hohem Profit eine firmeneigene Währung liefern. Und den Wert dieser Währung auch noch manipulieren.

Die Gespräche zwischen Daniel und den Ältesten gingen an diesem Punkt hin und her. »Ich erkläre ihnen, was Geschäftsläden und Ersatzwährungen sind«, erzählte Daniel Draven mit grimmigem Lächeln.

So weit dieser Vorschlag. Am Ende mußte Draven zustimmen, daß in amerikanischer Währung zu zahlen war. Aber das führte zu neuen Problemen. Die Ältesten – und was das anbelangte, niemand auf Abydos – hatten jemals Papiergeld gesehen. Als Draven einige Anschauungsstücke hervorzog, befingerten sie nicht sehr erfreut die Scheine.

»Sie sagen, sie wollen Münzen«, übersetzte ein frustrierter Daniel.

»Das sollte kein Problem sein«, sagte Draven. »Ich schlage vor, wir bieten eine von denen für die Arbeitsstunde.« Er holte einen Viertel-Dollar aus der Tasche.

Daniel starrte ihn an. »Sie machen Witze!« stieß er hervor. »Sie wollen, daß diese Leute für zwei Dollar am Tag diese Schufterei auf sich nehmen?«

»Wollen Sie etwa, daß die Wirtschaft dieser Stadt mit amerikanischen Dollars überschwemmt wird?« gab Draven zurück. »Ich habe gesehen, was mit der einheimischen Wirtschaft passiert, wenn die Leute anfangen, ausländische Erzeugnisse zu kaufen.«

Er streckte zur Beruhigung die Hand aus. »Außerdem ist das nur eine Art symbolische Bezahlung. Ich denke, ein faires Angebot wäre es, wenn wir der hiesigen Regierung einen gewissen Prozentsatz dessen anbieten, was das Erz auf dem Weltmarkt – dem unserer Welt – einbringt. Einen Gewinnanteil, wenn Sie so wollen.«

Ein Gewinnanteil, der von UMC kalkuliert wird. O'Neil fragte sich, wieviel der wert wäre.

An diesem Punkt ging die Diskussion hin und her, die grundlegenden Zahlungsmodalitäten allerdings waren festgelegt. Gewinnanteile würden die Ältesten in die Lage versetzen, moderne Einrichtungen anzuschaffen, die die Stadt wirklich brauchte – ein Krankenhaus zum Beispiel. Sauberes Wasser, ein Leitungssystem. Der Rat von Nagada kämpfte hart für seine Bürger, aber sie hatten keine Vorstellung, welche Macht hinter UMC stand.

Daniels einziger Sieg kam, als er in seiner Tasche einen Susan-B.-Anthony-Dollar hervorkramte. »Der ist mir irgendwie übriggeblieben, und jetzt trage ich ihn als Glücksbringer. Glück soll er zumindest diesen Leuten bringen. Das sollte die Münze sein, mit der Sie die Arbeiter bezahlen.«

So konnte Daniel den Lohn der Bergleute wenigstens vervierfachen.

Die erste Verhandlungsrunde endete mit überschwenglichen Komplimenten auf beiden Seiten. Daniel wollte die Übereinkunft schriftlich fixiert haben, Draven aber umschiffte diese Fallgrube mit Leichtigkeit. »Ich bin mir sicher, die Ältesten sehen keine Notwendigkeit für ein geschriebenes Dokument«, sagte er. »Ein Ehrenwort reicht sicherlich für Männer guten Willens aus.«

Daniel bezweifelte das und führte mit Kasuf und seinem Kreis eine hitzige Diskussion. Aber die des Schreibens und Lesens unkundigen Stadtväter Nagadas hatten ihr ganzes Leben lang Geschäfte auf mündlicher Basis geschlossen. Der

Punkt ging an Draven, und Jackson war so verärgert, daß er das obligatorische Fest für die Besucher nicht genießen konnte. O'Neil überließ die UMC-Männer dem Echsenmonster, das nach Huhn schmeckte, und suchte Daniel auf.

»Paß auf diese Kerle auf«, warnte er ihn mit leiser Stimme. »Ihr Unternehmen hat Verbindungen zum CIA – und sie sind es gewohnt, sich die Dinge in der Dritten Welt nach ihrem Gutdünken zurechtzubiegen.«

»Nun, das hier ist die *Vierte Welt*«, erwiderte Daniel; seine Stimme wirkte ein wenig hohl. »Warum spielst du für diese Gestalten den großen weißen Jäger?«

O'Neil schaute Daniel nicht in die Augen. »Befehle«, sagte er kurz.

Am nächsten Morgen kam der große Auftritt für Martin Preston. »Ich würde gerne die Mine inspizieren«, sagte der UMC-Ingenieur. »Es ist schon schwierig genug, die zu erwartende Fördermenge aus den alten ägyptischen Maß- und Gewichtssystemen herzuleiten. Woher sollen wir wissen, ob diese Schätzungen auch zutreffen?«

»Sie sind niedriger angesetzt als die Mengen, die die Einheimischen Ra geliefert haben«, gab Daniel zu. »Aber damals mußten sie auch damit rechnen, umgebracht zu werden, wenn sie nicht genug von dem Zeug liefern konnten.«

Die UMC-Männer setzten sich in Begleitung der Eskorte, zu der O'Neil, Daniel, Kasuf, einige der Ältesten und Skaara gehörten, in Bewegung.

»Wenn ich es richtig verstanden habe, handelt es sich um eine Grube«, sagte Preston, während sie über die Wüste schritten; der Morgen war bereits stechend heiß.

»So kann man das wohl nennen«, erwiderte Daniel. »Sie holen das Erz aus einem tiefen Loch in der Erde.« Vor ihnen erhob sich eine hohe, im Wind sich blähende Konstruktion – ein Zelt aus handgefertigten Stoffbahnen, die an telefonmasthohen Pfosten hingen.

»Das Zelt der Ruhe«, sagte Daniel. »Unter diesen Sonnen brauchen die Arbeiter Schatten und Wasser.«

Hinter dem Zelt lag das Abbaugebiet. Eine dünne Schlange von Männern und Frauen wartete darauf, um auf einer Leiter in die Grube hinabzusteigen, während eine korrespondierende Schlange aus dem tiefen, staubverhüllten Abgrund hochkam. Sie trugen Säcke mit dem quarzhaltigen Erz, während die Säcke derjenigen, die oben warteten, leer waren.

Kasuf redete, und Daniel übersetzte. »Was Sie hier sehen, ist nur das Gerüst der ehemaligen Mannschaft. Die meisten der Minenarbeiter sind zum Feldbau und zu Bewässerungsarbeiten abgezogen worden.« Daniel ließ Preston ein schiefes Lächeln zukommen. »Auch etwas, das sie unter Ras Sklaventreiberei nicht tun konnten.«

Preston stand am Rande des Abgrunds und starrte mit weit aufgerissenem Mund auf das Minengelände. Die Wände der Grube fielen Hunderte von Metern ab, nur in unregelmäßigen Abständen waren schroffe Vorsprünge herausgeschlagen. Der einzige Zugang bestand aus primitiven, aber anscheinend robusten Leitern, die eine doppelte Sprossenführung besaßen, für den Ab- und Aufstieg. Die Seitenteile bestanden aus ganzen, entrindeten Stämmen von Schößlingen, die Sprossen aus geschälten Ästen.

Die Träger bewegten sich in einem ameisengleichen Trott auf und ab. Auf den Vorsprüngen, oft aber auch auf den Leitern schlugen die Arbeiter das Erz mit einfachen Pickeln oder Harken aus dem umliegenden Fels.

»Mein Gott«, hauchte Preston und starrte hinab. »Man sagte mir, daß es hier einfach zugeht, aber das ist ... richtiggehend primitiv.«

Klar, dachte O'Neil, er ist Minen in der Dritten Welt gewohnt, die mit europäischer Technologie aus dem neunzehnten Jahrhundert betrieben werden. Hier stehen sie eher auf dem technischen Stand von Sechshundert vor Christus.

Der Bergbau-Ingenieur, der seinen Blick noch immer nicht von der Grube lassen konnte, runzelte die Stirn.

»Stimmt irgend etwas nicht?« fragte O'Neil.

»Das ist kein natürlicher Einschnitt«, sagte Preston.

»Natürlich nicht«, erwiderte der Colonel. »Sie graben hier schon seit etwa achttausend Jahren.«

»Das erklärt aber nicht die riesige Grube.« Preston lehnte sich weiter vor, und ließ O'Neil hoffen, daß er über einen guten Gleichgewichtssinn verfügte.

»Okay«, sagte der Colonel. »Also gab es hier meinetwegen eine Spalte in der Erde, die die Einheimischen nur vergrößert haben.«

Aber Preston schüttelte abwiegelnd den Kopf. »Es gibt keinen Grund, warum hier ein Canyon existiert haben sollte – es gibt kein Wasser, und durch Winderosion kann er auch nicht entstanden sein.« Er tauschte mit Draven und O'Neil Blicke aus. »Schauen Sie, ich weiß über Geologie Bescheid – schließlich bin ich Bergbau-Ingenieur.«

Prestons Blick kehrte zum Abgrund zurück. »Als ob die Hand Gottes einen Spalt in den Fels geschlagen hätte, genau da, wo das Erz ist. Und diese Leute hier haben seither weitergegraben und ihn vergrößert.«

»Nicht Gott, aber ein *Alien* mit der Macht eines Gottes«, sagte O'Neil melancholisch. Wenn Ra Waffen besessen hatte, welche die Kruste eines Planeten aushöhlen konnten, dann hatten sie vielleicht Glück gehabt, daß er auf Abydos keine besonderen Schwierigkeiten erwartet hatte. Den Besuchern von der Erde war Ras pyramidales Raumschiff verdammt riesig und beeindruckend vorgekommen. Was, wenn es sich herausstellen sollte, daß das nur eine kleine Yacht war?

Und wie sahen in diesem Fall erst die Schlachtschiffe aus?

»Was meint Ihr damit? Die Kriegsschiffe sind nicht mehr verfügbar?« Die Flitterwochen in der Allianz zwischen Hathor und Ptah waren definitiv vorüber. Sie stand gebeugt über einem Arbeitstisch in seiner Werkstatt, ihre geballten Fäuste ruhten auf einem zerkratzten Stein.

Die Schaffung einer Raumflotte war der krönende Höhepunkt ihres Einflusses auf Ra gewesen. Ra selbst hatte es vorgezogen, seine Macht durch die SternenTore auszuüben, und hatte nur äußerst widerwillig seinen Untergebenen Raumfahrzeuge anvertraut. Durch die SternenTore konnten Rebellen nirgendwohin fliehen. Sogar Hathor hatte im Hinterkopf die

Möglichkeit bereitgehalten, im Falle einer Niederlage mit ihrer Flottille zu entkommen, um sich in einer anderen Ecke des Universums als Herrscherin niederzulassen.

Ra fand an Streitigkeiten nicht besonders Gefallen, aber Hathor bestand auf ihren Plan. Die Ombos-Rebellen besaßen ein beträchtliches technologisches Wissen – und hätten zweifellos die SternenTore angegriffen. Ein Angriff aus dem Weltall erwies sich als weniger kostspielig – und war schließlich erfolgreich gewesen.

Als Hathor die geschichtlichen Fakten nachholte, die sie während ihrer Internierung verpaßt hatte, war sie verblüfft, daß die Flotte nicht zur Niederschlagung des Aufstands auf der Erde benutzt worden war. Nun erfuhr sie den Grund dafür.

»Wo sind die Schiffe?« wollte Hathor wissen.

»Ich werde es Euch zeigen.« Ptah wandte sich an ein Schaltpult und legte einige Schalter um. Ein holographisches Bild materialisierte sich. Thoth wurde leicht nervös, als er die Szenerie erkannte. Es war die angeblich sichere Kristalldom-Galerie, wo so viele geheime Treffen stattgefunden hatten.

Ptah machte sich an der Steuereinrichtung zu schaffen, und das Blickfeld veränderte sich. Sie schienen nun durch die Kuppel auf die Oberfläche des Mondes zu blicken.

Hathor runzelte die Stirn. »Was ist mit dem Raumhafen geschehen?« fragte sie.

Sie sah eine einzelne Andock-Station, eine verfallen aussehende Pyramide mittlerer Größe. Dort, wo die anderen gestanden hatten, befanden sich nun zwei Pyramiden-Dome, die offensichtlich dauerhafte Einrichtungen darstellten.

»Seht Euch das genauer an – das, was dem Palast angefügt ist«, riet ihr Ptah.

Hathor beäugte sorgfältig das Bild und bemerkte, daß die beiden neuen Konstruktionen, trotz der Auswüchse unten, auf den Aufbauten zweier ihrer alten Schlachtschiffe ruhten.

»Nachdem er Euch zur Ruhe gelegt hatte, benutzte Ra die Schiffe eine kurze Zeit als Begleitschutz für seinen fliegenden Palast«, erklärte Ptah. »Der einzige praktische Nutzen, zu dem er sie eingesetzt hat, war auf Abydos. Ra gebrauchte die Hauptbatterien, um eine Lagerstätte des Kristall-Elements freizulegen.«

Ptah blickte seine einstige Gemahlin aus den Augenwinkeln heraus an. »Aber Eure Spielsachen, wie Eure Ambitionen, beunruhigten Ra. Während Ihr schlieft, ließ er die Schiffe schließlich abwracken.«

Schweigend nickte Hathor; sie verstand, warum sich der Gott zu diesem Schritt veranlaßt gesehen hatte. Wenn er die Schiffe zerstörte, nahm er allen Unzufriedenen die einzige Möglichkeit, ihm lebend entkommen zu können. »Wie lange wird es dauern, bis die beiden Schiffe wieder einsatzfähig sind?«

»Eines von ihnen wurde vollkommen ausgeschlachtet«, sagte Ptah. »Das andere enthält zumindest noch ein Kommando-Deck.« Er blickte zu den Technikern in der Werkstatt. »Wir gebrauchen es als Trainings-Center zur Ausbildung der Besatzungen für Ras Yacht.«

»Wie lange?« Hathor blieb hartnäckig.

»Wahrscheinlich können wir die Triebwerke in einem der Schiffe wieder hinkriegen. Daneben stellt sich die Frage, ob der Rumpf noch unbeschadet ist. In den inneren Teil des Rumpfes wurden viele Zugänge geschnitten, die nun Gänge in der Pyramide mit den Korridoren im Schiff verbinden. Das bedeutet eine Menge Flickarbeiten. Wir müssen die Angriffsbatterien wieder aufladen, die Waffensteuerungs-Computer anschließen, Klimageräte neu einrichten ... es wird nicht so lange dauern, wie ein Schiff von Grund auf neu zu bauen, aber doch eine beträchtliche Zeit in Anspruch nehmen.«

Schweigend standen sie sich eine Weile gegenüber, bis Ptah schließlich unter dem Druck ihrer dunklen Augen nachgab. »Den größten Teil des Jahres«, sagte er schließlich.

»Drei Monate«, bekam er von Hathor nur zu hören. »Solange sollte es dauern, bis ich meine Position hier gefestigt habe. Ich hoffe inständig, daß Ihr Eure Arbeit so schnell erledigen könnt. Eure Unsterblichkeit hängt nämlich davon ab.« Sie ließ Ptah ein Lächeln zukommen, das so künstlich war wie der Großteil seines Körpers. »Nachdem Ihr so lange überlebt habt, wäre es doch schade, wenn ich Euch wegen einer so trivialen Angelegenheit verlieren sollte, Gemahl.«

SECHSTES KAPITEL

VORBEREITUNGEN

Die Aufgabe, eine Vergnügungsstätte in ein Schlachtschiff zu verwandeln, war schwierig genug, wenn man bedachte, daß es keine Dockeinrichtungen gab. Ra hatte sie vor Jahrtausenden abtragen lassen, aber Ptah war niemand, der sich über so etwas aufregte. Noch schlimmer jedoch waren, vom Standpunkt des Gottes der Handwerkskunst, die Verzögerungen, die aufgrund politischer Hindernisse eintraten.

Einige von Hathors Rivalen hatten Suiten in den früheren Schlachtschiffen belegt oder ihre Truppen in Kasernen innerhalb dieser Einrichtungen untergebracht. Diese Kriegsgötter zogen nicht einfach um, weil es einer fremden Frau so beliebte – die sie noch dazu als Feindin und Emporkömmling betrachteten. Zweifellos wuchs ihre Feindschaft noch an, wenn sie erst vom Zweck dieser Veränderungen erfahren sollten.

In einigen Fällen erreichte Hathor ihre Ziele durch Verhandlungen. Es gelang ihr sogar, einen kurzen Vernichtungskrieg zwischen zwei der möglichen Nachfolger zu entfachen, als sie deren Anhänger in derselben Kaserne unterbrachte.

Andere Fraktionsführer waren scharfsinniger – oder unnachgiebiger. Sie wollten nicht umziehen und zwangen Hathor dazu, sich mit ihnen zu messen. Noch immer hielt sie die Ressourcen ihrer Fraktion zusammen, weitreichende Kampfhandlungen wollte sie vermeiden. Also provozierte sie Streit und forderte zum Duell. Das Ergebnis waren einige neue Lücken in der Götterhierarchie, eine ständig anwachsende Zahl von Truppen, die ihr den Lehnseid schworen, tiefere Feindschaft der noch lebenden Kriegsherrn – und der Auszug der Mieter aus dem alten Schlachtschiff.

Forsch in die Tat gesetzt, mußte Ptah zugeben. Seine frühere Gemahlin hatte während ihres langen Schlafes nichts von ihren Fähigkeiten verloren. Sie war in der Tat auf dem besten Weg, innerhalb ihres selbstgesetzten Zeitplans von drei Monaten die Oberherrschaft auf Tuat zu erringen.

Die Rekonstruktion der Schlachtschiffe verlief nicht so glatt.

Ptahs Anstrengungen litten unter dem Mangel an ausgebildeten Arbeitskräften. Auch wenn er von allen anderen Projekten im Imperium seine Leute abzog, besaß er für den Job kaum mehr als eine Rumpfmannschaft.

Er wollte es sich nicht eingestehen, aber der Mangel an Technikern zeugte vielleicht davon, daß Ras Imperium im Niedergang begriffen war. Sicherlich, Ra hatte sich in letzter Zeit mehr um seine Krieger gekümmert als um die konstruktive Seite der Regierungseinrichtung.

Vielleicht war es an der Zeit für einen Nachfolger.

Aber Ptah hätte sich lieber einen Führer gewünscht, der ein wenig flexibler war als Hathor. Es würde ihr nicht sonderlich viel ausmachen, an ihm ein Exempel zu statuieren, wenn sie dadurch den nachfolgenden Ptah ermutigen konnte, die zeitlichen Richtlinien einzuhalten, die sie vorgab.

Die Tatsache, daß sie dadurch einen unschätzbaren Techniker verlor, der von Ra selbst ausgebildet worden war, zählte für sie nicht. Zumindest nicht auf kurze Zeit.

Ptah war daher zum ersten Mal seit einigen tausend Jahren gezwungen, sich kurzfristigen Plänen zu widmen. Seine Techniker arbeiteten in Zwölf-Stunden-Schichten. Er selbst machte sich die Hände schmutzig, arbeitete, während er gleichzeitig die Arbeit der anderen überwachte. Als er nun gezwungen war, sich damit zu befassen, merkte er, daß er mit einigen Stunden Schlaf am Tag auskam – einer der Vorteile des mechanisch unterstützten Körpers.

Trotzdem fiel das Projekt unerbittlich hinter den Zeitplan zurück.

Ptah stand in den Ruinen einer Arkadenhalle und schweißte eine Stahlplatte über die Reste eines einst zierlich geformten Bogengangs. Rauhe Schweißnähte wölbten sich wie Narben über die metallenen Intarsien-Arbeiten des Bogens. Der Künstler in Ptah stöhnte auf bei diesem schnellen und schmutzigen Geschäft.

Aber die Platte, so häßlich sie sein mochte, versiegelte einen weiteren Korridor-Eingang. Die strukturelle Integrität des Schiffes war durch die Friedensumbauten nicht beeinträchtigt worden, die vielfachen Zugänge zur vormaligen Andock-Station hatten allerdings aus dem inneren Rumpf des Fahrzeugs ein Sieb gemacht. Alle diese Öffnungen mußten geschlossen werden.

Ptah ließ den Bogenschweißbrenner sinken. Gut, die Verbindung sollte gegen das Vakuum halten. Auch wenn sie es erst auf mögliche Lecks testen konnten, wenn die Triebwerke funktionierten und eingestellt worden waren. Dann kamen die Navigations-Tests und schließlich der Aufstieg von diesem Stück Felsen im Weltraum.

Der göttliche Handwerker wischte diesen Gedanken, der noch fern in der Zukunft lag, zur Seite. Er studierte gerade den holographischen Plan, um zu sehen, welches Leck als nächstes abzudichten war, als einer seiner Vorarbeiter den Korridor entlangkam.

»Was sollen meine Leute tun, wenn sie für zwei Arbeiten gleichzeitig eingetragen sind?« beschwerte sich der Mann, der aufgrund der Erschöpfung und der Dringlichkeit der Arbeit völlig außer Atem war. »Wir können entweder diese neuen sekundären Waffenträger installieren oder das Steuersystem für die Hauptbatterien testen«, sagte er offen heraus. »Aber beides zugleich geht nicht.«

»Installiert die neuen Waffen«, erwiderte Ptah nach kurzem Nachdenken.

Der Vorarbeiter starrte ihn an. »Die Hälfte der Platinen für das Steuersystem stammt noch vom alten Schiff«, erinnerte er Ptah. »Wir haben sie nur in neue Konsolen eingefügt. Und es gibt keinen Zweitschaltkreis.« Das paßte ganz und gar nicht zu seinem sonst perfektionistischen Meister. Ptah bestand gewöhnlich auf redundanten Systemen und intensiven Gegenprüfungen.

Aber der Gott der Handwerkskunst zuckte nur mit den Achseln. »Ich habe versucht, ein Jahr herauszuschlagen, weil ich damit gerechnet habe, die Arbeit in der Hälfte der Zeit zu erledigen«, sagte Ptah. »Aber ich habe nur ein Vierteljahr bekommen, was die Hälfte der Zeit ist, die ich wirklich brauche.«

Auf seinem geisterhaften Gesicht erschien ein noch geisterhafteres Lächeln. »Und unter diesen Bedingungen erwartet Hathor, daß ich ihr ein Schiff präsentiere, das fliegen und schießen kann. Ich werde es schaffen. *Wir* müssen es schaffen.«

Er schickte seinen kopfschüttelnden Vorarbeiter fort. Und da Ptahs Stimme knisterte und knarrte und sowieso schwer verständlich war, stand nicht zu erwarten, daß er den Kommentar noch mitbekam, den sein Herr flüsternd von sich gab: »Ich werde allerdings nicht garantieren können, *wie lange* es zu beidem fähig ist.«

Eugene Lockwood hatte sich bei UMC den Ruf eines Grubenmanagers erworben, der die Dinge ins Rollen brachte. Mit Stolz behauptete er von sich, daß er sich am Grunde eines Minenschachts ebenso heimisch fühlen konnte wie in einem Büro. Auch wenn er versuchte, es sich seinem fast hübschen, jugendlichen Gesicht nicht anmerken zu lassen, fand er es doch leicht irritierend, in einem Büro am Grunde eines Minenschachts zu arbeiten. Oder, um genauer zu sein, am Grunde des Raketensilos, der das SternenTor nach Abydos beherbergte.

Er konnte es kaum erwarten, sich auf diesem neuen Planeten einzurichten und endlich loszulegen. Wären da nicht die paar Millionen administrativer Details gewesen, die er auf der Erde noch zu erledigen hatte, bevor er sich an seinen neuen Job machen konnte. Eine der lästigsten Plagen war dabei Martin Preston, der technische Erkunder von UMC. Wegen seiner großen Erfahrung mit primitiven Bergbautechniken war er als Berater in Lockwoods Management-Team berufen worden.

Lockwood hoffte nur, daß der alte Junge nicht ernsthaft erwartete, daß er seine Ratschläge ernst nahm.

»Sie müssen diese Leute bei der Arbeit sehen, um es glauben zu können«, hatte Preston bestimmt ein Dutzend Mal gesagt.

»Ich habe mir die Fotos angesehen«, sagte der Manager abwiegelnd und wich dem Blick des Ingenieurs aus, indem er einige Berichte durchblätterte.

Preston verstand den Wink nicht. »Bilder geben keinen Aufschluß über das *Ausmaß* dieser Operation«, fuhr er fort. »Und sie machen alles mit primitivsten Mitteln. Keine Dampfwinden. Nicht einmal Schienen und Loren.«

»Ja, ja, Sie haben darauf hingewiesen.« Lockwood, der sich nun beinahe vergaß, richtete einen ungeduldigen Blick auf den Ingenieur. »Die Leute auf der Vorstandsebene haben mich mit drei Direktiven versehen. Erstens, ich soll diese Mine erschließen und modernisieren. Zweitens, ich soll alle störenden Einflüsse von außen ausschalten – das bezieht sich vor allem auf diesen Daniel Jackson.«

Er zuckte mit den Schultern. »Hier sehe ich kein Problem. Er hat uns zwar angeboten, den Einheimischen Englisch beizubringen. Aber wir werden Englisch-Kurse anbieten, die die Leute dort von den Socken hauen. Audio-visuell, Multimedia. Wir haben sogar schon eine TV-Gesellschaft engagiert, um alles so bunt und flott wie möglich zu machen. Ich überlege mir gerade, wie viele tragbare Generatoren wir benötigen, damit die Video-Schirme laufen.«

Lockwood zwang sich, zum dritten Punkt zurückzukehren. »Und schließlich soll das alles bewerkstelligt werden, während die Mine in ihrem jetzigen Zustand eine profitable Erzgewinnung abwirft.«

»Aber Sie halten an Produktionszahlen fest, die, wie ich Ihnen schon gesagt habe, viel zu hoch sind.« Prestons feistes Gesicht zeigte Anspannung. »Ich hielt die Zahlen, die der Ältestenrat von Nagada zitiert hat, bereits für hoch gegriffen. Aber Sie haben sie noch mehr aufgebläht.«

»Das ist der Stand der Förderung, den diese Mine laut unseren militärischen Informationen in der Vergangenheit erreicht hatte.«

»Ja. Ich war mit einem dieser militärischen Informanten dort. Er hat mir erzählt, daß das nur geschafft werden konnte, weil die gesamte Stadtbevölkerung zur Sklavenarbeit mißbraucht worden ist. Dieser große Gott Ra oder wer auch immer hat ihnen bei der Arbeit die Knarre an den Kopf gehalten. Wie wollen Sie dem gleichkommen?«

Verärgert wandte sich Lockwood wieder seinen Berichten zu. »Meine Aufgabe ist es, die höchste Fördermenge unter den jetzigen Bedingungen zu erreichen. Verstanden? Dieses

Quarzzeug ist, nach dem Tonnenpreis gerechnet, anscheinend sehr wertvoll. Und es ist vielseitig verwendbar, Forschungsinstitute im ganzen Land schreien danach. Wir werden das Zeug liefern – und zwar in großen Mengen.«

Er versuchte seinen vor den Kopf gestoßenen Untergebenen zu besänftigen. »Ich bitte also Sie und die einheimischen Arbeiter, sich ein wenig anzustrengen, bis wir moderne Abbaumethoden einführen können, die für ein wenig Entlastung sorgen.«

»›Für Entlastung sorgen‹«, äffte Preston nach. »Es ist schlichtweg nicht möglich, den Abbau teilweise zu modernisieren, ohne den Rest der Operation völlig durcheinanderzubringen. Diese Leute betreiben die Mine seit Tausenden von Jahren mit noch immer den gleichen Methoden. Es geht einfach nicht, daß Sie mit Winden und Förderbändern kommen, ohne sie völlig aus dem Tritt zu bringen. Sie ziehen ja noch nicht einmal Ausbildungseinheiten in Betracht, damit die Leute den Umgang mit Ihrer neuen Technologie lernen können. Die Fördermenge der Mine wird wahrscheinlich zunächst steil nach unten gehen, bevor sie wieder ansteigt.«

»Danke für Ihre Konsultation«, sagte Lockwood. »Ich denke, Sie haben unrecht. Warum überlassen Sie mir nicht die Sorge um die Modernisierung und tun einfach den Job, für den ich Sie brauche? Sehen Sie zu, daß diese Abydos-Leute während unserer Durststrecke so produktiv wie möglich sind.« Lockwood ließ Preston einen eisigen Blick zukommen. »Bis wir die Maschinen dort haben und die meisten dann sowieso nicht mehr benötigen.«

»Fertig-Rationen.« Der kahle Versorgungsoffizier betrachtete argwöhnisch die Menge, die O'Neil beanspruchte. »Für die Zahl der Männer, für die Sie das mitnehmen, ist das eine Sechs-Monatsration.«

»Wir wissen nicht, ob wir Verstärkung brauchen«, erwiderte O'Neil.

»Ich dachte, Sie würden von den Einheimischen versorgt werden?«

»Das werden wir auch tun«, sagte O'Neil. »Aber ich will sichergehen, daß wir sie nicht allzu sehr belasten – und ich will etwas in Reserve haben.«

»Ich meine nur, wie müssen das ganze Zeug hier verladen und dann durch dieses SternenTor-Dings schicken«, antwortete der Nachschub-Mann.

O'Neil verkniff sich ein Lächeln. Hier sprach ein Mann, der noch niemals durch das SternenTor gegangen war. Er fragte sich, was er vom »SternenTor-Dings« halten mochte, wenn er in seine Atome zerlegt und Millionen von Lichtjahre durch einen Tunnel gepreßt wurde, der der dreidimensionalen Geometrie nicht mehr gehorchte.

Der Offizier kratzte sich verwundert mit einer Hand an dem Haarkranz, der seine weite kahle Schädelfläche umgab, und fuhr fort: »So, und warum diese ganze Munition?« Mit dem Finger deutete er auf die fraglichen Zahlen. »Wollen Sie Schießübungen mit scharfer Munition veranstalten?«

»Ich weiß nicht, auf wen oder was wir vielleicht schießen müssen«, sagte O'Neil. »Aber ich will vermeiden, daß der Ballon hochgeht und wir ungenügend ausgerüstet sind, um mit der wie auch immer gearteten Situation zurechtzukommen. Außerdem erhalten wir vielleicht Verstärkung, und dafür will ich genügend Munition – ebenso wie Lebensmittel.«

»Am-hmmmm«, sagte der Glatzkopf. »In jeden Topf ein Hühnchen und für jeden Mann eine Stinger-Rakete.« Er deutete auf einen weiteren Posten auf der Liste. »Sie wollen mehr Stinger, als wir damals für den ganzen heiligen Krieg nach Afghanistan geschickt haben. Und die Schwachköpfe auf diesem – äh, Abydos – sind so zurückgeblieben, daß sie wahrscheinlich Pfeil und Bogen für High-tech-Geräte halten. Wofür brauchen Sie so viele tragbare Raketen?«

Nur mit Mühe konnte sich O'Neil zurückhalten. »Ich brauche die Stinger, weil General West mich davon abgebracht hat, befestigte SAM-Abschußrampen zu errichten.«

Ungläubig starrte der Offizier O'Neil an. »Sie wollten befestigte *Boden-Luft-Raketenstützpunkte* auf diesem Planeten errichten? Wozu? Glauben Sie vielleicht, die Russkis verkaufen den Schwachköpfen ...«

Diesmal bemerkte er O'Neils vernichtenden Blick.

»Ah, besitzen die *Einheimischen* einige ausrangierte MiGs, gegen die Sie sich verteidigen müssen?«

Dann dämmerte es dem Offizier.

»Oh, Sie machen sich vielleicht Sorgen, daß die Leute, die das SternenTor erbaut haben, vorbeischauen?«

Er versuchte es mit einem Witz. »Sind Sie sicher, daß Stinger gegen fliegende Untertassen etwas ausrichten können?«

O'Neil konnte über den Humor des Mannes nicht lachen. »Fliegende Untertassen scheren mich einen Dreck.« Sein Gesicht wurde nüchterner, als er sich an die Kampf-Gleiter erinnerte, vor denen sich sein Stellvertreter, Lieutenant Kawalski, verbergen mußte. Nicht zu vergessen Ras raumfahrttauglicher Palast.

»Es sind die großen fliegenden Pyramiden, die mir das Blut in den Adern gerinnen lassen.«

SIEBTES KAPITEL

ERSTE SCHRITTE

Aus dem Quarz-Ring auf der Abydos-Seite des SternenTors schoß ein plötzliches, hell-leuchtendes Energiefeld, das die Form eines in entgegengesetzte Richtung zeigenden Strudels annahm. Dann stabilisierte sich der Energiefluß zu einer schimmernden Linse, die aussah wie ein glühender flüssiger Diamant, der von einer goldenen Quarz-Fassung gehalten wurde. Einen Augenblick später verschwand die diamantähnliche Illusion, ein wellenförmiges Zittern lief über die schimmernde Oberfläche; eine menschliche Gestalt bildete sich und wurde ausgespuckt.

Eugene Lockwoods erster Schritt auf dem fremden Planeten war eher ein demütigender Bauchplatscher. Aus seiner kurzen Einweisung wußte er, daß er sich im Inneren einer riesigen Pyramide befand, in einer großen Halle. Was er nicht erwartet hatte, war der Höllenkrach des benzinbetriebenen Generators, der ein provisorisches Beleuchtungssystem betrieb. Die Explosionen in der Brennkammer der Maschine hallten an den behauenen Steinwänden wider.

Lockwood ging von der SternenTor-Kammer durch einen Korridor in einen breiteren Raum, an dessen Boden und Decke vertikale, mit – wie es schien – Kupfer überzogene Scheiben angebracht waren. In seiner Einweisung war dieser Raum als Ort einer Art Kurzstrecken-Materie-Transmitter beschrieben worden. Dahinter war eine ansteigende Rampe, eine mächtige Steingalerie, die sich dann zu einer Eingangshalle weitete, die von Säulen gestützt wurde.

Hier traf er auf die Leute, die zu sehen er gekommen war – das UMC-Sprengstoffteam, das am engen Ausgang zur Welt draußen Sprengladungen anbrachte. Im Gegensatz zu den großzügigen Proportionen der innenliegenden Gänge war der Ausgang kaum zwei Meter breit, ein wahrer Flaschenhals. Lockwood warf einen besorgten Blick auf die Männer, die die Sprengladungen nun verkabelten und mit dem Zünder verbanden.

»Ihr seid euch sicher, daß das funktioniert?« fragte er den Sprengmeister, einen kleinen Mann mit rotem Gesicht, der mit einer leicht angefeuchteten, kalten Zigarre zwischen den Lippen seine Arbeit verrichtete.

Der Blick, den der Spreng-Experte seinem Boß zukommen ließ, war scharf genug, um die Sprengladungen zu entzünden. »Wir haben das Gewicht, das auf den Steinen lastet, berechnet, und wir wissen, wie wir etwas hochgehen lassen müssen. Alles, was unsere Ladungen tun, ist, den Eingang zu erweitern – oder wollen Sie Ihr ganzes Gerät in Einzelteilen hier durchschaffen?«

»Aber es beschädigt doch nicht das SternenTor?« fuhr der nervöse Lockwood fort.

»Das Ding ist so weit vom Sprengort entfernt, wie es nur möglich ist«, erwiderte der Spreng-Experte. »Aber wir werden trotzdem ein paar Schutzschilde aufstellen – nur für den Fall.«

Erfahren begutachtete er die Arbeit seiner Leute. »Perfekt«, verkündete er. Die Zigarre hing ihm an den Lippen. »Wenn das alles rausgeblasen ist, nehmen wir den Schutt, um die Rampe, die zur Tür hochführt, zu verbreitern.«

Sie spulten die Zündkabel in die SternenTor-Kammer. Weitere Männer und Material kamen von der Erde. Schwere Stahlschilde und Stützstreben wurden nach vorne gebracht, um den Eingang zum SternenTor zu verbarrikadieren.

»Wir sind fertig«, rief der Sprengmeister. Das war auch Lockwood, der zur Erde zurückeilte.

Kaum war er dort angekommen und hatte sich aufgerappelt, als der Sprengmeister aus dem SternenTor polterte.

»Laßt die Motoren an, Jungs«, schrie er den anderen im konvertierten Raketen-Silo zu.

Wenn der Lärm in der SternenTor-Kammer laut gewesen war, so war das Dröhnen, mit dem das ehemalige Raketen-Silo nun erfüllt wurde, ohrenbetäubend. Die schweren Motoren der Erdbewegungsmaschinen, die vor dem SternenTor warteten, ratterten und vibrierten – ein schwacher Abglanz der Energiezyklen des SternenTors. Lockwood hatte für einen kurzen Augenblick Mitleid mit den Wachsoldaten, die ständig vor dem Übergangspunkt postiert waren. Der Lärm war wie ein Keulenschlag auf den Körper. Diese armen Schweine mußten praktisch taub sein.

Drei Bulldozer standen zur Abfahrt nach Abydos bereit. Der erste arbeitete sich die erweiterte und verstärkte Rampe hoch, die zu der wellenförmig vibrierenden Energielinse führte, fuhr hinein und verschwand. Lockwood, der sich an seine eigene Orientierunglosigkeit erinnerte, hoffte inständig, daß der Fahrer daran dachte, den Motor auszumachen, wenn er die Schwelle berührte.

Der Energiezyklus des SternenTors wurde heruntergefahren und gab der ersten Maschine Zeit, das Tor freizumachen. Ein paar Minuten später wurde die außerirdische Konstruktion erneut mit Energie gespeist, und die zweite Raupe fuhr hindurch.

Lockwood wartete, bis das dritte Gerät auf Abydos angekommen war, bevor er das SternenTor erneut benutzte. Bei der Ankunft sah er, daß die Bulldozer bereits die Schilde aus dem Korridor entfernt hatten. Mit dem Sprengmeister folgte er in vorsichtiger Entfernung den donnernden Geräten und ging den Weg durch die Kammern zurück zur Rampe.

Als sie die Eingangshalle erreichten, konnte der leitende Angestellte sehen, daß nun wesentlich mehr Licht einfiel. Der schlitzartige Spalt in der Mauer existierte nicht mehr. Statt dessen fiel durch die nun sehr viel weitere Öffnung, in der noch die Staubwolke der Sprengung hing, der grelle Schein der drei Sonnen von Abydos.

Das neue vergrößerte Portal bedurfte noch einiger Arbeit – Steine waren durch die Explosion herausgerissen oder abgebrochen worden, die zerfurchten Ränder mußten geglättet werden –, vielleicht konnte man einen Betonbogen einsetzen. Aber die neue Öffnung war breit genug, um einen Bulldozer aufzunehmen, wie einer der Fahrer demonstrierte, als er seine Maschine nach vorne steuerte, um eine erste Schuttladung wegzuräumen.

»Es ist ein Anfang«, gestand sich Lockwood zu.

Und wir haben das Dach nicht über uns zusammenstürzen lassen, fügte er still für sich an.

Die nach außen gerichtete Explosionswelle, verstärkt durch das dahinterliegende lange, röhrenförmige System von Kammern, hatte dieselbe Wirkung wie das Abfeuern eines Gewehrschusses – nur fand es hier auf einer ganz anderen Ebene statt. Und das »Gewehr« war direkt auf die Stadt Nagada gerichtet.

Die Druckwelle beschädigte nichts – die Explosion war zu weit entfernt und die Stadt dafür zu massiv gebaut. Aber der Knall traf die Bewohner wie ein Knall beim Durchbrechen der Schallmauer; eine Erfahrung, die für die Leute sehr beeindrukkend war, da nur einer von ihnen – Daniel Jackson – Erfahrung mit Strahlflugzeugen besaß.

Als der dumpf donnernde Lärm zu hören war, erklärte er seine Fortgeschrittenen-Hieroglyphen-Stunde abrupt für beendet.

»Was, zum Teufel, mag das gewesen sein?« murmelte er, während er auf der Suche nach Kasuf durch die Straßen eilte.

Daniel fand den Stadtobersten im Gespräch mit einigen

anderen Ältesten. Sie begaben sich zu einem der spinnenartigen Wachtürme, in der Hoffnung, aus der Ferne einen Blick von dem erhaschen zu können, was dort vor sich ging.

Kasufs Gesicht war starr vor Anspannung; Daniel konnte seine Besorgnis verstehen. Als das letzte Mal Dinge aus der großen Pyramide kamen, waren dies Udajeet-Gleiter gewesen, die vom Himmel herab Terrorangriffe geflogen und schreckliche Feuerstöße auf die wehrlose Stadt gerichtet hatten.

Sie entdeckten einige Mitglieder von Skaaras Heimatschutztruppe, die ins Blickfeld kamen; wie wild rannten sie die Dünen hinauf, einer gab aus seinem Gewehr Schüsse in die Luft ab, während die anderen gestikulierend in Richung der Pyramide wiesen.

Kasuf faßte sich. Was immer dort draußen vorgehen mochte, sie mußten es erfahren. Er rief einen Befehl, und mehrere mit Howdahs ausgestattete Mastadges kamen durch die verwinkelten Straßen angaloppiert. Nun, dachte Daniel, reiten wir also mit höchstem Komfort und größter Geschwindigkeit, die hier möglich war, hinaus, um die Dinge zu überprüfen.

Die massiven Stadttore wurden geöffnet, und die Kavalkade – oder war es eine Mastadge-Kade? fragte sich ein verwirrter Daniel – setzte sich in Bewegung. Skaara war von irgendwoher aufgetaucht und schloß sich dem Ritt über die bräunlich-gelben Dünen an.

Bald darauf hatten sie die jugendlichen Wachtposten erreicht, die Skaara mit knappem militärischen Gruß empfingen. Ihr Bericht allerdings war wenig ausführlich. Anscheinend hatte es in der Pyramide, an der einst Ras Raumschiff angedockt hatte, eine gewaltige Explosion gegeben. Danach war eine röhrende gelbe Maschine aufgetaucht, bei deren Anblick die jungen Krieger geflohen waren und Alarm geschlagen hatten.

Daniel runzelte die Stirn. Konnte es sein, daß mit dem SternenTor etwas nicht mehr in Ordnung war? Eine Sekunde lang hoffte er es. Es wäre besser, die Verbindung mit der Erde war unterbrochen, als mitansehen zu müssen, wie diese Wirtschaftshaie die Kultur auf Abydos zerstörten.

Sie erklommen den Dünenkamm, und vor ihnen lag die Pyramide. Daniel sah die Bulldozer und das Geröll und ein roter Staubschleier, der sich über diesen Anblick legte.

Die ehemals glatte Vorderfront der Pyramide existierte nicht mehr. An der Basis hatte eine Sprengung stattgefunden, die ein großes Loch in den Stein gerissen hatte. Vor dem ehemaligen strengen, schmalen Eingangsbogen türmte sich nun zu beiden Seiten der alten Zugangsrampe Geröll. Inmitten des Schutts befanden sich auch die beiden Steinobelisken, die die Rampe einst flankiert hatten.

Entsetzt rangen Kasuf und seine Gefährten nach Luft. Aus dem gewaltsam erweiterten Tor marschierten weitere Arbeiter. Einige von ihnen machten sich an die Arbeit und stützten den Durchbruch ab, den sie geschaffen hatten. Andere schütteten Kies über die steinerne Geröllhalde und mischten Beton. Offensichtlich hatten sie vor, den Rampenweg auf das Dreifache seiner ursprünglichen Breite zu erweitern. Dann wäre es schweren Maschinen wie den Bulldozern – nicht zu vergessen den großen Lastern – möglich, problemlos hinunterzurollen.

Daniel war so wütend, daß er sich aus der Howdah schwang, noch bevor das Mastadge zum Stehen gekommen war – und dabei fast zertrampelt worden wäre.

Nachdem er den riesigen Füßen des Tieres entkommen war, lief er auf die Rampe zu. »Was, zum Teufel, macht ihr da ...«

Schlitternd kam er zum Stehen, als er etwas wahrnahm, das er in seiner Wut vorher nicht bemerkt hatte. Soldaten waren um die Pyramide postiert. Marines in Wüsten-Tarnanzügen richteten ihre Gewehre auf ihn.

Langsam streckte Daniel die Arme aus und gab ihnen zu verstehen, daß er nichts in den Händen hielt. »Hey, Jungs. Keine Kanone, seht ihr. Ich spreche die gleiche Sprache wie ihr, klar? Ihr könnt mich nicht erschießen. Ich bin der Dolmetscher.«

Ein durch und durch amerikanischer Zivilist, auf dessen gesamten Körper das Wort *Leitender Angestellter* prangte, kam die Rampe heruntergeschossen. »Welches Stück führt ihr hier auf – *Lawrence von Arabien* auf mutierten Kamelen? Sie hätten verletzt werden können, wenn Sie so einfach in das Baugebiet marschieren.«

»Ja, also, wir sahen keine Hinweisschilder, daß wir hier erschlagen oder erschossen werden können«, gab Daniel zurück. »Unser einziger Hinweis war die Explosion, mit der sie unsere Pyramide gesprengt haben.«

»*Ihre* Pyramide? Ich denke doch, unser Mr. Draven hat Ihnen unmißverständlich mitgeteilt, daß wir uneingeschränkten Zugang zum SternenTor benötigen.«

»Aber wir wußten nicht, daß 'uneingeschränkter Zugang' bedeuten sollte, daß Sie Löcher in ein achttausend Jahre altes Denkmal sprengen, nur damit Ihre Bulldozer rollen können. Sie hätten uns wenigstens davor warnen können.«

Der Angestellte sah Daniel an, als wäre der Ägyptologe etwas äußerst Unerfreuliches, das er am liebsten von seinem Schuh gekratzt hätte. »Sie müssen Jackson sein?«

»Daniel Jackson, Ph.D. Und Sie?«

»Eugene Lockwood. Minenleiter von UMC. Und momentan damit beschäftigt, eine Infrastruktur für die Mine zu errichten.«

»Da haben Sie noch ein ganz schönes Stück Arbeit vor sich, Lockwood. Sie haben mit Ihrer Lasterroute angefangen und dabei alles verspielt, was Draven an gutem Willen bei den Leuten hier aufgebaut hat. Werfen Sie doch mal einen Blick auf sie.«

Daniel deutete auf Kasuf und die Ältesten, die auf den Schutt starrten, den Lockwoods Vorhaben aufgetürmt hatte. Ihre Gesichter waren – vorsichtig ausgedrückt – äußerst kritisch.

»Andererseits, je früher wir mit dem Abbau beginnen, desto eher kann UMC dieser Welt die Dinge bringen, die sie benötigt.« Lockwood nickte Kasuf und den Ältesten zu. »Wenn Sie ihnen *das* erzählen wollen.«

»Ich werde es ihnen erzählen – na endlich, es ist an der Zeit, daß *du* hier aufkreuzt!« Daniel blickte über Lockwoods Schulter zu dem Neuankömmling, der sich zu ihnen gesellte.

Jack O'Neil war in keiner guten Stimmung. »Ich bin sofort hierher, als ich hörte, daß UMC ein Sicherungsteam für ihre … baulichen Änderungen angefordert hat.«

»Deine Jungs haben uns fast erschossen, als wir hier angekommen sind, um nach dem Rechten zu sehen«, klagte Daniel.

»Geschossen, auf dich, einem ruhigen, überlegten und bedächtigen Menschen wie dich?« O'Neil zog eine Augenbraue nach oben. »Wie konnte das nur sein?«

Eine Woche später nahm Skaara seinen Platz in Daniels dritter Englischstunde ein. Eigentlich war es der Versuch eines gemeinsamen Unterrichts, bei dem Daniel und Sha'uri die Lehrer bildeten.

Was Skaara beunruhigte, war die wachsende Zahl freier Plätze. Er zählte nur noch halb so viele Schüler wie bei der ersten Stunde.

Auch Daniel bemerkte es. »Habe ich irgend etwas Falsches gesagt?« fragte er und versuchte über seine Unzulänglichkeiten zu witzeln. »Ich habe nicht unbedingt den besten Akzent in eurer Sprache. Deswegen habe ich Sha'uri gebeten, mir zu helfen.«

»Es ist nicht dein Unterricht – oder dein Akzent«, meldete sich einer der Schüler. »Es ist der Unterricht, den die anderen in ihrem Camp abhalten.«

'Das Camp' war in Windeseile ins Vokabular der Bewohner von Nagada aufgenommen worden. Innerhalb von wenigen Tagen hatte Lockwood auf dem Felsplateau, auf dem die SternenTor-Pyramide stand, eine Zeltstadt errichten lassen. Ununterbrochen schien Material von der Erde heranzurollen. Daneben hatten die Sicherheitskräfte der Marines, die Jack O'Neil befehligte, ihre Verteidigungsstellungen bezogen.

Obwohl die Marines einen viel wirksameren Schutz boten als Skaaras eigene Truppe, hatte er die Wachtposten an der Pyramide stehen lassen. Es war für die jungen Männer mehr eine Übung, aber Skaara erhielt Berichte, denen zufolge immer mehr Nagadianer das Lager besuchten.

»Was haben sie also, das wir nicht haben?« fragte Daniel. »Hübschere Lehrerinnen? Oder werden dort Noten nach der besseren Figur verteilt?« Er winkte ab. »Tut mir leid, ich mache schlechte Witze – und niemand hier versteht überhaupt, worüber ich Witze reiße.«

Daniel blickte zu Sha'uri. »Fangen wir also mit den Dingen an, die wir verstehen *können*.« Er begann mit dem Unterricht.

Nach dem Ende der Stunde wanderte Skaara aus dem Stadttor und über die Dünen. Er blieb kurz bei seinen Wachtposten stehen und ging dann weiter ins UMC-Camp, hielt nach einer Marine-Uniform Ausschau und machte von seinen neu erworbenen Englisch-Kenntnissen Gebrauch. »Ko-ro-nel O'Near – O'Neil«, verbesserte er sich.

Überrascht zeigte ihm der Marine den Weg zum Zelt des Commanders.

Nicht weniger überrascht war Jack O'Neil, als Skaara vor ihm stand. Und seine Überraschung nahm noch zu, als der junge Mann ihn anredete. »Hallo, Colonel.«

»Hallo, Skaara.«

»Meine Schwester unterrichtet mich. Daniel auch.«

O'Neil lächelte. »Sie machen ihre Aufgabe sehr gut.«

»Hier ist auch Unterricht.« Skaara runzelte die Stirn und versuchte, trotz seines beschränkten Vokabulars das zu sagen, was er sagen wollte. »Leute, die Daniel unterrichtet, sie kommen hierher ...«

»Und du willst den Grund dafür wissen?« O'Neil mußte über Skaaras eifriges Nicken lächeln. »Gute Idee, General.«

Der Junge blickte ihn verwirrt an. »General«, wiederholte O'Neil und salutierte. »Du General, und ich salutiere.«

Skaara faßte sich an die Brust. »General.«

»Du bist ein Späher.« O'Neil hielt die Hand über seine Augen und ahmte die Geste der Beobachter nach. »Wir nennen das Aufklärung.«

Der arme Skaara schien nun gänzlich verloren zu sein. O'Neil schraubte den Ton seiner Konversation herab. »Ich zeige dir den Unterricht. Sieh dich einfach um.«

UMCs Englisch-Unterricht wurde in einem großen luftigen Zelt durchgeführt. Skaara gingen die Augen über, als er die Computer und Videomonitore sah. Einige von ihnen zeigten unglaubliche Maschinen, ähnlich den Erdbewegungsgeräten, die er bei der Pyramide erblickt hatte. Es gab andere Bilder von großen Wagen, die auf vielen Rädern fuhren, aber keine Mastadges hatten, die sie zogen.

Dann gab es bunte, animierte Zeichen, die sich zu fröhlicher Musik bewegten. Der junge Mann hatte sich gefragt, wie Leute, die ihre Sprache nicht sprachen, ihnen deren beibringen konnten. Die tanzenden, funkelnden Zeichen auf den Monitoren erklärten es. Die UMC-Lehrer bentzten Hieroglyphen – und neben den Abtrünnigen aus Skaaras Englischklasse sah er Gesichter, die er aus Daniels Literaturkursen kannte.

Die Fremden machten sich Daniels Arbeit zunutze, um ihm nun seine Schüler abspenstig zu machen!

Ganz sicher aber war es nicht perfekt. Skaara sah verschiedene Zeichen, die er nicht verstand, und andere waren vollkommen falsch.

Einer der Lehrkräfte kam auf ihn zu. »Willst du meine Sprache lernen?« fragte er in einer Art gebrochenen, stammelnden Dialektes. »Du mußt mir helfen, deine Sprache zu lernen.«

»Der Lehrer in der Stadt spricht meine Sprache besser«, erwiderte Skaara. »Warum soll ich nicht bei ihm lernen?«

»Er ist nicht ...« Der Lehrer schlug mit dem Finger an seine Stirn. »Bei sich, er ist ein Versager.«

Skaaras Gesicht zeigte keinerlei Regung. Aber wenn er nach Hause zurückkehrte, würde er viel mit Daniel und Sha'uri zu bereden haben.

ACHTES KAPITEL

RAUHE UNTERRICHTSMETHODEN

Daniel konnte es kaum fassen, was Skaara ihm zu berichten hatte. »Fernsehen. Computer. Die Creme de la Creme.« Er bemerkte die Verständnislosigkeit in den Gesichtern von Skaara und Sha'uri und entschuldigte sich. »Tut mir leid. Ein Ausdruck von zu Hause.«

Über den Inhalt von Skaaras Bericht runzelte er allerdings die Stirn. »So. Ein Teil der ganzen Show besteht also darin, die Leute mit Bildern von den wundervollen Maschinen zu beeindrucken, die Lockwood hierherbringen möchte. Vielleicht sucht er sich sogar welche, die geneigt sind, sie zu führen. Sie kämen viel billiger als die Leute von der Erde. Das meiste davon kann sowieso mit Bildern erklärt werden. Aber wie unterhalten sie sich mit den Leuten? Ich kann nicht glauben, daß die Marines genügend Worte aufgeschnappt haben ..«

Als Skaara ihm von den tanzenden Hieroglyphen erzählte, weiteten sich Daniels Augen hinter den Brillengläsern. »Sie versuchen Altägyptisch von den Leuten zu lernen, denen *ich* Schreiben beigebracht habe? Mit Hilfe von Hieroglyphen?«

»Manche ergeben keinen Sinn«, sagte Skaara. Mit einem Stück Kreide zeichnete er eines der komischen Gebilde, die er auf den glühenden Schirmen gesehen hatte, auf eine Schiefertafel. »Natürlich ist das jetzt ohne Farbe«, entschuldigte er sich.

Daniel allerdings starrte auf die Zeichen, die Skaara geschrieben hatte. Dann begann er zu lachen. »Kein Wunder, daß du nicht verstehen kannst, was das bedeutet. Diese Idioten arbeiten nach *Budge* – und dessen Werk ist voller Fehler.«

Nachdem seine gute Laune auf diese Weise wiederhergestellt war, wandte er sich an Sha'uri. »Sieht fast so aus, als müßten wir die Einschreibung für unseren Englisch-Unterricht neu vornehmen«, sagte er. »Und diesmal nehmen wir nur welche, denen wir nicht das Schreiben beigebracht haben. Du bist für das gesprochene Wort zuständig, und ich lehre sie das englische Alphabet.« Er zog die Stirn in Falten und murmelte leise für sich: »Manchmal frage ich mich, ob ich nicht doch diesen Sprachkurs bestellen sollte, für den immer Werbung gemacht wurde.«

Die Fremden machten in sehr kurzer Zeit große Fortschritte. Von der Pyramide mit dem SternenTor erstreckte sich nun eine Straße zum Minengelände. Laster donnerten darüber. Man begann mit der Errichtung eines mechanischen Aufzugssystems, um das Erz aus der Tiefe an die Oberfläche zu befördern. In der Zwischenzeit aber mußte das Quarzmaterial nach wie vor mit der Hand abgebaut und transportiert werden.

Lockwood kam zu mehreren Besuchen nach Nagada und verhandelte mit den Ältesten über mehr Arbeiter und größere Leistungen. Er erreichte die Förderquote, die er anvisiert hatte, nicht. Mitglieder seines Stabs begleiteten ihn, und nachdem seine Lehrer mit dem einheimischen Idiom vertrauter geworden waren, begleiteten auch sie den Manager. Zumindest konnten sie ihm bestätigen, daß Daniel Jackson seine Bitten wahrheitsgemäß und getreu übersetzte.

Der UMC-Mann war, als er das hörte, nicht besonders glücklich. Zwischen dem, was er seinen Vorgesetzten versprochen hatte, und dem tatsächlich abgebauten Erz klaffte eine nicht unerhebliche Lücke. Lockwood wollte einen Sündenbock. Er versuchte es mit Anreizen, erhöhte den Lohn derjenigen Arbeiter, die mehr als sonst schafften. Aber *so* viel mehr mußte er deswegen auch nicht ausgeben. Die Ältesten hatten Tageslöhne akzeptiert, die bei den meisten Bergbaugewerkschaften reihenweise Herzinfarkte hervorgerufen hätten. Das einzige Problem war, daß die Einheimischen in Münzen bezahlt werden wollten. Es machte ihnen nichts aus, wenn es U.S.-Münzen waren. Aber viele amerikanische Banken wunderten sich, warum die Nachfrage nach Susan-B.-Anthony-Dollarmünzen plötzlich nach oben ging.

Die Erzproduktion erhöhte sich ein wenig, aber nicht genug, um Lockwoods gesteckte Ziele zu befriedigen. Nachdem er mit dem Zuckerbrot nichts erreicht hatte, versuchte er es mit der Peitsche. Er arrangierte private Treffen mit seinen Minen-Vorarbeitern – was für die Gesellschaft nur ein sehr viel besser klingender Name war als *Aufseher*.

»Sie sind faul«, beschwerte sich Vorarbeiter Tony DiBlasi. »Haben keine Disziplin. Ich kann mir beim besten Willen nicht vorstellen, wie sie soviel abgebaut haben sollen, wie Sie sagen. Nur ein paarmal die Leitern rauf und runter, und die Hälfte von ihnen muß in dieses Erfrischungszelt. Vor allem die Frauen und Alten.«

DiBlasi sagte nicht, daß er selber nur einmal die Leiter hinauf mußte, um für eine halbe Stunde flachzuliegen.

Lockwood lächelte. »Was wir also brauchen, sind gewisse Regeln. Diese Leute können nicht einfach Pause machen, wenn sie wollen. Versuchen wir es mit mindestens fünf Runden, bevor sie sich ausruhen können. Klingt das vernünftig?«

In dem von der Air-condition gekühlten Wohnwagen seines Bosses, abgeschottet von der brennenden Hitze der drei Sonnen auf Abydos, klang das für DiBlasi alles vernünftig. »Aber wie sollen wir das durchsetzen?« fragte er.

Lockwood sah aus, als hätte er gerade in eine saure Dattelpflaume gebissen. »Ich werde im Hauptquartier einige Sicherheitsleute beantragen. Ich weiß, was für ein weiches Herz dieser O'Neil hat, von ihm werden wir nie die Unterstützung der Marines bekommen.«

»Und was ist mit den Leuten von Abydos? Was ist, wenn sie sich beschweren?« wollte DiBlasi wissen.

»Die Abbadabbas?« Lockwood lächelte spöttisch, nun, da er den Namen, den er den Bewohner des Planeten gegeben hatte, zum ersten Mal laut ausgesprochen hatte. »Was sollen sie schon tun? Eine Beschwerde bei der Gewerkschaft einreichen?«

DiBlasi kicherte. »Abbadabbas«, wiederholte er. »Das gefällt mir.«

»Ich will, daß Sie und die anderen vom Management die Arbeiter beaufsichtigen«, sagte Lockwood. »Finden Sie die Schwachpunkte heraus – diejenigen, die nicht genügend arbeiten. Wenn wir die Operation dann mechanisieren, werden sie die ersten sein, die wir feuern.«

Auf seinen scharfgeschnittenen Gesichtszügen erschien ein affektiertes Grinsen. »Schuften sie die Leute aber nicht zu Tode, verstanden? Momentan brauchen wir sie noch.«

Vielleicht hielt sich Lockwood für gewitzt, wenn er von den Bewohnern als »Abbadabbas« sprach und sie als dreckig und faul bezeichnete. Aber er unterschätzte einen seiner Zuhörer. Während nämlich Lockwood und DiBlasi sich unterhielten, hatte eine Bewohnerin von Abydos Lockwoods Trailer geputzt. Sie war eine ältere Frau, die einen der Vorarbeiter an seine eigene Mutter erinnerte, weswegen er ihr diese leichte Arbeit verschafft hatte. Was weder der Vorarbeiter noch Lockwood wußten, war, daß die Frau auch eine Schülerin in Daniel Jacksons Englisch-Unterricht war.

Die Stimmen, die durch die papierdünnen Trennwände des Trailers drangen, waren klar genug. Und obwohl ihr Englisch nicht ausreichte, das gesamte Gespräch zu verstehen, besaß die Frau doch die Fähigkeit der Analphabeten, sich genau an jeden Ton erinnern zu können.

Als sie noch am gleichen Abend während des Unterrichts die Unterhaltung rezitierte, glaubte Daniel, er höre einem menschlichen Tonband zu. Andere wie Sha'uri oder Skaara, deren Englisch besser war, waren verärgert und beleidigt. Das Murren wuchs noch an, als die fortgeschritteneren Schüler den anderen das Gespräch übersetzten.

Daniel fühlte sich wie vor den Kopf geschlagen. *Abbadabbas*, dachte er. *Der Bastard ist hierhergekommen und hat bereits einen herabsetzenden Namen für uns.*

Im Moment aber hatte er andere Sorgen; er mußte den anschwellenden Ärger in seinem Klassenzimmer, der sich gegen UMC richtete, mildern.

»Was glaubt dieser Lockwood eigentlich, wer er ist?« wollte ein verbitterter Schüler wissen. »Ra selbst? Der hatte wenigstens die Entschuldigung, daß er ein Gott war – und kein Mensch. Aber Lockwood ist ein Sterblicher wie wir auch.«

Daniel wählte seine Worte vorsichtig. »Auf meiner Welt«, begann er, »bilden sich, wenn große Aufgaben anstehen, große Gruppen, die *Korporationen* oder *Gesellschaften* genannt werden.«

»Große Aufgaben – wie Erz abzubauen?« fragte ein anderer Schüler.

»Je größer die Aufgabe, desto größer ist die Gesellschaft. Manche von ihnen beginnen dann ein Eigenleben zu führen. Und diejenigen, die für die Gesellschaften arbeiten – besonders die weit oben stehen –, fangen an, nur noch an das Wohl der Gesellschaft zu denken. Für sie wird die Gesellschaft zum Gott, dem alle dienen müssen – wie Ra.«

»Und durch die Macht, die sie haben, fangen sie an, sich wie Ra aufzuführen«, sagte Skaara scharfsinnig.

»Aber wie schützen sich die Menschen in deiner Welt gegen diese arroganten Korporationen?« wollte ein junger Mann aus der hintersten Reihe wissen.

»Da gibt es verschiedene Möglichkeiten«, sagte Daniel bedächtig. »In manchen Fällen bitten die Menschen unsere Führer darum, Gesetze zu ihrem Schutz zu erlassen. In anderen Fällen organisieren sich die Arbeiter, um mit den Korporationen zu verhandeln.«

»Das hätte uns bei Ra nicht viel genützt«, warf eine ältere Frau ein. »Hätten wir gegen die schlechte Behandlung protestiert, dann hätten uns die Horus-Wächter nur umso schlimmer geschlagen.«

Es folgte ein Moment der Stille, in der die Klasse über ihre Worte nachdachte. Ras Anhänger hatten sie schlimm behandelt – bis die Menschen sich schließlich erhoben hatten. Und am Ende des Aufstands waren Ra und seine Anhänger tot.

Daniel gefielen die Gedanken nicht, die er den Gesichtern seiner Schüler ablesen konnte; es war nur allzu offensichtlich, was ihnen durch den Kopf ging. »Wir sind sehr weit vom ursprünglichen Thema abgekommen«, sagte er abrupt und wandte sich wieder der Schiefertafel zu. »Wir sprachen gerade darüber, warum manche Worte anders klingen, als man sie schreibt ...«

Am nächsten Tag wurden Daniel, Sha'uri und Skaara zu einem Treffen mit Kasuf und den Ältesten gerufen. Die alten Männer waren sichtlich verwirrt.

»Wir hören seltsame Dinge, die sich im Camp von diesem Lockwood zutragen«, sagte ein weißbärtiger Führer fast verbittert. »Denen, die die Sprache der Fremden erlernen, werden Bilder von mächtigen Maschinen gezeigt, die die Arbeit von hundert Männern tun können. Und manchen bietet man sogar an, mehr als nur die Sprache zu lernen – nämlich auch, wie sie diesen großen Geräte steuern können. Man sagt ihnen, daß sie dadurch zu wertvolleren Arbeitern werden. Und es gibt Hinweise, daß andere ihre Arbeit verlieren werden.«

»Keine Hinweise«, warf ein anderer ein. »Ich habe von jemanden gehört, daß Lockwood das zu seinen Aufsehern gesagt hat.«

»Auch ich habe das gehört«, sagte Kasuf und wandte sich an Daniel. »Und ich habe gehört, daß es in deinem Unterricht gesagt worden ist. Ist das wahr?«

»Eine Frau, die für Lockwood putzt, hat es gehört«, sprach Sha'uri. »Er macht sich über uns lustig und gibt uns dümmliche Namen. Aber er will, daß seine Aufseher feststellen, wer mehr und wer weniger Erz nach oben trägt.«

»Nun, natürlich können manche mehr tragen als andere«, sagte ein Ältester. »Zu meiner Zeit – in den Tagen Ras ...« fügte er an, »grub jeder nach dem Erz, wenn es verlangt war. Kinder, die Alten, Frauen – sie konnten nicht soviel die Leitern hochtragen wie die starken Männer. Aber *etwas* brachten sie auch.«

»Sie trugen ihren Lasten aus Furcht vor Ra und seinen Kriegern«, sagte Skaara. »Die Leute, die nun in der Mine arbeiten, tun das freiwillig, für die Münzen, die die Fremden ihnen geben.«

»Und Lockwood beschwert sich, daß sie nicht hart genug arbeiten.« Kasuf wirkte verwirrt. »Wenn sie nicht hart genug arbeiten, warum will er dann weniger Arbeiter?«

»Er wird sie loswerden wollen, wenn er die Maschinen in die Mine bringt«, erklärte Skaara. »Aber bis dahin braucht er viele Arbeiter – und er will, daß sie hart arbeiten. Niemand darf in das Ruhezelt, bevor er nicht fünf Runden geschafft hat.«

Murmelnd unterhielten sich die Ältesten.

»Fünf Runden – das ist bei dem Stand der Sonnen zu dieser Jahreszeit schon schwierig für einen starken Mann.«

»Was weiß denn Lockwood von den Sonnen?« warf der Weißbärtige verärgert ein. »Man sagte mir, er verbringt den größten Teil seiner Tage in einem Kasten, wo es immer kühl ist.«

Die beste Beschreibung eines Wohnwagens mit Air-condition, die ich jemals gehört habe, dachte Daniel.

»Sollen doch er und seine Aufseher selbst unter den Sonnen

schuften, bevor sie solche Bedingungen stellen«, verkündete einer der Alten verärgert. »Sogar unter Ra war das Zelt der Ruhe für alle offen, die es nötig hatten – und *wann immer* sie es nötig hatten.«

Daniel runzelte die Stirn. Offensichtlich sprachen die Ältesten von einer Tradition, die sich über die Jahrtausende erhalten hatte. Lockwood allerdings hielt diese Tradition anscheinend für unrentabel und hatte vor, das zu ändern.

Der Versuch konnte nach hinten losgehen – mit sehr viel schlimmeren Folgen als die Sprengung der Pyramide. Dort hatte er lediglich ein Artefakt zerstört, das der Vergangenheit dieser Menschen angehörte. Aber hier griff er in eine Institution ein, die die Gesundheit und das Wohlergehen jeden Abydianers berührte, der in den Minen arbeitete. Die Ältesten, die alle ihre Zeit in der Grube verbracht hatten, waren aufgebracht. Verständlicherweise. Als ältere Männer, die unter den kochenden Sonnen gearbeitet hatten, hatten sie wahrscheinlich die Annehmlichkeiten des Zelts der Ruhe besonders zu schätzen gewußt.

»Sag ihnen, wie es auf deiner Welt ist, Daniel«, drängte plötzlich Skaara. »Erzähl von den Korporationen und den Gesetzen und den Arbeitern, die sich selber schützen.«

Plötzlich spürte Daniel Jackson, wie sich alle Augen in dem Raum auf ihn richteten. Es war kein sehr angenehmes Gefühl. Er kannte es von früher – als er vor einer Horde überaus skeptischer Ägyptologen gestanden und ihnen seine Theorien vorgetragen hatte, die ihm den Ruf eines Schwachkopfs einbrachten. Und als er an seinem ersten Tag auf Abydos von den Bewohnern von Nagada fast vergöttert worden war, da sie geglaubt hatten, er sei eine Art Botschafter Ras.

Aber nun, nachdem er sie endlich davon hatte überzeugen können, daß er ein ganz gewöhnlicher Mensch war, wandten sich die Führer von Abydos an ihn, um sich von ihm Rat zu holen. Nachdem Kasuf und die Ältesten so viele seiner Ratschläge ignoriert hatten, regte sich in ihnen der Verdacht, daß der Umgang mit Eugene Lockwood ihre Kräfte überstieg.

Was konnte Daniel ihnen sagen? Er war kein Rechtsanwalt oder Gewerkschaftsfunktionär. Er war ein Gelehrter, ein Typ aus dem Elfenbeinturm, der einige richtige Vermutungen über die Vergangenheit gehabt hatte, aber keinen Job finden konnte. Durch schieres Glück war er wegen seinen Theorien und seinem Wissen über Hieroglyphen an das SternenTor-Projekt geraten, und es war ihm gelungen, aus seinem Wissen Kapital zu schlagen und sich auf das größte Abenteuer seines Lebens einzulassen.

Daniel schluckte und sah sich inmitten der erwartungsvollen Gesichter um.

Ich bin nur ein Experte für die tote Vergangenheit, nicht für gegenwärtige Ereignisse, dachte er. *Das ist für einen Ägyptologen die schlimmste Situation, die er sich nur vorstellen kann.*

NEUNTES KAPITEL

SCHEREREIEN

»Colonel O'Neil? Vernon Ballard. Ich bin hier als neuer Sicherheitschef der Minenoperation.«

Bereits in dem Moment, in dem der jüngste Neuankömmling von der Erde das Kommandozelt betrat, schwante Jack O'Neil nichts Gutes.

Der Fremde war ein großer, fleischiger Mann, der kerzengerade vor ihm stand, der Sitz seiner Uniform allerdings wurde von dem Ansatz eines Bierbauches zerstört. Es war das Graubraun des Tarnanzugs, das O'Neil auffiel. Ein Blick genügte, um zu wissen, daß die Uniform zwar aus Regierungsbeständen stammte – aber sicherlich nicht von der U.S.-Regierung.

Ballard nahm seine Tarnmütze ab, und darunter zeigte sich ausgedünntes braunes Haar, das so kurz geschnitten war, daß man nur schwer sagen konnte, wo der Haarschnitt endete und der spätnachmittägliche Schatten, der darauf lag, begann. Auch die Züge seines Kinns wurden durch Fett aufgeweicht; als hätte er in letzter Zeit mehr Zeit am Schreibtisch verbracht als draußen im Feld.

als hätte er in letzter Zeit mehr Zeit am Schreibtisch verbracht als draußen im Feld.

Der Sicherheitsmann erfaßte O'Neils fragenden Blick bezüglich der Uniform. »Ich hielt es für das Beste, wenn wir unsere Truppen auseinanderhalten können. UMC war in der Lage, an eine Schiffsladung alter rhodesischer Uniformen zu gelangen – die, wie ich denke, für Busch-Operationen am geeignetsten sind.«

O'Neil antwortete mit einem unbeteiligten Grunzen. Lockwood hatte schon seit einiger Zeit von der Notwendigkeit einer firmeneigenen Polizeistreitmacht gewinselt. Es sah UMC ähnlich, daß sie sich mit den Überresten eines zwanzig Jahre alten Krieges zwischen Schwarzen und Weißen ausstatteten.

»Nun, ich hoffe, Sie machen Ihre Arbeit besser als die Soldaten, die diese Uniformen getragen haben«, sagte O'Neil trocken. »Außerdem heißt Rhodesien heute Zimbabwe.«

Mit einer Handbewegung lud er Ballard ein, Platz zu nehmen, der Mann aber blieb in Rührt-euch-Stellung stehen. O'Neils Abneigung verstärkte sich. Zivilisten, die meinten, Soldaten spielen zu müssen, verursachten ihm Zahnschmerzen. Andererseits, wenn dieser Kerl ein Profi war, der auf der Gehaltsliste der UMC stand, dann war er ein Söldner. Und der Ruf, den das *Universal Mining Consortium* und seine Söldnertruppen in der Dritten Welt genossen, konnte man kaum als vorbildlich bezeichnen.

»Also, wie viele Leute bringen Sie mit, Ballard?« fragte O'Neil. »Heißt das, daß ich einige meiner Marines nach Hause schicken kann?«

»Ich werde etwa hundert Sicherheitsberater kommen lassen.« Eine schöne Umschreibung für angeheuerte Söldner, dachte O'Neil. Ballards Gesichtszüge allerdings erstarrten nach dem letzten Satz des Colonels. »Ich habe eigentlich erwartet, daß Sie ebenfalls Verstärkung heranführen, Colonel. Ich meine, angesichts der unsicheren Lage mit den Minenarbeitern.«

»Die Leute, die in diese Grube gehen, arbeiten dort schon seit ewigen Zeiten«, sagte O'Neil. Er versuchte, den Tonfall seiner Stimme ruhig zu halten. »UMC schafft sich seine eigenen

Probleme, wenn es versucht, alles über Nacht zu ändern. Und außerdem bin ich für die Sicherheit nach außen verantwortlich.«

»Aber sicherlich sind Ihre Truppen doch darauf vorbereitet, amerikanische Interessen zu schützen.«

O'Neil ließ Ballard einen Blick zukommen, als hätte er gerade etwas Klebriges und Stinkendes an seiner Schuhsohle entdeckt. »Ich muß erst überzeugt werden, daß die Interessen von UMC und die nationalen Interessen übereinstimmen.« Er nickte dem Sicherheitsmann zu. »Deswegen wurden Sie und ihre Bullterrier doch importiert. Ihr Lohn kostet Lockwood wahrscheinlich genausoviel, wie er den Leuten dort unten in der Mine für die richtige Arbeit bezahlt.«

Ballard nahm wieder volle Hab-Acht-Stellung an, sein Gesicht lief rot an. »Vielleicht zweifeln Sie an unserem Professionalismus, Colonel. Aber ich darf Ihnen versichern, daß meine Leute ihr Geschäft verstehen – genau wie ich. Sie mögen Einzelkämpfer der Marines sein, Colonel, aber ich wurde zum Kampfschwimmer der Navy ausgebildet.«

O'Neil zeigte keinerlei Regung, unbeeindruckt blickte er zu Ballard hoch. »Ein SEAL, ein Seehund, ha? Was ist passiert? Hat man Ihnen die Haut abgezogen?«

Die Röte in Ballards Gesicht nahm noch zu. »Wie bitte, Colonel?«

O'Neil wies mit dem Daumen zum Zelteingang. »Sehen Sie sich draußen mal gut um, *Navy boy.* Ich wette, Sie wurden für Unterwasseroperationen und Küsteneinsätze ausgebildet. Aber das hier ist ein gottverdammter Wüstenplanet, *kapito*?. Ihre Spezialkenntnisse sind hier nichts wert – außer daß Sie über Sicherheitsmaßnahmen schwafeln können. Aber man hat Sie hierhergebracht, damit Sie für UMC den Knochenbrecher spielen. Viel Spaß dabei.«

Ballard stürmte bereits aus dem Zelt, als O'Neil ungerührt fortfuhr: »Als die Leute hier die Schnauze voll hatten, ständig ausgebeutet zu werden, haben sie sich gegen Götter erhoben und sie umgebracht. Ich glaube nicht, daß sie sich vor einem Ex-SEAL und hundert angeworbenen Söldnern einschüchtern lassen.«

Dicke Luft herrschte auch in Eugene Lockwoods Wohnwagen mit Klimaanlage; Martin Preston war in das private Domizil des Managers gerumpelt.

»Sie wollen *Wachen* vor das Ruhezelt stellen?« brach es aus Preston heraus. Der UMC-Ingenieur hatte soeben durch einen der Aufseher von Lockwoods neuestem Erlaß erfahren. Obwohl Preston eine beratende Funktion beim Projekt inne hatte, war diese neue Einrichtung in die Tat umgesetzt worden, ohne ihn vorher zu konsultieren.

»Mit unseren eigenen Sicherheitsleuten sind wir in der Lage, die Zügel etwas anzuziehen.« Lockwood saß hinter seinem Schreibtisch, der Zorn des Mannes vom Hauptquartier ließ ihn völlig kalt. »Wir werden fünf Runden als Regel einführen, erst dann dürfen die Erzträger eine Pause machen. Nach der fünften Runde werden die Aufseher den Arbeitern einen Zettel aushändigen, den die Wachen kontrollieren; ohne Zettel kein Zugang zum Zelt.«

»Der Aufstieg auf den Leitern vom tiefsten Punkt der Mine bis zur Oberfläche entspricht dem Weg auf ein elfstöckiges Haus.« Preston hatte – ein einziges Mal nur – versucht, den Aufstieg in einem Stück zu schaffen. Seitdem hatte er seine Ambitionen vorsichtig zurückgeschraubt und machte auf den verschiedenen Ebenen häufige Pausen.

Lockwood, der die Arbeiter nur von seinem Büro an der Oberfläche aus überwachte, zuckte mit den Schultern. »Die einheimischen Arbeiter sind sicher daran gewohnt.« Er wandte sich Wichtigerem zu. »Als wir versucht haben, diese Regel auf einer freiwilligen Basis einzuführen, haben die Leute unsere Aufseher einfach ignoriert. Sogar als ihr Lohn gekürzt wurde, machten sie unerlaubte Pausen.«

Der Manager knallte seine Faust auf den Tisch. »Ich werde nicht zulassen, daß ein Haufen lausiger Idioten die Autorität des Managements untergräbt. Wir operieren noch immer unterhalb unserer Zielvorstellungen …«

»Unterhalb *Ihrer* Zielvorstellungen«, warf Preston ein. »Sie haben die logistischen Probleme, die ein Versorgungsweg stellt, der jeweils nur in eine Richtung benutzt werden kann, bei weitem unterschätzt. Es ist nicht einfach, den Transport von Erz und Versorgungsgütern im SternenTor zu koordinieren. Ich habe gehört, sie kaufen Lebensmittel aus der Stadt.«

»Dieser verdammte O'Neil räumt seinen Gütern höhere Priorität ein als unseren«, grummelte Lockwood. »Er blockiert das SternenTor, obwohl sich seine Sachen hier schon in die Höhe türmen.«

»Sie können O'Neil nicht für die Verzögerungen verantwortlich machen, die sich Ihnen bei der Modernisierung der Mine stellen. Wegen der Schwierigkeit, die Teile erst in den Raketensilo zu schaffen und dann hierherzubringen, wird es noch Wochen – ich wiederhole: *Wochen* – dauern, bis der erste Aufzug in der Mine installiert werden kann.«

»Ein Grund mehr, die Einheimischen zu höherer Arbeitsleistung zu veranlassen«, fauchte Lockwood zurück.

»Was heißt ›höher‹, wenn Ihnen die Leute unter Ihren Arbeitsregelungen vor Hitzschlag zusammenbrechen.« Preston kramte seinen letzten Bericht hervor, der unbesehen unter dem Stapel erledigter Papiere lag. »Sie ignorieren die elementarsten Sichrheitsvorkehrungen, die ich Ihnen hier zusammengestellt ...«

Lockwood schnitt ihm das Wort ab. »Ich kann mich nicht um Beschwerden kümmern, die jeder Grundlage entbehren. Ich muß die Mine zum Laufen bringen.«

»Ich denke eher, Sie müssen Ihren Arsch aufs Trockene bringen. Sie wollten der Held des Unternehmens werden und haben dem Aufsichtsrat Profiterwartungen präsentiert, die weit über meinen Einschätzungen lagen.«

Der Bergbauexperte bedachte seinen Vorgesetzten mit einem abschätzigen Blick. »Und nun haben Sie eine lächerlich geringe Fördermenge, die weit hinter Ihren aufgeblähten Erwartungen zurückbleibt. Ebenso bleibt die Modernisierung hinter dem Zeitplan zurück. Mir sagen Sie, Sie könnten sich Sicherheitsvorkehrungen nicht leisten, lassen aber zugleich eine kleine Armee aus Gangstern kommen und nennen das ›Sicherheitsmaßnahmen‹«.

Verärgert zeigte Preston mit dem Finger auf Lockwood. »Sie sind kein Ingenieur – sondern ein lausiger Erbsenzähler!«

»Ein Erbsenzähler, der zufällig *Ihr Boß* ist«, unterstrich Lockwood. »Und dafür gibt es einen guten Grund. Ihr Ingenieure sollt praktische Lösungen aller Probleme finden. Aber tut ihr das? Nein. Weil ihr keine Ahnung davon habt, was am Schluß rauskommen soll.«

»Wir reden hier von Menschenleben«, sagte Preston mit einem Anflug von Verzweiflung, »nicht von Erbsen. Machen Sie sich denn keine Sorgen, daß ...«

»Es gibt hier nichts, was mir *Sorgen* machen könnte«, unterbrach ihn Lockwood. »Keine Gewerkschaften, keine staatlichen Sicherheits- und Gesundheitsbestimmungen – keine Bundesregierung. Wir sind hier auf einem anderen *Planeten*, zum Teufel noch mal. Wen kümmern schon ein paar Abbadabbas?«

Azar gehörte zu denen, die Lockwood abfälligerweise als Abbadabbas bezeichnet hatte; er war ein einfacher Angehöriger der *fellahin*, der Tausenden von Arbeitern, die in der tiefen Steingrube der Quarzmine von Abydos schufteten.

Azar lehnte an einer der unzähligen Leitern, welche die zerklüfteten Felswände hochführten, und wischte sich mit dem Zipfel seines Kopftuchs den beißenden Schweiß aus den Augen.

Die drei Sonnen dieser Welt schienen sich mit diabolischer Präzision zusammengetan zu haben, um gnadenlos diesen tiefen Riß in der Planetenkruste auszuleuchten. Schatten existierte nicht, Kühle war eine Erinnerung an etwas, das schon sehr lange vergangen war.

Er saugte an einem Kiesel, um in seinem ausgedörrten Mund wenigstens ein bißchen Feuchtigkeit zu erzeugen, beugte sich weit auf der Sprosse vor und schlug mit der einfachen Kupfer-Harke auf die Quarzit-Ader, die hier an die Oberfläche trat.

Ein-, zwei-, dreimal bohrte sich sein Hauwerkzeug mit dumpfem Knall in das helle Erz. Schließlich löste sich ein Erzstück von etwa der halben Größe eines menschlichen Schädels und fiel auf die darunterliegende Terrasse.

Azar hielt für eine Weile inne, während ein Sammler unter

die Leiter trat, das glänzende Mineral aufhob und in die Tasche fallen ließ, die er bei sich trug.

»Komm schon, Gaden«, rief der Bergmann seinem Kollegen zu. »Heb es auf und verschwinde, bevor dir noch ein anderes Stück auf den Kopf fällt.«

»Ah, nein, ich habe genug zum Hochtragen«, erwiderte Gaden. »Vielleicht gehe ich auch zum Zelt der Ruhe – solange es noch erlaubt ist.«

Azar blickte hinüber zu den anderen *fellahin*, die sich auf den Leitern zur Oberfläche hinaufmühten. »Warum bringst du deine Ladung nicht zum *Kasten-der-fliegt*? Er ist dort drüben …« Er wies zwei Leitern weiter. »Das ist viel näher als bis hinauf zur Oberfläche.«

»Ich hoffe, du hast das nicht gemacht, als *du* eingesammelt hast«, sagte Gaden. »Ich habe gehört, die Aufseher – die *soopah-vai-sas* – schreiben die Namen der Arbeiter auf, die ihre Ladungen zum Kasten bringen. Sie gelten als schwach – und werden als erste entlassen, wenn noch mehr von diesen Kästen gebaut werden.«

»Das wird noch lange dauern«, höhnte Azar. »Hast du die Fremden gesehen, die den Rahmen bauen, der den Kasten hält? Ich spreche ihre Sprache nicht, aber ich weiß, daß sie oft fluchen. Sie fangen immer wieder mit ihrer Arbeit an und hören dann auf.

»Aber eines Tages werden sie mit ihrer Arbeit fertig sein. Die Kasten werden hoch- und runterfliegen. Und viele, viele von uns werden keine Arbeit mehr haben.« Gaden warf einen strengen Blick zu seinem Freund. »Dann ist es vorbei mit diesen seltsamen glänzenden Münzen. Nur noch diejenigen, die die Maschinen steuern, werden sie bekommen – und vielleicht noch ein paar andere.«

»Aber nicht mehr diejenigen, die als schwach gelten«, sagte Azar mit nachdenklicher Stimme. Der fliegende Kasten sauste auf seinem Weg an die Oberfläche an ihm vorbei und zitterte ein wenig in seinem Käfig. Die Leitern schwankten.

Azar kletterte die glatten, ausgetretenen Sprossen hinunter und ging zur Leiter hinüber, die gleich rechts neben dem Gestell stand, das den Kasten, der flog, umschloß. Als die

Maschine in Betrieb ging, hatte Azar sie sich interessiert angeschaut. Ein langes Seil aus Metalldrähten, die ineinander verschlungen waren, war oben an dem Kasten befestigt und zog ihn hoch oder ließ ihn runter. Der seitlich offene Wagen fuhr zusätzlich auf Schienen.

Gaden stand da und sah zu Azar, der nun auf den Fels einschlug, obwohl dort keine Erzader war, und der auf den Kasten wartete, daß er wieder herunterkam. Sie hörten das *whuusch* des näherkommenden Kasten und blickten nach oben. Azar kniff die Augen zusammen und schätzte die Entfernung ab. Dann war das untere Ende des rechteckigen Behälters auf seiner Höhe, und Azar hieb plötzlich mit seiner Harke genau auf den Punkt, wo der Kasten die Schiene berührt.

Der Aufzug war leer bis auf die riesige, schwere Gestalt eines jungen Mannes, der in einer Ecke des Käfigs lehnte.

Charlie Morris war auf seiner High School in Texas für zwei Dinge bekannt gewesen: er war ein ausgezeichneter *Linebacker* und besaß die größte Kragenweite in der Stadt. Leider hatte das College keinen weiteren Wachstumsschub mit sich gebracht, so daß sein Traum, bei den Profis zu spielen, sich allmählich verflüchtigte. Er hatte eine Anzahl von Jobs angenommen, bei denen gewöhnlich mehr Kraft als Grips erforderlich war. So wie diesen hier, bei dem er ein Auge auf einen Haufen von Schwachköpfen werfen mußte, damit diese bei ihrem Job nicht zuviel anstellten.

Aber was konnten sie schon anstellen, wenn sie nur im Fels buddelten?

Charlies Kopf wurde von seinem feisten Nacken natürlicherweise nach vorne gedrückt, ähnlich wie bei einem Affen. In der Schule hatten sie ihm deswegen den Spitznamen ›Vanilla Gorilla‹ angehängt. Auf Abydos führte seine Körperhaltung dazu, daß er im Nacken an Sonnenbrand stärksten Grades litt. Er müßte verrückt sein, wenn er die Leitern hinabklettern würde, wo diese Sonnen wie Hochöfen in der Hölle glühten.

Nicht wenn er fahren konnte.

Charlie beugte sich nach vorne in die Zugluft, die über den

Aufzugswagen strich. Es würde das letzte Bißchen Brise sein, die er in den nächsten vier Stunden dort unten im tiefen Spalt zwischen den Arschbacken der Mutter Abydos genießen konnte.

Statt dessen wurde es beinahe der letzte Windhauch, den er *jemals* genossen hatte.

Aus den Augenwinkeln heraus bemerkte Charlie das Schimmern von Kupfer. Er drehte sich um und sah eines der primitiven Werkzeuge, das weggeschnellt und gegen die Aufzugsschiene geschlagen war.

Dahinter erhaschte er einen kurzen Blick auf den Arbeiter – ein gebräuntes, dunkles Gesicht wie das von tausend anderen, das entsetzt feststellte, daß der »Kasten-der-fliegt«, wie sie ihn nannten, besetzt war.

Ein Knall, ein Kreischen, der zur Seite hin offene Aufzug stoppte abrupt und warf Charlie hinaus in die Luft. Seinen verzweifelt um sich greifenden Hände gelang es aber, den Rahmen zu fassen, an den er sich vor kurzem noch angelehnt hatte.

Einen schrecklichen Augenblick lang sah es so aus, als sollte er die letzten fünf Stockwerke des Schachts ohne den Aufzug zurücklegen. Aber er konnte sich nach innen drehen und warf sich zurück in den Käfig des nun festsitzenden Wagens.

Charlie schlug hart auf dem Boden auf. Etwas benommen rappelte er sich hoch, erhob sich auf Hände und Knie und starrte dann finster hinüber zur Leiter, auf der diese Handtuchvisage, die versucht hatte ihn umzubringen, gestanden hatte.

Natürlich war die Leiter leer.

»Sabotage«, murmelte Lockwood, als er wütend durch das UMC-Camp lief und versuchte, Colonel Jack O'Neil aufzuspüren. Er hatte wiederholt den Militärkommandanten gebeten, zum Schutz der UMC-Einrichtungen in der Mine Wachen aufzustellen. Aber O'Neil hatte ihn nur ausgelacht.

Und gerade jetzt, wo der Manager seine eigenen Sicherheitsleute hereinholte, hatten die verdammten Abbadabbas den Aufzug ruiniert – das einzige Stück moderner Technik, das er in ihrer primitiven Senkgrube aufgestellt und in Gang gebracht hatte.

Noch schlimmer, die Konstrukteure sagten ihm, daß es Tage dauern würde, bis die kaputte Maschine wieder lief. Sie mußten teilweise die Schienen auswechseln, die neuen von der Erde importieren und sie dann auf diesen Steinzeit-Leitern dorthin schaffen, wo der Sabotageakt stattgefunden hatte.

Seine Aufseher hatten nicht die geringste Ahnung, was passiert war. Der Unfall war von einem dieser einheimischen Hauwerkzeuge verursacht worden, einem Gerät, das rechtmäßig eigentlich in ein Museum für Altägyptische Gebrauchsgegenstände gehörte.

Der Holzgriff der Harke war zu Splittern zermalmt worden. Aber der weiche Metallkopf hatte sich zwischen den Aufzugswagen und den Schienen festgefressen. Der Schaden, den dieser analphabetische Arbeiter mit Dreck unter den Fingernägeln angerichtet hatte, konnte nicht schlimmer sein als der des gerissensten High-Tech-Saboteurs.

Natürlich bestand keine Möglichkeit, von der Harke auf ihren Besitzer zu schließen. Tausende von ihnen lagen im Minengelände herum. Und die Arbeiter dort zu befragen war ebenso aussichtslos. Lockwood hatte seine besten Sprachlehrer kommen lassen – die, die am meisten von dem lokalen Dialekt aufgeschnappt hatten. Aber genauso gut hätte er den dümmsten Schmierfink frisch von der Erde holen können. Die Abbadabbas litten nicht nur an Gedächtnisverlust, sondern hatten anscheinend auch ihre Sprache verloren.

Lockwood hatte den langen, schweißtreibenden Weg zum Sabotageort hinter sich, den er auf den zerbrechlich wirkenden Leitern zurückgelegt hatte. Er hatte immer gedacht, daß er in exzellenter Kondition war, doch nach den fünf Stockwerken hinunter und dreien nach oben mußte er keuchend auf einer der Terrassen stehenbleiben. Vernon Ballard, der neue Sicherheitschef, der ihn begleitete, war gezwungen, zum Ruhezelt zu klettern, um für den schwachen und schwitzenden Manager Wasser und Salztabletten zu holen.

Nachdem Lockwood sich erholt hatte, war er an die Oberfläche gestiegen, hatte sich in seinem kühlen Büro etwas ausgeruht und war dann losgegangen, um sich bei O'Neil zu beschweren. Wütend mußte er feststellen, daß der Marine-Kommandant nirgendwo zu finden war.

Lockwood hatte das Marine-Camp und sein Zelt abgesucht. Kein O'Neil. Der UMC-Mann wollte sich schon nach Nagada aufmachen, als ihm einer seiner Leute berichtete, daß der Colonel gesehen wurde, wie er mit einem Humvee in die Wüste losfuhr.

Der Minen-Manager forderte einen der geländegängigen Wagen an und machte sich in die gleiche Richtung auf den Weg.

Durch die Wüste zu fahren war wie eine Fahrt in einem kleinen Boot über die schweren Wellen eines weiten Ozeans. Der Humvee erklomm den Kamm eines sandigen Anstiegs, und vor ihm breiteten sich die scheinbar immer gleichen Dünen bis zum Horizont aus.

»Wohin, zum Teufel, konnte er gefahren sein?« fragte ein frustrierter Lockwood den Marine-Fahrer.

»Ah, Sir«, kam das schnarrende Brummen des Mannes, »vielleicht sind sie zu Hogan's Alley.«

Lockwood bedrängte ihn. »Bringen Sie mich hin. *Sofort!*«

Hogan's Alley stellte sich als ein verborgen zwischen zwei Dünen liegendes Tal heraus. Ein Teil davon war zu einem Schießstand umfunktioniert, wobei einer der Sandberge als Kugelfang diente. Der Rest des Tales war zu einer Hindernisbahn umgewandelt.

Lockwood starrte vom Kamm des sandigen Hügels hinab. »Was ist das? Eine Art Ausbildungsterrain für Ihre Leute?«

»Nun ...« begann der Marine und mußte nicht mehr weiterreden.

Denn plötzlich war das Fahrzeug von einer Schar junger Krieger in selbstgemachten Uniformen umringt, die aus dem Sand aufzutauchen schienen und mit einem Sammelsurium an Waffen auf sie zielten. Lockwood mußte einen kurzen Moment des Schreckens überstehen, bis er sah, daß die Waffen keine Patronenmagazine und die Armbrüste keinen Bolzen enthielten.

»Abba ...« Eiligst änderte Lockwood seine Terminologie. »Abydos-Bewohner?«

Der Anführer der Schar, ein junger Mann mit stechendem Blick und der dunklen Haut eines Menschen, der sich ständig im Freien aufhielt, grummelte ein kurzes und abscheuliches Wort in seiner Sprache. Dann sagte er: »Ihr nicht im *Man-över*!« Sorgfältig betonte er das englische Wort.

»Manöver?« wiederholte Lockwood verblüfft. »Was geht hier vor?«

Die Antwort kam, als eine andere Schar junger Einheimischer auftauchte und die erste Gruppe in einen Kampf verwikkelte. Plötzlich wimmelte es auf den Dünen von kämpfenden Gestalten. Ein Kriegsspiel in Kompaniegröße fand statt, wobei sich die beiden Teams nicht nur Eifer bewiesen, sondern auch gut ausgebildet zu sein schienen.

Das erste Team, das aus dem Hinterhalt angegriffen hatte, wurde mit einer Schnelligkeit und Geschicklichkeit niedergemacht, die Lockwood den Atem nahmen. Noch erstaunlicher allerdings war der Schiedsrichter, der sich, wie es schien, die Beschwerden des Anführers der ersten Gruppe anhörte.

Lockwood hatte seine Akten sorgfältig studiert, bevor er die Abydos-Operation übernommen hatte. Sofort erkannte er daher von den Fotos in den Akten Lieutenant Adam Kawalsky, O'Neils Stellvertreter auf der ersten Erkundungsexpedition nach Abydos.

Der Lieutenant diente bei der hier anwesenden Erkundungstruppe als untergeordneter Offizier. Geduldig hörte er dem jungen Mann mit dem stechenden Blick nun zu, der die erste Gruppe von Abbadabbas angeführt hatte und sich nun in gebrochenem Englisch darüber beschwerte, daß seine Männer zufällig aus dem Hinterhalt hervorgebrochen waren. »Gehört nicht zum *Man-över*!« sagte er.

»Tut mir leid, Skaara«, sagte Kawalsky. »Du hättest das sehen müssen, bevor du deine Streitkräfte dazu bewegt – ähm, bevor du losgeschlagen hast.«

Dieser junge Kerl Skaara schien nicht nur Mut, sondern auch Disziplin zu besitzen. Er akzeptierte Kawalskys Erklärung mit einem zackigen Salut.

Lockwood drehte sich um, besah sich das übrige Manövergelände und erblickte dabei einen weiteren Schiedsrichter – Feretti, den anderen Überlebenden des Erkundungsteams.

Und auf einer weiteren Düne, das Fernglas in der Hand, stand Colonel Jack O'Neil, der das gesamte Ausbildungsprogramm überwachte.

ZEHNTES KAPITEL
BESCHWERDESTELLE

General West unterhielt ein kleines Büro im Pentagon, einen Arbeitsplatz, dessen Größe in keiner Relation stand zu seinem Einfluß auf das militärische Establishment. Für den General schien auch das allerdings zu den militärischen Standardmaßnahmen zu gehören. Eugene Lockwood wußte es zu schätzen, daß Wests Auftreten nach außen – als sei er nur ein kleines Rädchen im großen Getriebe des Pentagon – eine nützliche Tarnung war für seine wahre, wenngleich etwas schattenhafte Macht.

Der winzig kleine Raum konnte noch nicht einmal ein Fenster für sich in Anspruch nehmen. Aber West hatte einen eindrucksvollen Drachen von Sekretärin hinter einem Tisch vor seiner Tür postiert, die ungebetene Besucher fernhielt.

Lockwood hatte eine lange Reise hinter sich; mit Hilfe des SternenTors hatte er von Abydos zur Erde eine Million Lichtjahre zurückgelegt. Er hatte dabei, in zivilisatorischen Zeitspannen gemessen, achttausend Jahre durchschritten, vom alten Ägypten zum ultramodernen Raketensilo in Colorado. Er hatte den Flug nach Washington überlebt. Aber als er durch die Landschaft Virginias zum Pentagon fuhr, warf er immer wieder einen Blick auf seine goldene Armbanduhr und hoffte, daß ihm noch genügend Zeit blieb, um seine Verabredung einhalten zu können.

Mit der Geschmeidigkeit des wahren Bürokraten hangelte sich Lockwood durch das Labyrinth des Pentagon und traf pünktlich in Wests Büro ein. Fauchend ließ ihn der weibliche Cerberus ein. Aber Lockwood standen die schlimmeren Angriffe noch bevor, nachdem die Sekretärin hinter ihm die Tür geschlossen hatte.

»Probleme auf Abydos?« fragte der General und blätterte durch einige Papiere auf seinem Schreibtisch.

Lockwood bemerkte das UMC-Logo am oberen Rand der Blätter. Der Militär hatte seine angeblich geheimen Berichte über den Fortschritt auf dem Planeten studiert!

»Wir mußten einige Rückschläge hinnehmen«, entschloß sich Lockwood zuzugeben. »Unser Sprachprogramm hat nicht die Ergebnisse gebracht, die wir uns erhofft hatten. Zum Teil lag dies an der feindseligen Einstellung der Bewohner, für die Daniel Jackson, Ihr ehemaliger Experte, der sich auf Abydos niedergelassen hat, verantwortlich ist.«

West nickte; auf seinem etwas feisten Gesicht war nicht die geringste Regung zu erkennen. Der General, seit langem an bürokratische Scharmützel gewohnt, war nicht gewillt, die Verantwortung für den Mist zu übernehmen, den andere produzierten.

»Ich mache mir eher darüber Sorgen, daß es Ihnen bislang nicht gelungen ist, die Mine mit modernen Einrichtungen auszustatten.« West durchblätterte weitere Berichte und überflog Lockwoods geschliffene und sorgsam gewählte Sätze. »Auf dieser Seite des SternenTors entwickeln wir einige ernstzunehmende Anwendungsmöglichkeiten für das Quarz-Mineral. Aber Ihre momentane Fördermenge liegt weit hinter den Schätzungen, die uns UMC zu Beginn des Projekts präsentiert hatte.«

Er versucht mich an meinen eigenen Zielvorgaben aufzuhängen, dachte Lockwood und versuchte, sein Poker-Gesicht beizubehalten. Er war nicht nach Washington gekommen, um sich gegen die lästigen Fragen des Generals zu verteidigen. Er wollte selbst einen Angriff führen – und, nicht zu vergessen, ihnen einen Sündenbock liefern für die Förderprobleme der Mine.

»Wir haben ernsthaftere Probleme als Versorgungsengpässe und Verzögerungen beim Nachschub. Die Einheimischen haben eine Sabotage-Kampagne gestartet.« Lockwood hielt einen Augenblick inne. »Und ich habe sie persönlich bei paramilitärischen Übungen gesehen – ganz offensichtlich mit der Zustimmung und Unterstützung des Colonel O'Neil.«

West kramte in einem anderen Papierstapel. »Ja. Ich habe einen Bericht vom Colonel vorliegen.«

Er versucht sich zu schützen, dachte Lockwood. *Aber das wird ihm nichts nützen*.

»O'Neil hat erfahren, daß zwei Mitglieder der ersten Erkundungsexpedition nach Abydos den jungen Einheimischen, die ihnen damals gegen die *Alien* halfen, ihre Hilfe angeboten haben. Die jungen Männer haben eine Art Miliz aufgestellt, wie der Colonel – und auch die Herren Draven und Preston von ihrer Firma – bereits früher berichtet haben.«

West zuckte mit den Schultern. »Lieutenant Kawalsky und Corporal Feretti vertreten die Meinung, daß, wenn die jungen Männer schon ihr Mütchen kühlen müssen, das am besten in organisiertem Rahmen stattfindet. Außerdem ist es dadurch möglich, ein Auge auf die Gruppe zu werfen.«

»Nach meiner Information waren es damals kaum ein Dutzend von diesen Hüter-Jungen«, warf Lockwood ein. »Ich konnte aber wesentlich mehr von ihnen bei der Kampfausbildung beobachten.«

Er beugte sich über den Schreibtisch des Generals und wollte seinen kleinen Vorteil ausnutzen. »Der Colonel weigert sich beständig, die neuen Bergbaumaschinen zu bewachen. Nun erlaubt er, daß diese Leute ausgebildet und damit noch gefährlicher für mich und meine Leute werden.«

Der Manager blickte West von der Seite an. »Ich weiß, daß Sie ursprünglich O'Neil wegen seiner Erfahrung auf Abydos zum Kommandanten der Expeditionsstreitkräfte ernannt haben. Vielleicht aber hatte er da *zuviel* Erfahrung gewonnen – zu viele Kontakte. O'Neil ist blind gegenüber jeder Gefahr, die nicht von außerhalb des Planeten kommt. Nachdem dieser Ra tot ist, scheint mir die Möglichkeit eines Angriffs von außen sehr unwahrscheinlich zu sein. Die wirklichen Probleme auf Abydos rühren von fehlgeleiteten Elementen in Nagada her, nicht von irgendwelchen Gespenstern, die hinter dem SternenTor lauern.«

Wieder nickte General West, noch immer offenbarte sein Gesicht nichts von den Gedanken, die hinter seiner bürokratischen Maske vor sich gingen. »Es ist wahr, daß Colonel O'Neil aufgrund seiner Vertrautheit mit den örtlichen Gegebenheiten nach Abydos geschickt worden ist.« Die Stimme des Generals enthielt einen nachdenklichen Ton. »Aber Sie äußern eine verständliche Sorge. Vielleicht steht er den Autochthonen zu nahe.«

»Was wollen Sie also deswegen unternehmen?« fragte Lockwood.

»Ich brauche jemanden, der das Gelände und die Leute kennt,« sagte West schließlich. »Aber es obliegt meiner Pflicht, Ihre Bitten nach zusätzlicher militärischer Präsenz ernstzunehmen. Wenn wir unsere Streitkräfte auf Abydos mit Soldaten verstärken, die speziell für die Niederschlagung von Aufständen ausgebildet sind, dann brauchen wir auch einen Offizier, dessen Rang dem vergrößerten Truppenkontingent entspricht.«

Lockwood nickte, als hätte er soeben ein salomonisches Urteil gehört. Hinter seiner respektvollen Fassade aber schüttelte er sich förmlich vor Schadenfreude. *Tu das, West*, drängte er still für sich den General. *Verpaß dem Dreckskerl einen Tritt in den Hintern!*

Auf Abydos beendete Daniel Jackson eine weitere Englischstunde. Während die Schüler den Raum verließen, winkte er Skaara zu sich herüber.

»Was habe ich da gehört, ihr spielt in der Wüste Krieg?« fragte er. Gerüchte machten in Nagada die Runde, Gerüchte über perfide Machenschaften der UMC, Gerüchte über die Zerstörung von Minengeräten. Wenn er, wie er hoffte, als Berater den Ältesten von Nutzen sein sollte, dann mußte er ihnen nachgehen und ihren wahren Kern herausfinden. Nach einer Woche phantastischer Geschichten war der junge Akademiker soweit, daß er alles, was er hörte, erst einmal mit einem großen Fragezeichen versah.

Als Skaara von dem Ausbildungsgelände in der Wüste und den Kriegsspielen erzählte, gingen Daniel die Augen über. Diese Geschichte ging weit über die apokalyptischen Erzählungen hinaus, die er in der Stadt gehört hatte.

»Du hattest vielleicht noch fünf Freunde, die die Kämpfe gegen Ra überlebt hatten«, sagte Daniel. »Wie konntest du dann …«

»Viele andere junge Männer haben sich uns angeschlossen«, unterbrach ihn Skaara. »Und jeden Tag werden es mehr. Mittlerweile haben wir mehr als hundert, die regelmäßig kommen. Einige deiner Freunde haben uns dabei geholfen – der lange, der immer rumbrüllt …«

»Nicht O'Neil«, warf Daniel ein.

»Nein, der andere – Kawalsky.« Trotz seines Englischunterrichts hatte Skaara große Probleme mit dem Namen des Lieutenants. »Und der flinke – Feretti. Sie stellen uns Aufgaben und beurteilen dann, wie wir gegeneinander gekämpft haben.«

Ungläubig schüttelte Daniel den Kopf. »Ihr habt zwei Marines, die euch ausbilden?«

»Sogar der andere mit der schwarzen Kopfbedeckung kommt und sieht bei unseren Kämpfen zu – O'Neil persönlich«, sagte Skaara voller Stolz. »Aber die Schlange Lockwood ist aufgetaucht. Ich denke, er glaubt, daß er dem Colonel Probleme bereiten kann.«

Als er Daniels Überraschung sah, nachdem er O'Neils Rang ausgesprochen hatte, setzte er eine Erklärung nach. »So nennen ihn die beiden anderen.«

Daniel versuchte die Unterhaltung wieder auf den Punkt zu bringen. Er hatte soeben erfahren, daß sein Schwager eine Armee aufgestellt hatte – sie war noch klein, dennoch war es die erste für die Bewohner auf Abydos. Wahrscheinlich besaßen sie kaum moderne Ausrüstung, aber sicherlich – er kannte Skaara – fehlte es ihnen nicht an Mut. Und sie wurden von zwei Marines ausgebildet, mit denen sie Seite an Seite gegen Ra gekämpft hatten.

»Okay«, sagte Daniel schließlich. »Du hast zwei meiner Fragen beantwortet – was und wie. Bleibt noch eine Frage, die wahrscheinlich wichtigste. Warum bereitet ihr euch auf einen Krieg vor?«

Fast fürchtete er, daß er eine Antwort bekam, die in die Richtung von »Tötet die fremden Teufel« ging. Auch wenn, wie er insgeheim zugeben mußte, einiges dafür zu sprechen schien. In nur wenigen Monaten hatte UMC mehr Haß gesät, als es Ra in all den Jahrtausenden zuvor gelungen war.

Aber Skaara überraschte ihn erneut. »In den Tagen unter Ra gab es nur Gerüchte – alte Überlieferungen von den Welten hinter dem SternenTor. Als du hier angekommen bist, wurden diese Überlieferungen zur Wahrheit – und du hast mitgeholfen, den Gott zu vernichten, der uns so lange Zeit das Blut ausgesaugt hat. Wir sind nun frei.«

»Was also? Habt ihr Angst, daß Ras Handlanger durch das SternenTor zurückkehren? Deswegen wird es doch von O'Neil und den anderen Soldaten bewacht.«

Skaara nickte ein wenig verschämt. »Erst waren wir Kinder, die Krieg gespielt haben. Ich habe eine Wache an der großen Pyramide aufgestellt. Aber wir haben einen Traum – eine große Hoffnung. Als du uns beigebracht hast, die verborgenen Schriften zu lesen, haben wir mehr über diese anderen Welten erfahren.«

Er breitete die Hände aus und versuchte, seinen Gefühlen Ausdruck zu verleihen. »Wir haben dort draußen Brüder, Daniel. Sie sind noch immer Sklaven, die Ra oder den Geiern, die ihm dienen, unterworfen sind. Unsere Brüder wissen nicht einmal, daß das Monster tot ist. Aber wir hoffen, daß wir das ändern können.«

Daniel starrte ihn verwundert an. Skaaras fast feine Gesichtszüge hatten sich, wie er nun feststellte, in den letzten Wochen verhärtet und waren gereift. »Ändern?« wiederholte er. »Wie?«

»Ich wollte es dir erst sagen, wenn wir bereit sind«, fuhr Skaara fort. »Du kennst das SternenTor am besten. Wir wissen, daß du die Schlüssel zu den anderen Welten finden kannst – zu Ombos, Wefen – vielleicht sogar zu Tuat, der Heimat der Götter. Dann können wir denen, die noch immer als Sklaven leben, den Kampf bringen – und sie befreien!«

Daniel stand vor Bestürzung fast der Mund offen. *Das kommt davon, wenn man einen Ruf als weiser Mann besitzt,* dachte er. Oft genug war er, noch vor der Ankunft von UMC, verstohlen zur Pyramide gegangen und hatte die Kammer des SternenTors betreten. In seinen Tagträumen hatte er am sechs Meter hohen, enigmatischen Tor herumgespielt.

Die Frontseite des Abydos-Tores war mit vollkommen fremden Zeichen bedeckt, die die Sternenkonstellationen des hiesigen Himmels darstellten. Einige von ihnen hatte ihm Sha'uri beigebracht. Andere aber waren im Laufe der Geschichte verlorengegangen. Dennoch hatte Daniel in seinen Phantasien die in Stein gehauenen Zeichen zu neuen Konfigurationen verschoben, um das Tor zu unbekannten Welten zu öffnen.

Aber das waren Träume geblieben. Daniel hatte nicht einmal herumexperimentiert. Und nach der Ankunft der Erdlinge hatte er das Portal gänzlich gemieden. O'Neil hätte der Schlag getroffen, wenn er das Fenster der Verwundbarkeit für die Erde noch breiter gemacht hätte. Und natürlich wollte UMC keine Unterbrechung der Nachschublinie von der Erde zu Abydos.

Auch wenn er damit herumgespielt hätte, das Problem wäre, aus den Unmengen möglicher Kombinationen die richtigen Konstellationen herauszufinden. Daniels Kenntnisse über Wahrscheinlichkeitsrechnungen waren ein wenig angestaubt, aber schnell war ihm klar, daß es leichter war, auf die richtigen Zahlen einer Multi-Millionen-Dollar-Lotterie zu setzen, als hier eine richtige Kombination zu finden.

»Skaara.« Daniel wartete einen Moment, dann versuchte er, den jungen Mann so sachte wie möglich auf den Boden der Tatsachen zurückzubringen. »Du warst dabei, als wir die Säule und die Kartusche gefunden haben, auf der die Koordinaten für die Erde eingraviert sind. Von unseren Problemen damals solltest du wissen, wie schwierig es ist, die Routen zwischen den SternenToren ausfindig zu machen.«

Skaaras Mundwinkel gingen nach unten. »Aber Daniel«, sagte er. »Deine Weisheit …«

»Ich bin nur ein Gelehrter«, unterbrach ihn Daniel schnell. »Ich bin nicht Ra. Und um dir die Wahrheit zu sagen, ich könnte den Rest meines Lebens damit verbringen, nach den SternenTor-Koordinaten zu anderen Welten zu suchen – und würde den Schlüssel wahrscheinlich trotzdem nicht finden.«

Auf Skaaras Gesicht machte sich bittere Enttäuschung breit. Verlegen räusperte sich Daniel. Die Leute hier sollten es eigentlich besser wissen und ihm nicht Unfehlbarkeit zuschreiben. Sie mußten doch gesehen haben, wie trottelig er sich im Alltag anstellte. Kinder ahmten noch immer seine Hühnchen-Pantomime während des ersten Mahls mit Kasuf nach. Den Menschen auf Abydos war Geflügel fremd. Ihr Lieblingsmahl war eine Echse, die die Größe eines Schweins hatte und in ihrer Haut gebraten wurde. Für Daniel hatte die Delikatesse wie Hühnchenfleisch geschmeckt. Und als er Kasuf dies verständlich machen wollte, hatte er zur Pantomime gegriffen. Heute noch wedelten die Kinder mit den Armen und riefen »Bwork! bwork!«, wenn er an ihnen vorbeiging.

Warum also, wenn sie seine Unzulänglichkeiten doch kannten, erwarteten Kasuf, die Ältesten … und jetzt auch Skaara – daß er in seinen Antworten unfehlbar war?

Die Antwort verursachte ein flaues Gefühl in Daniels Magen. Sie sehen sich unbekannten Dingen gegenüber, die größer waren als alles, was ihre Kultur jemals erfahren hat. Sie *brauchten* einfach den Glauben.

»Außerdem«, sagte Daniel schließlich, »mußt du den Kampf nicht auf andere Welten tragen. Über kurz oder lang werden wir hier selbst genug Kämpfe haben.«

Unterhalb der Basis des instandgesetzten Kampfschiffes beobachtete Ptah seine Techniker, die sich in den Vakuum-Anzügen wie ein Schwarm unbeholfener Störche vorwärtsbewegten. Er hatte ein gravitationsloses Feld aufgebaut, um die Installation der Triebwerkseinheiten zu erleichtern. Die winzige Anziehung von Tuat-dem-Mond hatte seiner Rumpfmannschaft erlaubt, die riesigen Aggregate, die zum Start und zum Sternenflug notwendig waren, hochzuhieven und zu bewegen.

Aber sie waren es nicht gewohnt, sich unter fast Null G zu bewegen, und stoben froh auseinander, als er ankündigte, daß er persönlich die Einstellung der Triebwerke vornehmen würde.

Verärgert drehte er sich deshalb um, als er sah, daß sein Haupttechniker noch immer neben ihm stand. »Ich weiß, meine Ausdrucksweise klingt manchmal etwas antiquiert«, sagte der göttliche Handwerker. »Welchen Teil meiner Anweisungen habt Ihr nicht verstanden?«

»Herr«, erwiderte der Techniker, »ich weiß, daß bei einem Test wie diesem Eure körperliche Gestalt beinahe zerstört worden wäre. Ich dachte« – er schluckte bei den Worten – »ich *wünsche,* Euch hierbei behilflich zu sein, indem ich die Arbeit übernehme.«

»Ah.« Ptahs Stimme war beinahe ebenso sanft wie die seines besorgten Technikers. »Und wie oft habt Ihr Sternentriebwerks-Einheiten dieser Größe bereits eingestellt, werter Diener?«

»Ich ...« Wieder versagte ihm die Stimme. »Niemals zuvor habe ich diese Tätigkeit ausgeführt, *Sire*. Aber ich habe die relevanten Instruktionen studiert ...«

»Zahllose Wächter werden an Bord dieses Geräts sein, wenn es nach Abydos abhebt, von ihrem Führer, der großen Göttin Hathor, ganz zu schweigen. Ich glaube nicht, daß wir ihr Leben durch Unerfahrenheit aufs Spiel setzen sollten, auch wenn diese Unerfahrenheit die relevanten Instruktionen studiert hat. Geht. Begebt Euch in die Andock-Station und dort in die angrenzende Halle und fahrt mit der Herstellung der externen Steuereinheiten fort. Ich wünsche, daß alles fertig ist, wenn ich zurückkehre.«

Stirnrunzelnd verbeugte sich Ptahs Untergebener und ging.

Die Einstellung der Triebwerke war eine knifflige Angelegenheit, die am besten bei minimaler Schwerkraft und in einem fast luftleeren Raum durchgeführt wurde. Perverserweise hatte Ptah festgestellt, daß sein Cyborg-Körper den Laborbedingungen weit besser angepaßt war als sein einstiger natürlicher Körper. Sein mechanischer Arm konnte die Bewegungen der Werkzeuge bis zu einem millionstel Grad kontrollieren. Sein fleischlicher Körper hatte damals bei der Feineinstellung versagt und einen Kreislauf geschlossen, der besser offen geblieben wäre. Die Triebwerkseinheit hatte für eine Nano-Sekunde gezündet – während sich Ptah und seine Mannschaft noch im tödlichen Umkreis aufgehalten hatten.

Ptah schloß die letzten Verbindungen in den vier Ecken der leeren Pyramide. Dann betrat er die Andock-Station und ging in das externe Kontrollzentrum. Sein Diener hatte ganze Arbeit geleistet. Das Zentrum war bereits in Betrieb. Über den Köpfen der Mannschaft schwebte das holographische Bild des angedockten Schlachtschiffes.

»Von der Andock-Station lösen«, befahl Ptah. Auf dem Bild oben erschienen Nahaufnahmen der Klauen, die das Schlachtschiff jahrtausendlang am Steingebäude verankert hatten. Die wiederinstandgesetzten Greifer zogen sich sanft zurück.

»Triebwerke laden.« Ptahs Stimme war rauh und trocken, als er den Befehl gab.

Hände tanzten über die Schaltpulte. Ein geisterhafter Glanz, der von innen zu kommen schien, erleuchtete die goldenen Quarz-Seiten des pyramidenförmigen Schiffes.

»Abheben!« befahl Ptah.

Der Glanz des Schiffes verstärkte sich noch, als sich Sein riesiger Rumpf beinahe elegant in die Luft erhob. Tödliche Strahlung wurde vom polierten Stein der Andock-Station reflektiert. Aufgrund der fehlenden Atmosphäre gab es kein Donnern, das die Zündung der Triebwerke begleitet hätte. Staub, Gesteinsbrocken, Abfall und Überreste des Renovierungsprojekts aber wurden mit der unglaublichen Geschwindigkeit verminderter Schwerkraft hinweggefegt. Und selbst aus der Ferne des nächsten Pyramidendoms spürten Ptah und seine Techniker die Erschütterungen, die die Steinkruste des Mondes weiterleitete.

Der Glanz wurde für menschliche Augen nun so intensiv, daß er kaum noch zu ertragen war. Das wiedererrichtete Schlachtschiff erhob sich in den Raum, bis es auch auf den holographischen Bildschirmen nur noch als ein Stern – wenngleich als ein unheilvoll leuchtender Stern – inmitten des schwarz-seidenen Himmels zu erkennen war.

»An diesem Punkt wird der Sternenantrieb aktiviert«, verkündete Ptah. »Aber dieser Test wird erst mit voller Besatzung durchgeführt. Bringt das Schiff zurück zur Station und laßt es andocken.«

Er warf einen Blick auf seine jubelnden Navigationsschüler. »Und seid vorsichtig und ruiniert nichts.«

Ras Imperium war niemals eine richtige Demokratie gewesen. Aber während der Abwesenheit des obersten Gottes waren seine Krieger-Untergötter dazu übergegangen, Versammlungen einzuberufen. Hathor erschien in der Versammlungskammer mit einem kleinen Gefolge – und als letzte, wie es der Führerin der mächtigsten Fraktion auf Tuat gebührte.

In den zurückliegenden Monaten hatte sie ihre Macht ausgeweitet; sie hatte mit ihren Rivalen Abmachungen getroffen oder sie im Zweikampf umgebracht und die entstandenen Lücken mit ihren eigenen Leuten gefüllt. Einige gefährliche Gegner hatten die politische Schaltstelle auf Tuat verlassen und sich in die Sicherheit ihrer heimischen Lehensgüter zurückgezogen. Sie waren damit nicht verschwunden, konnten aber nichts mehr tun, solange Hathor die uneingeschränkte Kontrolle über das SternenTor auf *Tuat-der-Welt* ausübte.

Hathors Erfolg hatte ihr eine ganze Reihe Verbündeter eingebracht, die unruhig nur darauf warteten, sich bei ihrem kleinsten Fehlgriff gegen sie zu wenden. Und einen mächtigen Feind. Der widderköpfige Chnum kämpfte bei Hathors Weg zur Macht ein Rückzugsgefecht. Aber bei jedem Sieg Hathors schwollen auch Chnums Reihen an, da sich verängstigte kleinere Götter seiner Konföderation anschlossen. Wenn Hathor einen großen Gott tötete, gab es immer einige aus der Fraktion des Besiegten, die sich – weil sie Günstlinge oder überaus loyale Anhänger des unterworfenen Führers waren – Hathors mächtigsten Rivalen zuwandten, um auf ihre Rache zu warten.

Hathor kümmerte es nicht, wenn alle ihre Feinde in einem Lager saßen. Ihr letztes Duell hatte ihr die Mehrheit im Konzil eingebracht. Diese Tatsache und der Bericht des erfolgreichen Triebwerktests bewegten sie dazu, ihre Pläne offenzulegen.

Hathor machte sich nichts vor. Sie wußte, daß einige der Untergötter effektive Spionageapparate unterhielten. Mindestens zwei von Chnums Anhängern – und drei ihrer eigenen – warteten nur darauf, daß sie Abydos verließ. Dann würden sie selbst versuchen, Tuat zu erobern.

Um solche Gegner machte sich Hathor keine Sorgen. Die besten Truppen dieser *Möchte-gern-Führer* würden sie mit nach Abydos begleiten. Nein, das wirkliche Problem war Chnum und wie er reagieren würde ...

»*My Lords*«, begann sie ihre Ansprache an die Versammelten, »ich habe wichtige Neuigkeiten. Heute zur dritten Stunde haben meine Leute erfolgreich die wiederinstandgesetzten Triebwerke am Dom Fünf getestet, die Triebwerke des ehemaligen Schlachtschiffs *Das Auge des Ra*.«

Ein Hologram erfüllte den Raum, das Einzelheiten des Starts zeigte.

»Ah«, kommentierte der affenköpfige Hapi, einer der kleineren Götter, der von den Arbeiten am alten Schiff wußte. »Und hier dachten wir alle, daß es sich um ein Tuat-Beben oder einen Meteoreinschlag gehandelt hat.«

Chnum allerdings drängte sich durch das dreidimensionale Bild, in seinen Augen loderte Wut. Er war ein schlanker, attraktiver Mann mit harten Muskelsträngen, die sich an Brust und Armen spannten, als er Hathor gegenübertrat.

»Ich dachte, Ihr errichtet in diesem Dom Eure eigene Festung, weil Ihr die anderen, die dort gewohnt haben, entfernen ließt«, begann er.

Hathor lächelte über die Vorstellung, daß sie sich auf einen atmosphärelosen Mond, unter einem Dom, der sogar gegen Strahlenwaffen verwundbar war, eingraben könnte. Wie konnte Chnum das überhaupt denken?

»Aber Geräte zu reaktivieren, die von Ra verboten wurden ...«

Hier war das eigentliche Problem aller möglichen Nachfolger. Auch wenn sie versuchten, Ras Thron einzunehmen, konnten sie sich nicht von den Vorgaben lösen, die ihnen ihrer früherer oberster Gott aufgezwungen hatte.

Ja, sie verstand Chnums Aufregung. Mit einem einsatzbereiten Raumschiff, das unter ihrem Kommando stand, konnte sie die Verteidigungsanlagen der Lehen der Untergötter – die nur aus Wachen oder vielleicht sogar Minen an den SternenToren bestanden – umgehen. Chnum hatte vielleicht die besten Truppen an seiner Seite, der Planet aber, der seine Machtgrundlage bildete, war nun gegen Angriffe verwundbar.

Hathor ging über Chnums Einwände hinweg. »Das Schlachtschiff ist wieder in Dienst gestellt worden, um Ra zu *suchen* und sein Schicksal aufzuklären. Obwohl ich es bin, die die Expedition nach Abydos anführen wird, rufe ich alle hier auf, Abordnungen der besten Krieger bereitzustellen. Auf diese Weise können wir die bestmögliche Streitmacht aufbieten – und natürlich wird jeder der hier anwesenden Götter einen Beobachter vor Ort haben.«

»Genug!« brach es aus Chnum heraus. »Nicht nur bedroht uns diese dämonische Göttin mit einem verbotenen Kriegsschiff, sie verlangt auch noch von uns, ihren Rivalen, daß wir Truppen zu unserem eigenen Untergang stellen!«

Die Hand des Widdergottes ging zu seinem Halsschmuck und löste ein Teil des der dort herunterhängenden Zierats. Was aussah wie Flitterkram, stellte sich als gold- und juwelenbesetzter Griff eines Wurfmessers heraus. Die dünne Schneide allerdings bestand aus ganz gewöhnlichem Stahl.

»Stirb, du anmaßende Hündin!« heulte Chnum und schleuderte das Messer.

Hathor setzte ihre Kraft nur sparsam ein. Sie packte Hapi, den allzu weisen Untergott, der ihren Schiffstest kommentiert hatte, und zog ihn in die Flugbahn der Klinge. Sie bohrte sich in sein Herz.

Und noch während Hathors menschlicher Schild zusammensackte, griff sich Chnum ein weiteres juwelenbesetztes Messer.

Hathor hob die rechte Hand, fast, als wollte sie damit allem Einhalt gebieten. Die Bewegung aber offenbarte, daß auch sie gefährlichen Juwelen trug. Ein Gespinst aus Goldfäden zog sich um ihren Handrücken, das in ihrer Handinnenfläche zusammenlief und die Fassung für einen schwarzgefleckten Diamanten bildete, der ein unheilvolles Licht ausstrahlte.

Bevor Chnum seine zweite Klinge werfen konnte, gab Hathor einen Energiestrahl frei, der den Widdergott traf wie die Böe eines Wirbelsturms. Er wurde nach hinten gefegt, bis er an eine Wand schlug; dort sackte er nach unten.

Hathor war bei ihm, bevor Chnum die Möglichkeit hatte, Kontrolle über seine Muskeln wiederzugewinnen, die wie gelähmt waren. Hilflos sah er nach oben, zu der Hand mit dem schrecklichen Diamanten, der nun auf seinen glattrasierten Schädel niederkam.

Jeder in Ras Dienerschaft kannte diese *Bestrafungsjuwelen*, bizarre Ableger der SternenTor-Technologie. Doch statt die Molekülbestandteile des Körpers wieder zusammenzusetzen, wie es das SternenTor tat, ordnete der schwarze Diamant die Moleküle *neu* an. Ra hatten den glühenden Stein dazu benutzt, die Knochen unliebsamer Diener in Wasser zu verwandeln. Natürlich wurden dabei diejenigen, die dieser Prozedur unterzogen wurden, getötet.

Chnum war eigentlich ein starker Mann; doch nun begann er am ganzen Körper zu zittern und zu zucken, während der Juwel seine schreckliche Wirkung entfaltete. Seine Augen traten hervor, sein Gehirn begann zu kochen. Seine Arme, die nicht mehr unter seiner Kontrolle standen, durchliefen kleine spasmische Zuckungen. Luft entwich seinen Lungen und trat mit einem keuchenden Rasseln aus dem Hals,das sich allmählich auflöste.

Und während Hathor den tödlichen Stein immer fester gegen Chnum preßte, wurde der Kopf des Widdergotts unter ihrer Hand wie ein Schwamm. Schlaff sank er zu Boden. Hathor kniete nieder und hielt den Kontakt aufrecht, bis der einstmals große Chnum still und buchstäblich knochenlos zu ihren Füßen lag.

»Ich werde einen Nachfolger ernennen, sobald es mir beliebt«, verkündete die Göttin in die Stille der Versammlung hinein. Sie hielt ihre Hand nach oben, um ihnen einen letzten kurzen Blick auf den tödlichen Stein zu gestatten. Dann schloß sie ihre Finger über der Waffe, die einst Ra alleine vorbehalten war. »Beginnt mit den Vorbereitungen für die Abordnungen, die Ihr zu stellen habt.«

Nicht einmal ein Flüstern war zu hören, als sie den Raum verließ.

ELFTES KAPITEL

NEUANKÖMMLINGE

Daß ein neuer Commander für die Abydos-Erkundungstruppe in Betracht gezogen wurde, erfuhr Jack O'Neil erst, als in seinem Zelt ein Ein-Sterne-General auftauchte. »Rührt euch, Colonel.« Der Offizier zog einen dicken Umschlag aus der Brusttasche seines olivgrünen Kampfanzugs. »Francis Keogh, Brigade-General, U.S. Army.«

Keogh schlug die Papiere mit mehr als notwendiger Wucht auf O'Neils Schreibtisch. Die Bewegung ließ den West-Point-Ring an der Hand des Generals aufblitzen, dessen schweres Gold dumpf gegen das Holz schlug.

»Diese Befehle unterstellen Ihre Truppe meinem Kommando«, fuhr Keogh barsch fort. »Sie werden stellvertretender Befehlshaber bleiben, unter mir.« Er sah sich im Zelt um. »Ich denke, den Papierkram können wir uns für später aufsparen.«

Schließlich blickte Keogh O'Neil in die Augen – die Augen des Generals waren ungewöhnlich hellblau und lagen tief unter mächtigen, geschwungenen Brauen begraben, die sich zu beiden Seiten der scharfen, hakenförmigen Nase aufwölbten. Keoghs Blick war so durchdringend, als wären seine Augen ein doppelter Laserstrahl, der auf einem Zwillingsgeschütz montiert war – wobei die hervorspringende Nase als Entfernungsmesser diente. Sein Gesicht war eher zerfurcht als hübsch, und sein Gesichtsausdruck verhieß nichts Gutes. »Ich will zwei Ihrer Männer – Kawalsky und Feretti – hier haben. *Sofort!*«

Mit einem flauen Gefühl im Magen gab O'Neil den Befehl an die Wache vor dem Zelt weiter. Kurz darauf erschienen der Lieutenant und der Corporal. Beim Anblick des fremden Generals salutierten sie und schlugen die Hacken zusammen.

»Kawalsky und Feretti, Sir«, sagte O'Neil, der selbst einen zackigen Salut hinlegte. »Wie befohlen.«

»Gentlemen«, sagte Keogh, obwohl der Ton seiner Stimme an der ehrenhaften Anrede zweifeln ließ. »Sie sehen in mir den neuen Befehlshaber dieser Streitmacht. Beträchtliche Verstärkung wird noch in diesem Moment hier eintreffen. Die neuen Truppenteile werden ein großes logistisches Problem für unsere Vorräte an Proviant darstellen. Deswegen, Lieutenant, ernenne ich Sie hiermit zu meinem Versorgungsoffizier. Und Sie, Corporal, werden ihn dabei unterstützen.«

Versorgungsaufgaben waren für die beiden Marines ein Schlag ins Gesicht. Aber Keogh war noch nicht fertig.

»Um sicherzugehen, daß Sie dieser wichtigen und ernsthaften Aufgabe Ihre ungeteilte Aufmerksamkeit widmen, bestimme ich, daß Sie diese Basis nicht verlassen dürfen. Jeder Ausflug – und sei es nur in die Wüste – wird als Desertation angesehen. Darüberhinaus schließt Ihre schwierige Aufgabe jede Verbrüderung mit den Einheimischen aus. Haben Sie das verstanden?«

Mit aschfahlen Gesichtern, den Blick in die Ferne gerichtet, salutierten Kawalsky und Feretti wie zwei Roboter. »Ja, Sir!« kam es wie ein Chor von ihnen.

»Ausgezeichnet. Abtreten, beide.«

Als Kawalsky ging, verloren seine harten Gesichtszüge etwas von ihrer Starre; er sah zu O'Neil. *Verdammt!* schienen seine Augen sagen zu wollen, *wir haben euch ganz schön fallen lassen!*«

Sorgfältig verbarg sich O'Neil hinter einer ausdruckslosen Maske. Er hätte sich von Kawalsky nicht dazu überreden lassen dürfen, sich die Fortschritte, die Skaara und seine jungen Krieger gemacht hatten, anzusehen. Der Colonel hatte damit gerechnet, daß Lockwoods Entdeckungen Konsequenzen mit sich zogen. Aber er hatte auf mehr Unterstützung durch General West gehofft.

Keogh wartete, bis das Zelt leer war, dann sprach er erneut O'Neil an. »Colonel, als ich mir die Versorgungslage dieser Basis näher anschaute, mußte ich feststellen, daß ein übermäßiger Vorrat an tragbaren Boden-Luft-Raketen besteht. Unter den lokalen Gegebenheiten scheint mir das überflüssig zu sein. Vielleicht können Sie Kawalsky damit beauftragen, sie zur Erde zurückzuschicken.«

»Sir, als wir gegen Ras Wächter gekämpft haben, war unser größtes Problem ihre Luftüberlegenheit. Ihre Udajeets und ihre Strahlenwaffen haben Lieutenant Kawalsky und die einheimischen Hilfstruppen ...«

Keogh unterbrach ihn mit einem Aphorismus: »'Das Militär bereitet sich immer auf den letzten Krieg vor.' Das, wovon Sie sprechen, Colonel, ist längst Vergangenheit. Wir sollten uns nicht mit Angriffen aus der Luft beschäftigen, sondern mit den Vorbereitungen zur Niederschlagung eines Aufstands.« Finster blickte er seinen Untergebenen an. »Sie haben diese Gefahr nicht nur ignoriert, sondern sogar die Ausbildung aufständischer Kader erlaubt.«

Keogh war von großer und schlaksiger Gestalt, nun machte er sich noch länger, indem er sich kerzengerade hinstellte. »Ich werde Sie, O'Neil, weiterhin als Verbindungsmann zu den Einheimischen brauchen. Aber Sie werden Ihre Beziehungen auf formale Kontakte zur hiesigen Regierung beschränkten. Ich bin über diese Heimatmiliz, die Sie herangezogen haben, alles andere als glücklich. Dies trifft auch auf General West zu.«

Der General wandte sich nun weltlicheren Dingen zu und verlangte eine Karte des Plateaus, auf dem sich das Basis-Camp und die Unterkünfte der UMC befanden. »Wir werden das Lager entscheidend vergrößern müssen, um die neuen Truppen unterbringen zu können. Außerdem brauchen wir einen Wartungsbereich für die schweren Geräte, die ich herbeibringen lasse ...«

»Panzer, Sir?« fragte O'Neil.

»Die besten Waffen für Eroberungen in wüstenartigen Umgebungen«, erwiderte Keogh. »Nordafrika im 2. Weltkrieg. Die arabisch-israelischen Kriege. Desert Storm. Nach meinen Berechnungen sollte die Größe des SternenTors sowohl die schweren Abrams als auch die leichteren Sheridan-Einheiten aufnehmen können. Für die Helikopter, Kampfhubschrauber, benötigen wir allerdings ein Installations-Areal. Wir werden sie zerlegt durchschicken.«

Obwohl sich O'Neil bemühte, sein militärisches Poker-Face aufrechtzuerhalten, entging Keoghs scharfem Blick nicht, daß der Colonel schwerwiegende Zweifel hegte. »Sie glauben nicht, daß das alles notwendig ist? Nun, ich denke, es ist *notwendig*, um den Schaden wiedergutzumachen, den Sie angerichtet haben. Massive Bodenpräsenz – so haben wir genügend Waffen, falls das Schlimmste eintreten sollte. Aber ich bin nach wie vor davon überzeugt, daß wir diese Abbadabbas allein durch unseren technologischen Vorsprung einschüchtern können. Die Panzer und die Helikopter spielen dabei eine Schlüsselrolle.«

»Ja, Sir«, sagte O'Neil mit tonloser Stimme.

Diese Leute haben gegen Anti-Materie-Gleiter und Strahlenwaffen gekämpft, dachte er, *und dieser Clown meint, sie werden vor ein paar Helikoptern und einem entwürdigenden Namen kuschen.*

Keogh betrachtete sich auf der Karte O'Neils Kräfteverteilung. »Ich bin von Ihren Verteidigungsmaßnahmen nicht beeindruckt, Colonel. Diese Stellungen und Wachposten können einem Massenansturm nicht standhalten – und das, denke ich, ist die einzige Taktik, welche die Einheimischen benutzen können. Der Großteil ihrer Bewaffnung besteht doch aus Nahkampfwaffen, oder?«

»Ja, Sir«, erwiderte O'Neil.

»Ich will, daß unverzüglich ein Verteidigungswall um das gesamte Plateau errichtet wird. Eine einfache Erdaufschüttung sollte genügen – vielleicht an einzelnen Punkten verstärkt – dazu einige Wachtürme. Das überlassen wir den Ingenieuren. Material und Geräte zur Erdbewegung von UMC sind dazu nötig.«

Lockwood wird es mit Freude sehen, dachte O'Neil.

»Sie können Mr. Lockwood ebenfalls sagen, daß ich ab sofort Truppen zur Unterstützung des UMC-Sicherheitspersonals in der Mine abstelle.«

Als O'Neil salutierte, rutschte ihm seine Maske endgültig

herab. Keogh entging es nicht. »Schauen Sie, O'Neil, es ist nicht nötig, daß Sie mich mögen, wenn ich meinen Job hier mache.« Hohn triefte aus seiner Stimme. »Das ist das Problem mit denen, die sich nur kurzzeitig verpflichten. Sie verstehen den Zauber des Militärs nicht wirklich.«

»Sir«, erwiderte O'Neil. »Ich bin seit mehr als zwanzig Jahren im Dienst.«

»Meine Familie stellt seit *Generationen* Offiziere für diese Armee«, schnauzte Keogh. »Seit dem Bürgerkrieg!«

»Natürlich, Sir.« O'Neil salutierte erneut, als er das Zelt verließ. »Es war doch auch ein Keogh bei Custer, nicht wahr?«

Lockwood wartete, bis O'Neil sein Büro verlassen hatte, bevor er in ein breites Grinsen ausbrach. Zufrieden rieb er sich die Hände. *Die Mächtigen sind gefallen*, ging es ihm durch den Kopf. *Der heißblütige Marine-Colonel ist zu einem Botenjungen degradiert worden!*

Er wandte sich von seinem überfüllten Schreibtisch zum Funkgerät, mit dem er Kontakt zu seinen Untergebenen hielt. »Ich möchte Ballard sprechen«, sagte er in das Mikrofon.

Einen Augenblick später kam Vernon Ballards Stimme, unterlegt von statischem Rauschen, aus dem Lautsprecher. »Mr. Lockwood?«

»Kommen Sie zum Militärcamp und stellen Sie sich dem neuen Befehlshaber vor. Er stellt Männer für die Grube ab, also lassen Sie sich was einfallen, wie Sie mit ihnen zusammenarbeiten wollen. Und noch eines – ich will einen vollständigen Sicherheitskordon um das Ruhezelt. Verstanden?«

»Ja, *Sir*!« verabschiedete sich Ballard glücklich.

Lockwood fletschte die Zähne zu einem harten Grinsen. *Jetzt* konnten sie sich endlich an die Arbeit machen, versprach er sich selbst.

»Hier ist noch jemand, der eine Erklärung braucht.« Der Sicherheitsmann der Gesellschaft, bekleidet mit einem grauen Tarnanzug, wandte sich an Charlie Morris.

Das Bild eines eiskalten Biers entschwand wie eine zerplatzte Seifenblase, und der Minen-Aufseher setzte sich in Bewegung, um sich den Widerspenstigen vorzuknöpfen. »Hey! Underwood!« rief Morris den Sprachexperten, der sich vor den Mittagssonnen im Schatten des Ruhezelts versteckt hielt.

Heute hatten sie schließlich die Regel von fünf vollen Runden durchgesetzt, bevor es eine Pause gab, keine Ausnahmen. Ein Kordon von graugekleideten UMC-Sicherheitsleuten und neu angekommenen Armee-Soldaten in olivgrünen Uniformen hatte jeden unberechtigten Zugang zum Ruhezelt unterbunden.

Der verdutzte Arbeiter, dem man den Weg versperrte, war ein einfacher *fellahin*. Seine Haut hatte unter dem kochenden Sonnenschein die Farbe und Konsistenz dunklen Leders angenommen; er mußte mindestens vierzig Jahre den drei Sonnen Abydos' ausgesetzt gewesen sein. Aber sein Gesicht wies eine häßliche gräuliche Färbung auf, sein weißer Bart war mit Schweiß verklebt, und er wankte leicht. Der Arbeiter schien nicht einmal mehr Kraft zum Protestieren zu haben, als Morris ihn mit erhobener Hand abwies.

»Fünfmal«, sagte der Aufseher laut, als ob die Lautstärke ausreichen würde, dem Mann die Bedeutung der Worte einzutrichtern. Er spreizte die Finger. »Fünfmal, bevor du hier reinkommen kannst.«

Der Arbeiter murmelte kurz etwas Unverständliches. Morris wandte sich an Underwood, einen der UMC-Sprachspezialisten. »Sagen Sie es ihm.«

In stockendem Altägyptisch versuchte Underwood die Situation zu erklären.

Der Arbeiter protestierte wieder, packte Underwoods Hand und versuchte, sie an seinen Kopf zu ziehen.

Schnell schwang die UMC-Wache ihr Gewehr und schlug mit dem Kolben die Hand des Alten weg. »Man weiß nicht, was man sich für Krankheiten holt«, sagte er lakonisch.

Underwood ließ Morris einen nervösen Blick zukommen. »Der Kerl sagt, die Sonnen machen ihn kaputt. Er braucht Wasser und Salz.«

»Der Dreckskerl simuliert wahrscheinlich.« Auf Morris' Gesicht legte sich ein grimmiger Ausdruck. Bei näherem Hinsehen sah dieser Abbadabba dem Kerl erstaunlich ähnlich, der an dem Aufzug herumgemacht hatte. »Wenn wir ihn hereinlassen, dann haben wir bald den ganzen Haufen hier, und alle sagen, daß sie krank sind. Underwood, sagen Sie ihm, er soll wieder an die Arbeit gehen und erst wiederkommen, wenn er einen Zettel hat.«

»Weiß nicht«, sagte ein Armee-Soldat, der daneben stand. »Der Kerl sieht ziemlich fertig aus. Sind Sie sicher -?«

»Wie lange sind Sie schon auf dem Planeten, Soldat?« Morris liebte diesen Satz. Er hatte nur auf jemanden gewartet, der noch weniger Erfahrung als er selbst hatte.

Da der Soldat erst seit einigen Stunden auf Abydos war, und die Alternative zum Wachdienst Sandschaufeln für den Verteidigungswall bedeutete, gab er nach.

Underwood begann erneut zu übersetzen. Der ältere Arbeiter schüttelte vehement den Kopf und deutete zum Ruhezelt.

»Er hört nicht zu, Sullivan«, sagte Morris zum Wachmann.

Ohne Vorwarnung rammte der Sicherheitsmann dem Arbeiter den Gewehrkolben in die Magengrube.

Die Diskussion war beendet; der Ältere klappte zusammen, wand die Arme um seinen Körper und röchelte.

»Geh jetzt. *Imshi!*« brüllte Sullivan mit dem wenigen Arabisch, daß er im Mittleren Osten aufgeschnappt hatte. Es fiel ihm schwer, die Einheimischen hier von den Moslems zu unterscheiden, vor denen er die UMC-Manager geschützt hatte.

Der Mann lag auf den Knien. Sullivan riß ihn hoch und schickte ihn torkelnd zu den Leitern zurück, die hinunter in die Grube führten.

Sie sahen den Mann langsam weggehen, der sich in die Reihe der Träger einreihte und sich dabei halb auf den Mann vor ihm stützte. Er erreichte die Leitern und verschwand im Abgrund der Spalte.

»Seht ihr?« sagte Morris. »Man muß ihnen zeigen, wer der Boß ist, oder sie ...«

Ein Schrei, ein wortloser Schreckensschrei, kam von der

Minengrube, noch übertönt und verstärkt wurde er von den gleichzeitigen Rufen aus Hunderten von Kehlen. Die Trägerreihe kam abrupt zu stehen.

Der Armee-Soldat verließ seinen Platz im Kordon um das Ruhezelt und ging zum Abgrund der Erdspalte. Er erschauerte und eilte zurück.

»Der Kerl, den Sie weggeschickt haben – er ist von der Leiter gefallen.« Der Soldat erblaßte unter seinem frischen Sonnenbrand. »Er fiel ganz hinunter – zehn, elf Stockwerke? Und es sieht so aus, als ob er gegen einige dieser Terrassen geschlagen sei.«

Er starrte Morris an. »Nun haben Sie es ihnen aber gezeigt – ha?«

Azar und Gaden befanden sich in der Reihe der Träger, als der Arbeiter stürzte. Sie hörten den Aufschrei. Dann rauschte etwas an ihnen auf der Leiter vorbei und schlug dumpf auf der Terrasse unter ihnen auf.

Sie hörten ein Geräusch wie das einer reifen Melone, die aufbricht, wenn sie zu Boden geschmettert wird. Als sie nach unten blickten, sahen sie eine Blutspur und eine in sich verdrehte menschliche Gestalt, die kleiner wurde, je tiefer sie in die Grube fiel.

Als sie erfuhren, wer das Opfer des Unfalls war, waren sie schockiert und entsetzt. Der alte Zaid lebte im selben Viertel wie Gaden. Er war Witwer und hatte eine kranke Tochter. Jede Münze, die er mit der Arbeit in der Mine verdiente, gab er für die Ärzte und die Medizin für das Mädchen aus.

Die Stimmung schlug in Zorn um, nachdem verschiedene Versionen der Ereignisse, die Zaids Fall vorausgegangen waren, nach unten in die Grube durchsickerten.

»Die Graugewänder haben ihn mit Stecken geschlagen, weil er hingefallen ist und nicht mehr aufstehen konnte!«

»Bei den Welpen meines *Mastadge*!« fluchte einer. »Ich habe gehört, die Grauen haben ihn in die Grube gestoßen.«

»Sie sind schlimmer als die Horus-Wächter!« Ein anderer erzählte die Geschichte, die er gehört hatte. »Aber so schlimm sie auch sind, die Grünen sind noch schlimmer. Ich habe gehört, sie haben Zaid *erschossen*, als er um Gnade gefleht hat.«

»Die Grünen können nicht so schlimm sein«, warf Gaden ein. »Der Mann mit der schwarzen Kopfbedeckung und die anderen, die mit ihm gekommen sind, haben auch grüne Kleidung gehabt. Und Daniel. Die meisten von ihnen sind gestorben, als sie mit uns gegen Ra gekämpft haben.«

»Gut, aber die neuen Grünen müssen nicht die gleichen sein«, sagte der erste Arbeiter. »Sie stehen um das Zelt der Ruhe herum, trinken Wasser und lassen niemanden durch.«

»Ja«, sagte sein Freund, der die Mördergeschichte der Grünen aufgetischt hatte. »Außerdem tragen diejenigen, die freundlich zu uns waren, jetzt die Farben des Sandes«, fügte er an, als ob das ein durchschlagendes Argument wäre.

»Eines jedenfalls ist gewiß«, sagte Azar schließlich und drehte sich zu den Leitern um. »Jemand muß Kasuf und den Ältesten Bescheid sagen.«

Daniel fühlte sich nicht unbedingt wohl nach dem wilden Mastadge-Ritt über die Dünen. Als die Nachricht von den Schwierigkeiten in der Mine die Stadt erreichten, hatte Kasuf so schnell wie möglich gehandelt. Er hatte die Ältesten auf die Tiere gepackt, dazu Daniel und Sha'uri, die als Übersetzer fungieren sollten. Skaara war, als er die Nachricht hörte, verschwunden. Daniel hoffte inständig, daß er nicht seine Miliz aktivierte.

Der rumpelnde, schwankende Ritt endete, kurz bevor Daniel seekrank zu werden drohte. Seine Beine bestanden aus Gummi, als er sich von dem Mastadge-Howdah hinunterließ.

Woher weiß ich, daß ich kein Held bin? Beweis # 999, dachte er. *Helden verspüren nicht den Drang, sich zu übergeben, wenn sie ihren großen Auftritt haben. Ich tue das.*

Das Licht der Sonnen traf ihn wie ein Keulenschlag; es blendete ihn nicht nur, sondern verstärkte das elende Gefühl in seinem Magen. Daniel blinzelte, stieß auf und versuchte sich zu konzentrieren.

Ein Leichnam lag im Sand vor dem Ruhezelt. Der verstorbene Zaid, ging es Daniel durch den Kopf.

Hinter dem Toten hatten sich in einem weiten, unübersehbaren Halbkreis die zornigen Arbeiter versammelt. Es schien, als hätten sie alle Arbeit eingestellt. Die Menge sah aus wie ein Meer von Menschen, das kurz vor dem Überkochen steht. Daniel hörte wütende Rufe aus Tausenden von Kehlen, nichts, was er hätte verstehen können – bis auf die Tatsache, daß die Arbeiter voller Zorn waren.

Er sah es an der Art, wie manche der Männer ihre Pickel und Harken hielten. Er sah es in ihren Gesichtern – sie wollten mehr als nur Steine auskratzen.

Die Abydianer hatten einen weiten Weg zurückgelegt seit der Zeit, als das Signal eines Horus-Wächters ausgereicht hatte, daß die gesamte Arbeiterschaft den Kopf sinken ließ und kuschte. Das war gewesen, bevor einer von Ras Wächtern den Fehler begangen hatte, Jack O'Neil einen Schlag zu verpassen – wofür er windelweich geprügelt wurde. Und bevor Daniel Jackson dem Horus-Wächter die Maske abgezogen und damit offenbart hatte, daß Ras Sklavenaufseher auch nur Menschen waren.

Das war Geschichte, von der die UMC und ihre Aufseher anscheinend niemals etwas gehört hatten. Der Kordon um das Ruhezelt war mittlerweile zu einer Schlachtlinie angewachsen. Lockwoods graugekleidete Polizeikompanie machten ihre Sturmgewehre fertig. Neben ihnen standen in grünen Uniformen die regulären Armee-Truppen, die weitaus nervöser an ihren Gewehren fingerten. Skaaras Wachtposten hatten die Ankunft der Verstärkung gemeldet. Die neuen Truppenteile mußten mit einem neuen Befehlshaber gekommen sein, wenn sie neben den Schlägern von UMC Dienst taten. Jack O'Neil hätte seinen Leuten niemals erlaubt, daß sie sich auf diese Weise erniedrigten.

Daniel sah von der einen zur anderen Gruppe. Die Arbeiter rafften sich zu einem Angriff auf, Grabwerkzeuge der Ersten Dynastie gegen neueste Sturmgewehre. Die Wachen des Unternehmens und der Regierung bereiteten sich darauf vor, die Abbadabbas mit einem Bleigewitter in die Grube zurückzutreiben.

Die Sache durfte nicht außer Kontrolle geraten, ansonsten würde es zu einem Gemetzel kommen.

»Daniel, kommt.« Kasuf winkte ihn zum Leichnam hinüber, und Daniel kniete sich daneben nieder. Der alte Mann untersuchte sanft die Leiche. »Er hat sich durch den Fall alle Knochen gebrochen, und sein Fleisch ist aufgerissen, aber ich sehe keine Spuren von den Waffen der Fremden.«

Erleichtert atmete Daniel auf. Der Bote, der sie geholt hatte, ein Arbeiter namens Azar, hatte widersprüchliche Geschichten über Zaids Fall erzählt. Die schlimmsten Versionen konnten nun zumindest widerlegt werden.

Während Kasuf der Menge das Ergebnis seiner Untersuchung verkündete, erblickte Daniel eine kleine Gruppe von Männern, die sich mit Sand abrieben, um das Blut, das an ihren Armen und Oberkörpern klebte, zu entfernen.

»Wir haben Zaid aus der Grube heraufgeholt«, erzählte einer von ihnen, ein kräftiger junger Kerl, der ein recht gutes Englisch sprach. Als er die Überraschung des Lehrers bemerkte, erklärte der junge Mann: »Ich habe die Sprache der Fremden von ... *ihnen* gelernt.« Er wies auf die UMC-Schlachtlinie. »Das ist nun vorbei.«

Sie mußten das beilegen, und schnell. Daniel erkannte Staubwolken, die vom Basiscamp zu kommen schienen. Wenn Verstärkung anrückte, wer weiß, was die UMC-Leute dann tun würden?

Er erhob seine Stimme. »Wir müssen mit denen sprechen, die gesehen haben, was geschah, bevor Zaid in die Grube ging.« Daniel war überrascht über die Autorität, die in seiner Stimme lag. »Und nicht mit denen, die davon nur gehört haben oder *glauben*, daß sie etwas gesehen haben. Wir brauchen die Männer, die in der Reihe mit Zaid gestanden haben oder im Zelt der Ruhe waren.«

Es dauerte wertvolle Minuten, bis sie die Spreu vom Weizen getrennt hatten, schließlich aber hatten Kasuf und die Ältesten Augenzeugen der letzten Minuten in Zaids Leben.

Ausgestattet mit einem genauen Bericht, begab sich Daniel

zu dem UMC-Mann, der die Verantwortung zu tragen schien, ein Aufseher in weißem Shirt und Khaki-Hosen. Der Kerl sah aus wie ein Gorilla, der sich einer Ganzkörperrasur unterzogen und sich die Haare hatte blond färben lassen. Daniel hoffte, daß der Anblick täuschte.

»Sie«, sagte der Aufseher, »Sie sind doch dieser Jackson. Sie sprechen doch deren Kauderwelsch. Bestimmt besser als Underwood hier.« Er deutete auf jemanden, der ganz offensichtlich ein Akademiker war und sich hinter der Schlachtlinie herumtrieb.

»Ich bin hier, weil ich sehen wollte, wo das Problem liegt«, sagte Daniel.

Der *Vanilla-Gorilla* blickte ihn finster an. »Das Problem ist, daß die Abbadabbas den Unfall dieses Kerls als Entschuldigung nehmen, um hier rumzuhängen. Wenn Sie ihnen also einfach sagen, daß sie sich wieder an die Arbeit machen ...«

»Das müssen wir erst abwarten«, unterbrach ihn Daniel. »Die Ältesten – sie stellen die lokale Regierung hier – haben Augenzeugen befragt. Und nach allem, was ich gehört habe, sagen sie, daß einer Ihrer Wachposten Zaid ziemlich hart angefaßt hat.«

Der Aufseher blickte kurz zu einem der grauuniformierten Männer, dann sagte er streitlustig: »Nun, wem zum Teufel wollen Sie glauben? Uns oder diesem Haufen Wilder?«

»Diese Wilden, wie Sie sie nennen, haben mich auf dieser Welt willkommen geheißen und mein Leben gerettet.« Daniel konnte seinen Zorn nicht mehr unterdrücken. »Und was haben Sie und UMC für mich in letzter Zeit getan?«

Er kehrte zu Kasuf zurück, der sich besorgt mit den Ältesten besprach. »Wir können die Männer davon abhalten, daß sie diese Krieger angreifen«, begann Kasuf.

»Was nur gut ist. Ihre Waffen würden die Arbeiter einfach abschlachten«, sagte ihm Daniel.

»Aber wir wollen Gerechtigkeit«, beharrte Kasuf. »Der Krieger, der Zaid geschlagen, und der Aufseher, der dies erlaubt hat, müssen bestraft werden.«

»Sie geben noch nicht einmal zu, daß ihre Leute Zaid überhaupt angerührt haben«, berichtete Daniel. »Aber ich denke, ich weiß, wer es war, und wenn wir verhindern können, daß die Dinge außer Kontrolle geraten ...« Er sprach den Satz nicht zu Ende, als er Laster mit Armee-Soldaten und Marines heranrollen sah. Er hatte einen Einfall.

»Jedenfalls müssen wir unsere Leute hier lebend rausholen. Wir müssen das gewaltfrei bewerkstelligen.«

»Gewaltfrei?« wiederholte Kasuf.

»Folgt mir einfach«, sagte Daniel und wandte sich an die Menge. »Auf meiner Welt gibt es Mittel und Wege, um diejenigen, die ein Unternehmen führen, auf ihre Fehler aufmerksam zu machen. Wenn ihr wollt, daß diese Mine sicherer wird, wenn ihr wollt, daß sie besser geführt wird, dann müßt ihr die Arbeit niederlegen!«

»Richtig!« schrie Azar, der den Gedanken schnell auffaßte. »Wieviel Erz könnten die Fremden denn ohne uns schon ausgraben?«

»Werft also eure Werkzeuge hin! Und verlaßt die Mine!« rief Daniel, den sein eigenes Wort mitriß. Die Erde erbebte, als die Werkzeuge, die losgelassen wurden, zu Boden fielen.

»Was, zum Teufel, erzählt er ihnen?« hörte Daniel hinter sich den Vanilla-Gorilla sagen.

»Keine Ahnung, aber wenigstens entwaffnet er diese Dreckskerle«, antwortete einer der Wachtposten.

Aber die Bewohner von Nagada brauchten etwas noch Wirkungsvolleres als einen Streik, um UMC in die Knie zu zwingen. Plötzlich kam Daniel eine Erinnerung an seine College-Jahre. Ein Protest ...

»Freunde!« rief er. »Die Fremden kommen in die Stadt, um sich ihr Essen zu kaufen, nicht wahr?«

»Ja, das tun sie!« schrie die Menge.

»Nun, von nun an darf niemand mehr in der Stadt ihnen Lebensmittel verkaufen«, schrie Daniel. »Sollte es doch jemand tun, dann darf niemand mehr von ihm kaufen oder ihm verkaufen. Das ist eine mächtige Waffe in meiner Welt. Sie wird Boykott genannt!«

»BOIK-ODD«, nahmen die begeisterten Arbeiter den Ruf auf, auch wenn sie mit der Aussprache noch ein wenig Probleme hatten. »BOIK-ODD! BOIK-ODD!«

»Sagt es allen in der Stadt! Wir marschieren sofort!« Daniel führte die Arbeiter an den Soldaten vorbei, die vor dem Ruhezelt Aufstellung bezogen hatten, und weg von den ankommenden Truppen.

»BOIK-ODD!« intonierte seine enthusiastische, neue Anhängerschar.

Wenigstens konnte ich verhindern, daß sie alle erschossen werden, dachte Daniel.

Und dann erinnerte er sich, worum es beim großen College-Protest gegangen war. Die Studenten hatten die Cafeteria boykottiert, weil sie besseres Essen haben wollten.

Und Daniel erinnerte sich, daß der Protest ein vollkommener Reinfall war.

Außer, daß *Froot Loops* dem Cafeteria-Frühstück hinzugefügt worden war.

ZWÖLFTES KAPITEL

SCHULDFRAGE

Walter Draven war nicht gerade in der Stimmung, jemandem zu verzeihen. Er wollte gerade in einem der besten Restaurants in Washington ein Essen unter Lobbyisten genießen, als ihn sein Büro mit einem Notfall zurückrief. Er weigerte sich, das Essen im Flugzeug zu sich zu nehmen, und war hungrig in Colorado gelandet. Und als er durch das SternenTor trat, mußte er feststellen, daß UMCs Abydos-Operation von den Einheimischen boykottiert wurde und sie keine Lebensmittel mehr hatten.

»Verdammte Scheiße!« brach es aus ihm gegenüber Eugene Lockwood heraus. »Wie konnte das alles in so kurzer Zeit so schiefgehen?«

Der Manager sah aus, als stand er kurz davor, sich in die Hose zu machen. »Wir haben zunehmend Probleme aus einer Vielzahl von Gründen«, begann er. »Aber ...«

»Oh, ich weiß, was jetzt kommt«, versicherte ihm Draven mit säuerlichem Gesicht. »Aber es ist nicht Ihr Problem. Wo sind die Genies, die für den Vorfall verantwortlich sind?«

Lockwood betätigte sein Funkgerät. Einen Augenblick später marschierten Morris und Sullivan, der Aufseher und der Wachtposten, in das Büro. Draven stellte fest, daß sich beide rasiert und hergerichtet hatten, soweit das die Bedingungen auf Abydos zuließen.

»Ich will hören, was passiert ist«, sagte ihnen Draven, »frisch von der Leber weg, sozusagen.«

Die beiden tauschten Blicke aus. So. Sie hatten sich also auf eine Geschichte geeinigt. Aber der Bericht, den sie lieferten, schien einigermaßen stimmig zu sein – genau wie das, was Morris zu ihrer Verteidigung sagte.

»Ich habe nur die Bestimmungen der Gesellschaft ausgeführt«, sagte der Aufseher. »Von diesem Tag an war es keinem Arbeiter erlaubt, das Ruhezelt aufzusuchen, wenn er nicht fünf volle Runden nachweisen konnte. Dieser Kerl, Zaid, hatte keinen Zettel. Also haben wir ihn wieder in die Reihe zurückgeschickt.«

»Netter Versuch, Morris«, sagte ihm Draven. »Die *Eichmann-Verteidigung* – ›Ich habe nur Befehle ausgeführt.‹ Aber die Zeugen sagen doch, daß Zaid über Unwohlsein klagte. Hätte Sie das nicht umstimmen sollen?«

»Sir ...« Morris stockte und sah zu Lockwood, der natürlich nur allzu gewillt war, seinen Untergebenen in der Luft hängen zu lassen. »Wir dachten, er simuliert. Wenn wir ihn hineingelassen hätten, dann hätten wir alle hineinlassen müssen, die über die Hitze klagten. Und, nun« – er rieb sich im fast arktischen Komfort des Büro-Trailers die Arme – »es ist *brutal* heiß dort draußen. Unser Übersetzer hat die Sonne nicht vertragen – er war im Schatten des Zeltes. Und die Jungs von der Armee und unsere eigenen Leute waren draußen in der Sonne, aber sie konnten aus Feldflaschen trinken.«

»Sie wandten also Regelungen der Gesellschaft an, unter denen Sie es selbst nicht ausgehalten hätten«, setzte Draven hinzu. »Und Sie«, wollte er von Sullivan wissen, dem er sich nun zuwandte, »ich habe gehört, Sie haben den Toten geschlagen – zweimal.«

»Der Kerl hat sich an Mr. Underwood – dem Dolmetscher – festgeklammert, also habe ich ihn entfernt«, erläuterte Sullivan. »Dieser Zaid hat seine Hand gepackt. Ich habe ihn nur dazu gebracht, daß er wieder losließ. Wenn er wirklich krank war, dann wollte ich nicht, daß er uns ansteckt. Außerdem sah der Kerl sowieso schon aus, als hätte er Flöhe.«

»Das war der eine Schlag«, sagte Draven, der nun in den Verhörmodus umschaltete. »Was war mit dem anderen?«

»Das war mehr ein auffordernder Klaps«, erklärte Sullivan. »Mr. Morris sagte ihm, er soll gehen. Das gleiche sagte ihm Underwood, der Dometscher. Und ich. Und als der Kanake nicht ging, gab ich ihm, nun ... einen Klaps.«

»Mit dem Kolben des Gewehrs, und anscheinend in den Solar plexus«, sagte Draven. »Wir haben also einen Mann, der an Hitzschlag leidet, und er wird zusammengeschlagen. Und dann wird ihm befohlen, die Leiter hinabzusteigen, elf Stockwerke tief.« Voller Abscheu schüttelte der Ingenieur den Kopf. »Was für eine Überraschung, daß er den schnellsten Weg nahm.«

Er musterte die beiden mit stechendem Blick. »Wie schade, daß Sie beide nicht im Bergbau groß geworden sind«, sagte Draven schließlich. »Sonst würde ich Sie, Morris, in der lausigsten Mine in Sambia Sprenglöcher bohren lasen. Und Sie, Sullivan, wären gleich daneben und dürften sie mit den ältesten, abgefucktesten, *unberechenbarsten* Sprengladungen füllen, die ich auftreiben könnte.«

Draven vergrub seine Hände in den Hosentaschen. »Aber Sie sind ja gewohnt, mit explosiven, unberechenbaren Mischungen umzugehen, nicht wahr? Diese Leute waren vor nicht ganz einem Jahr noch praktisch Sklaven. Sie haben für jemanden gearbeitet, den sie als Gott angesehen haben.« Wieder blickte er Morris und Sullivan finster an. »Vielleicht kommen sie Ihnen deswegen so primitiv vor. Aber wenn Sie für einen *Gott* gearbeitet und ihn dann in die Wüste geschickt hätten, wieviel würden Sie sich dann von einem ganz gewöhnlichen Sterblichen gefallen lassen? Selbst wenn er ein Sturmgewehr in Händen hält?«

Die beiden schwiegen.

Draven verzog die Lippen. »Aber Sie haben diese neuen Regeln durchgesetzt, wie es sich für richtige Speichellecker der Gesellschaft gehört. Haben Sie denn nicht gesehen, daß das ein Pulverfaß war, das jederzeit hochgehen konnte? Sie haben verdammt viel Glück gehabt – Glück, daß Ihre Dummheit nicht dazu geführt hat, daß Ihnen das alles einfach um die Ohren geflogen ist. Statt dessen haben Sie anscheinend den ersten Streik in der achttausend Jahre alten Geschichte auf Abydos provoziert. Ich gratuliere.«

Lockwood meldete sich zu Wort. »Das war alles die Schuld dieses verdammten Jackson. Er ist uns ein Dorn im Auge, seitdem ich hier angekommen bin.«

»Ich habe mich schon gefragt, wann wir auf die *Agitatoren von außen* zu sprechen kommen«, sagte Draven. »Offengesagt, dieser Dr. Jackson ist mir gehörig auf den Sack gegangen, als ich das erste Mal hier war. Deswegen wollte ich, daß er ausgeschaltet wird – was anscheinend nicht geschehen ist.«

Einen langen Augenblick betrachtete Draven die drei Männer. »Außerdem hat Jackson Ihnen einen Gefallen getan, auch wenn Ihnen das nicht bewußt ist. Er hat es geschafft, daß die Arbeiter ohne Blutvergießen abzogen. Wenn sie versucht hätten, Ihre Reihen zu stürmen, dann hätten wir heute abend Hunderte von Toten statt einen.«

Es dauerte eine Weile, bis sein Kommentar bei den anderen angekommen war, also legte er nach. »Und Sie, Lockwood, würden nun hinter dem Verteidigungswall der Armee sitzen und könnten zusehen, wie dieses wunderschöne Büro in Flammen aufgeht.«

Er warf sich in einen Stuhl. »Ich denke, als nächstes gehe ich in die Stadt und versuche, den Ältesten etwas Honig ums Maul zu schmieren. Aber ich tue das ungern mit leerem Magen. Lockwood, vielleicht könnten Sie sich nützlich machen und mir etwas zu essen bestellen ...«

»Ah«, sagte Lockwood langsam.

»Was«, wollte Draven wissen.

»Als Jackson die Arbeiter wegführte, hat er sie gleichzeitig zum Boykott gegen uns aufgerufen. Einen Arbeits- und Lebensmittelboykott. Wir, äh, bekommen von den Einheimischen keine Lebensmittel mehr. Und zur Zeit ist der Verkehr durch das SternenTor im wesentlichen durch Transfers zur Verstärkung des Militärs hier bestimmt ...«

Draven hatte den Aufmarsch des Militärs gesehen, die Männer und Fahrzeuge, die darauf warteten, nach Abydos geschickt zu werden. Er selbst war am Ende eines marschierenden Infanteriezugs durch das SternenTor geschlüpft.

»Toll«, äußerte sich Draven und erhob sich von seinem Stuhl. »Einfach toll.«

»Mister Draven?« fragte Lockwood, als sich der Ingenieur anschickte, das Büro zu verlassen. »Wohin wollen Sie?«

»Ich habe meine Pläne geändert. Bevor ich zu Ihren Freunden in der Stadt gehe, werde ich den hiesigen Militärkommandanten aufsuchen. Mal sehen, wie weit er uns unterstützt.«

»Und vielleicht«, fügte Draven an, »bekomme ich dort etwas zu essen.«

General Francis Keogh war eine Enttäuschung. Oh, er sah genauso aus, wie man sich einen vorbildlichen Militär vorstellte, sogar inmitten der Unordnung, die entstanden war, nachdem er Jack O'Neils Kommandozelt in Beschlag genommen hatte. Eine Pritsche war aufgestellt worden, damit der General, wenn nötig, ein kurzes Nickerchen halten konnte, während er die Operationen leitete. O'Neil hatte dies anscheinend nicht nötig gehabt. Der Marine-Colonel hatte Draven sowieso mehr an eine Maschine als an einen Menschen erinnert – eine Maschine, die solange funktionierte, bis sie auseinanderfiel oder in die Luft gesprengt wurde.

Keogh war nur allzu menschlich, dachte sich Draven. Das zeigte sich an den kleinen Dingen, die er im Zelt aufgestellt hatte – eine Regimentsfahne, ein Photo, das einen wesentlich jüngeren Keogh zeigte, der einem Präsidenten die Hand schüttelte – seitdem hatten zwei Nachfolger das Oval Office eingenommen. Und vor allem zeigte es sich an dem Ring, der an der rechten Hand des Generals schimmerte. Manche Männer gingen nach West Point und kehrten als Offiziere der Superlative zurück. Andere besuchten diese Akademie und waren nachher davon überzeugt, daß sie ein Gottesgeschenk für das Militär darstellten – ob sie das nun waren oder nicht, spielte dabei keine Rolle. Ein Offizier, der zu einem Einsatz, der eine Million Lichtjahre von zu Hause entfernt war, seine Regimentsfahne und seinen West-Point-Ring mitbrachte, fiel wahrscheinlich unter die zweite Kategorie.

Das bedeutete allerdings nicht, daß der General dumm war. Dumme Offiziere wurden von General West für sensible Operationen nicht ausgewählt. O'Neil zum Beispiel hatte sich von niemandem etwas vormachen lassen.

Aber O'Neil war eher der Typ für Kommando-Einsätze, der flexibel reagierte, was sowohl Taktik als auch sein Leben anbelangte. Bei Keogh verspürte Draven eine gewisse Starrheit. Lockwood hatte sich über O'Neil beschwert, und West hatte ihm nachgegeben und Keogh geschickt – jemanden mit Prinzipien, der eher gewillt war, die Bevölkerung als potentielle Gefahr anzusehen als O'Neil, der Seite an Seite mit den Abydianern gekämpft hatte. Offengesagt, Keogh war ein Bürokrat, ein Erbsenzähler im Krieg – das militärische Gegenstück zu Eugene Lockwood.

Sie hätten gut zusammengepaßt, wäre da nicht die Krise gewesen, die das Ende der Erzförderung hervorgerufen hatte. Auf der Erde riefen bereits die Forschungsinstitute verzweifelt nach ihren Rationen des magischen Quarz-Zeugs. Und wenn die Politik noch die Szene betrat und den Schleier des Geheimen wegzog, den West über das SternenTor gehängt hatte, dann würde es zu einem Skandal kommen, der noch schlimmer war als *Iran-Contra.*

Ein politischer General wie Keogh mußte das Pulverfaß doch riechen, auf dem er saß. Aber noch während dies Draven durch den Kopf ging, wurde ihm bewußt, daß er hier keine Hilfe erwarten konnte.

»Meine Befehle sind klar«, sagte Keogh. »Ich habe das SternenTor zu schützen und amerikanische Interessen auf Abydos zu verteidigen.«

»Nun, dieser Streik läuft aber den amerikanischen Interessen zuwider, die Sie doch verteidigen sollen«, gab Draven zurück. »Und damit meine ich nicht nur UMC, obwohl ich für die Gesellschaft arbeite. Dieses Mineral, das wir hier abbauen, hat strategische Bedeutung. Wichtige Forschungsprogramme basieren darauf – und nun ist alles gefährdet, weil kein Nachschub mehr kommt.«

Er beschloß, die patriotische Tour zu fahren. »Sie wollen also zulassen, daß ein Haufen primitiver Idioten die militärische Forschung der USA aufhält?«

»In meinen Befehlen steht nichts davon, daß ich die Einheimischen zwingen muß, für Sie zu arbeiten«, beschied Keogh. »So weit ich es sehe, war die Zwangsarbeit der Grund für die letzte Rebellion auf diesem Planeten. Und da sich die Bevölkerung zu paramilitärischen Gruppierungen zusammenschließt, müßte Ihnen doch daran gelegen sein, weitere Schwierigkeiten zu vermeiden.«

»Ich hoffe, durch Verhandlungen zu einer Einigung zu kommen«, sagte Draven. »Aber meine Verhandlungsposition wäre sehr viel stärker, wenn ich wüßte, daß ich mich auf Ihre Unterstützung verlassen kann. Das gesamte Projekt ist von besonderem Interesse für General West. Sollten wir scheitern, dann würde das auf *alle* abfärben.«

»Ich habe meine Befehle«, wiederholte Keogh.

»Aber Sie sind doch dazu bereit, amerikanische Gesetze und amerikanische Bürger zu schützen?« Draven hatte die Frage sorgfältig formuliert. Die Einheimischen würden sicherlich die Auslieferung von Morris und Sullivan verlangen, um sie skalpieren oder auf andere Weise bestrafen zu können. Wenn er Keogh das Einverständnis abringen konnte, sie zu schützen ...

»Individuen kenne ich nicht«, sagte Keogh und umging die verbale Landmine. »Ich bin hier, um amerikanische Interessen zu verteidigen. UMC-Personal ist im Falle eines Angriffs natürlich innerhalb des befestigten Lagers willkommen. Aber ich habe nicht vor, offensive oder provozierende Schritte zu unternehmen.«

Draven wechselte plötzlich das Schlachtfeld. »Wie steht es dann mit humanitärer Hilfe? Offensichtlich hat Professor Jackson den Einheimischen die Grundzüge des Boykotts beigebracht. Ihre Händler verkaufen meinen Leuten keine Lebensmittel mehr. Das SternenTor ist mit Ihrer Verstärkung und dem ganzen logistischen Rattenschwanz, der daran hängt, blockiert. Vielleicht könnten Sie mit uns Ihre Rationen teilen ...«

»Meine eigenen Leute leben von dem, was Colonel O'Neil an Vorräten angelegt hat«, sagte Keogh. »Bis sich unsere Versorgungslage stabilisiert, wäre es, denke ich, sehr ... unklug, wenn wir von unseren Lebensmitteln etwas abgeben würden.«

Dravens leerer Magen rumorte noch mehr bei dieser Nachricht. Trotzdem versuchte er, gute Miene zum bösen Spiel zu machen.

»Vielen Dank für Ihre Auskünfte, General. Ich denke, ich werde mich mit den Stadt-Ältesten unterhalten müssen. Vielleicht könnten Sie mir wenigstens ein Allrad-Fahrzeug und eine Eskorte stellen?«

Keogh ließ ihm das Lächeln eines Mannes zukommen, der gerade Essig in seinem Weinglas entdeckt hatte. »Ich bin mir sicher, UMC verfügt über Transportmöglichkeiten – und Sicherheitsleute für den Begleitschutz.«

Draven zuckte mit den Schultern. Es war einen Versuch wert gewesen. Wäre er in Nagada in einem Army-Laster und mit militärischen Begleitschutz eingelaufen, dann hätte er wenigstens den *Anschein* erwecken können, daß er Keoghs Unterstützung genoß. Aber der General hatte seine Strategie durchschaut.

Nein, Francis Keogh war bestimmt kein dummer Mann.

Unflexibel, ja. Draven versuchte sein Hungergefühl zu unterdrücken. Aber dumm, nein.

UMCs Abydos-Operation verfügte über Jeeps, statt der *Humvees* der Regierung. Als Draven seine Absicht verkündete, nach Nagada zu fahren, bot ihm Lockwood unverzüglich einen Jeep mit Chauffeur an, plus eine dreiköpfige Sicherheitseskorte.

»Schön«, hatte Draven erwidert. »Aber holen Sie diese Jungs aus ihren Tarnanzügen und stecken Sie sie in Zivilkleidung.« Die Einheimischen haßten die grauen Uniformen, darum schickte es sich für den UMC-Unterhändler nicht, wenn er aufkreuzte und von diesen Uniformen umgeben war.

Nach dem Aussehen der Eskorte zu schließen, hatten einige der Söldner nicht daran gedacht, Zivilkleidung mitzunehmen. Einer trug ein schrill-buntes Hawaiihemd, das wie ein Zelt an ihm hing. Ein anderer hatte ein weißes Hemd an, das an den Schultern spannte und nicht zugeknöpft werden konnte, weil es nicht über seinen massigen Brustkorb paßte.

Und mit ihren Gewehren und dem Ausdruck auf ihren Gesichtern sahen sie eher wie ein Mob aus, der gekommen war, um jemanden zu lynchen, als eine Ehrengarde.

Nun, so ein lynchender Mob war genau das, auf das er in Nagada treffen wollte, dachte Draven.

Sie starteten den Jeep und verließen das Camp. Draven genoß die angenehme Fahrt bis zur Minengrube. Was immer Lockwood auch verbockt haben mochte, er hatte eine schöne, ebene Straße anlegen lassen.

»Unterhält die einheimische Miliz noch immer einen Wachtposten?« fragte Draven den Fahrer.

Der Söldner zuckte mit den Achseln. »Klar. Normalerweise gucken ein paar von den Schlitzaugen immer von der nächsten Sanddüne auf uns herab.«

»Dann fahren Sie an den Straßenrand«, befahl Draven.

»Hallo!« rief er und kam sich wie der größte Idiot vor. »Wir fahren nach Nagada. Will einer von euch mitkommen?«

Eine Stimme ertönte aus dem Schatten, die in passablem Englisch antwortete: »Sie fahren nach Nagada? Ich komme.«

Ein junger Mann schien auf halber Höhe der Düne aus

dem Nichts aufzutauchen und schlitterte auf dem festgepreßten Sand nach unten. Er war schlank, aber kräftig, und schien weder die feindlichen Blicke noch die Waffen von Dravens Bodyguards zu bemerken.

Der junge Milizsoldat genoß die Fahrt auf dem Jeep, dies umso mehr, nachdem sie die Mine und die UMC-Piste hinter sich gelassen hatten. Schwankend und schaukelnd kämpfte sich der Jeep über den Weg, der für die Mastadges ein wunderbarer Trampelpfad durch die Wanderdünen zu sein schien.

Draven bemerkte, daß sich ihr einheimischer Führer nicht die Mühe machte, einen Warnschuß für die Torwächter abzugeben. Dann wurde ihm bewußt, daß der Lärm des Jeepmotors ihn von dieser Notwendigkeit entband. Trompeten erschallten, aber als sie vor den großen Toren ankamen, blieben diese geschlossen.

»Meine Name ist Draven. Ich bin durch das SternenTor gekommen – den ganzen Weg von der Erde –, um mit Kasuf und den Ältesten zu reden.«

»Dachte ich mir«, sagte der jugendliche Milizionär. Er rief zu einem der Lehmziegeltürme hinauf, die das Tor flankierten. Nach einigem hin und her wurde das Portal knarrend geöffnet.

»Sie wissen, wo die Ältesten sind?« fragte der selbstlose junge Mann.

»Ah, nein«, mußte Draven zugeben.

»Ich bringe Sie hin«, bot der jugendliche Krieger seine Hilfe an.

Sie folgten den Anweisungen des Jungen, und der Fahrer steuerte den Jeep in der Stadt durch ein Gewirr verwinkelter Straßen. Draven hatte paranoide Vorstellungen von Hinterhalten, aus denen die Miliz über den Jeep herfallen und sich die Waffen seiner Eskorte aneignen konnte.

Jedenfalls konnte er sich nicht erinnern, bei seinem ersten Besuch in diesem Teil der Stadt gewesen zu sein. Aber damals war er zu Fuß gekommen und war von einer fröhlichen Menge umgeben. Nun waren die Straßen leer. Das

Abendessen war entweder gerade auf dem Herd oder bereits beendet, denn Küchengerüche lagen in der Luft.

Wieder rumorte Dravens Magen, lauter nun und verzweifelnder.

Draven fiel etwas anderes auf. Die meisten der Lehmziegelgebäude in diesem Gebiet wiesen Anzeichen von erst kürzlich erfolgter Reparatur auf. Die renovierten Abschnitte fielen nicht sonderlich auf. Die neuen Wände waren von den Wüstensonnen bereits wieder ausgebleicht worden und von Sandstürmen zerfurcht.

»Das wurde alles wiederaufgebaut?« fragte Draven den Führer.

Der junge Mann nickte. »Von Ra zerstört. Die Häuser wurden wiederhergestellt, aber viele Menschen sind umgekommen.«

Plötzlich schob er einen Teil des groben Umhangs zurück, den er trug, und zeigte die Verbrennungsnarben, die seinen Arm verunstalteten. »Auch von Ra. Ich habe gekämpft, wo Ihr Camp ist. Bei der Pyramide.«

Draven nickte und verstand die unausgesprochene Botschaft. Diese Leute hatten Zerstörung und Tod in Kauf genommen, um die Freiheit zu erringen. Sie ließen sich nicht herumstoßen.

Noch einige Kurven und Wendungen, und Draven fand sich wieder auf bekanntem Terrain – auf dem großen Platz, an dem das Gebäude stand, wo er die Ältesten getroffen hatte.

Der Jeep hielt an, und der junge Mann sprang ab.

»Danke«, sagte Draven.

»Freut mich, Ihnen helfen zu können«, sagte der junge Krieger. »Vielleicht können Sie auch etwas für uns tun.«

»Vielleicht«, sagte Draven fast zu sich selbst.

Die Ältesten waren offensichtlich alarmiert worden. Kasuf und seine Kollegen saßen in einem großen Raum. An ihrer Seite befand sich Daniel Jackson, als Dolmetscher.

Draven versuchte die Initiative zu ergreifen. »Sie waren nicht faul und haben uns einen Haufen Schwierigkeiten bereitet, Jackson«, klagte er an.

Der hier einheimisch gewordene Akademiker sah ihn voller Abscheu an. »Ich habe mich schon gefragt, womit Sie eigentlich beginnen wollen, aber das ist doch die größte Scheiße, die ich jemals von Ihnen gehört habe«, begann er. »An diesem Nachmittag gab es einige tausend Bergarbeiter, die nur darauf gewartet haben, Ihre sogenannte *Werkspolizei* in Stücke zu reißen. Verglichen mit den Schwierigkeiten, die Sie haben könnten, ist dieser Streik ein Waldspaziergang.«

»Sie geben also zu, daß es ein Streik ist.« Draven versuchte so unheilvoll wie möglich zu klingen.

»Ja, die Leute hier arbeiten nicht mehr für diesen Clown Lockwood und seine idiotischen Speichellecker. Aber das müssen Sie sich nicht von mir anhören.« Er wandte sich an die Ältesten und sprach sie im lokalen Idiom an. Alles, was Draven verstand, war der Name Lockwood und die Wut und Abscheu, die den Gesichtern der Männer abzulesen waren.

»Wir hatten eine Vereinbarung«, drohte Draven.

»Ja«, erwiderte Jackson, »und die ist so viel wert wie das nicht existierende Papier, auf dem sie nicht geschrieben steht. Erinnern Sie sich noch an Ihre wundervollen Worte? Diese Leute erinnern sich sehr wohl – das ist das Schöne an Menschen, die als Analphabeten aufgewachsen sind: sie haben ein fast untrügliches Gedächtnis für das gesprochene Wort. So konnte Homers Dichtung Tausende von Jahren überleben – und so fallen nun Ihre Lügen auf Sie zurück. Sie wollten keinen schriftlichen Vertrag, denn – lassen Sie mich zitieren: ›Ein Ehrenwort reicht sicherlich für Männer guten Willens aus.‹«

Draven stand der Mund offen, doch Jackson fuhr fort.

»Das einzige Problem ist nur, UMC hat weder Ehre *noch* guten Willen gezeigt. Sie erinnern sich an Ihren letzten Besuch hier? Die Ältesten haben Sie mit einem Fest geehrt. Und nun, nun sehen Sie kein Essen hier. Was den Boykott betrifft, so lernen sie hier schnell.«

Draven legte die Hand auf seinen leeren Magen. »Manche halten diese Aktion für voreilig.«

»Dieser Kerl Lockwood hat alle möglichen voreiligen Aktionen gestartet – ebenfalls einseitig. Er ließ einen Teil der

Pyramide sprengen, die seit Tausenden von Jahren hier stand. Er hat Arbeitsvorschriften eingeführt, die keinerlei Bezug haben zu den Verhältnissen in der Mine. Und er hat Soldaten angeheuert, um diese Vorschriften durchzusetzen. Und kein einziges Mal ist er zu den Ältesten gekommen, um die Situation mit ihnen zu besprechen. Sie hätten ihm erklären können, warum dieses Ruhezelt aufgestellt wurde – und wie schwierig es ist, auf diesen Leitern das Zeug hinaufzuschleppen.«

Finster blickte er den UMC-Mann an. »*Ich* habe den Aufstieg versucht, als die Marines und ich über Ras Aufseher hergefallen sind. Und ich kann Ihnen sagen, das ist kein Zuckerschlecken. Haben Sie es einmal versucht? Ich weiß, Lockwood hat es nicht.«

»Oh, klar, jetzt wollen Sie alle Schuld auf Lockwood abwälzen«, gab Draven zurück. »Aber die Einheimischen sind auch nicht gerade Unschuldsengel. Einige von ihnen sind für Sabotageakte an den neuen Einrichtungen verantwortlich, die meine Gesellschaft in der Mine installieren ließ.«

»Ich habe die Gerüchte gehört«, erwiderte Jackson. »Aber das war alles, was wir hier zu hören bekamen – weil Lockwood niemals zu den Ältesten ging. Hätte er mit Kasuf und den anderen gesprochen, hätten sie der Sache auf den Grund gehen können. Aber Lockwood hat alles, was er mit den Arbeitern vorhatte, streng geheim gehalten. Er hat die Ältesten ausgeschlossen, und als er einen wirklichen Grund hatte, sie um Hilfe zu bitten, wandte er sich an die Erde und holte Söldner – wie Ihre Bodyguards – und einen neuen Kommandanten für die Militärkräfte auf Abydos. Offensichtlich traut Lockwood den Ältesten nicht, warum also sollten die Ältesten ihm trauen?«

»Hätten Sie da nicht etwas unternehmen können?« brach es aus Draven heraus.

»Seit wann arbeite ich für UMC?« schrie Jackson zurück. »Sie haben mich doch nicht einmal als Lehrer für den Englisch-Unterricht gewollt!«

Der abtrünnige Erdling beruhigte sich ein wenig. »Ich

habe den Ältesten versucht zu erklären, was Korporationen sind. Es ergibt für sie nicht besonders viel Sinn. Aber sie verstehen, was ein Streik und ein Boykott sind. Ihre Leute haben heute einen Menschen getötet – einen Mann namens Zaid, der sich bei diesem Knochen-Job die Lunge aus dem Leib gearbeitet hat, weil er eine kranke Tochter hat. Und was bekam er dafür? Eine Handvoll Susan-B.-Anthony-Dollars. Aber vielleicht wollen Sie ja, daß ich übersetze, während Sie UMCs Abfindungsregelungen bei einem Todesfall erläutern?«

»Ja, vielleicht können wir zu irgendeiner Einigung kommen«, gestand Draven vorsichtig zu.

»Wie bei der medizinischen Versorgung, die Sie den Leuten hier versprochen haben?« fragte Jackson. »Das war ein wichtiger Punkt für die Erlaubnis, daß Ihre Firma sich hier ansiedeln durfte – und bislang haben wir einen Dreck davon gesehen.«

»Nun, wir dachten tatsächlich an eine Firmenklinik, die errichtet wird, wenn die Operation einen größeren Umfang angenommen hat.« Draven nahm Zuflucht zum Anwaltsjargon. »Aber zur Ausgabe von Medikamenten benötigen wir entsprechend ausgebildetes Personal.«

»Schön zu hören, daß UMC so peinlich genau die Gesetze einhält, wenn es um die Gesundheitsvorsorge geht«, sagte Jackson in sarkastischem Tonfall. »Denn in den Punkten Lohn und Betriebssicherheit arbeiten Sie im höchsten Maße gegen die Bestimmungen.«

Dravens Gesicht rötete sich. »Sie hatten viel zu sagen, Jackson, aber ich höre wenig von den Ältesten, Kasuf«, und dabei wandte er sich an den Führer der Stadt, »sind Sie sicher, daß es gut ist, wenn Ihre Leute nicht mehr in die Mine gehen?«

Jackson übersetzte die Rede, Kasuf allerdings drehte sich dem jungen Mann zu, als er zu antworten begann. Jackson nickte. »Draven, Sie haben niemals kapiert, was die Mine hier darstellt. Sie ist Ihnen wichtig, und sie war Ra wichtig. Aber für die Menschen, die hier leben, war sie eine jahrhundertelange Belastung. Sie haben sich zu Tode geschuftet und *nichts* dafür bekommen. Wenn die Leute, die in der Mine schwitzen, statt dessen Bewässerungskanäle graben würden, würde die Landwirtschaft erblühen. Die Mine blieb nur wegen des guten Willens der Menschen auf Abydos geöffnet. Ihre Freunde von der Erde wollten das Quarzmineral, und sie waren glücklich, es liefern zu können.«

Kasufs bärtiges Anlitz wurde wütend. Jackson übersetzte weiter. »Aber nun fühlen sich unsere Freunde herabgesetzt. Fremde sagen uns, wieviel wir arbeiten sollen, Menschen sterben. Und was bekommen wir?«

Der Stadtvorstand warf eine Handvoll amerikanischer Münzen auf den Tisch.

Draven saß schweigend da.

Dann sprach Jackson wieder. »Sie verfügen nicht über die wirtschaftliche Macht, wie Sie sich das einbilden. UMC braucht die Leute, die in der Mine arbeiten. Aber Nagada kann ohne UMC auskommen.«

Der Abtrünnige starrte den UMC-Mann an. »Wenn Sie wollen, daß die Arbeiter zurückkehren, dann müssen Sie ihnen Gerechtigkeit zuteil werden lassen – und der Regierung hier eine Stimme bei der Gestaltung der Zukunft geben.«

DREIZEHNTES KAPITEL

HINTERTÜREN-POLITIK

Nachdenklich und schweigend kehrte Draven zum UMC-Camp zurück.

Seine Eskorte war da gesprächiger.

»Sie lassen sich von diesem blonder Scheißer und dieser schnatternden Kanakenherde so den Marsch blasen?« beschwerte sich einer mit offensichtlich britischem Akzent.

»Ich bin in die Stadt, um zu sehen, in wieweit die lokale Regierung noch bereit ist nachzugeben«, sagte Draven.

»Verdammt wenig«, sagte der Söldner. »Das ist ein Haufen harter, alter Burschen.«

»Also müssen wir da anders vorgehen«, erwiderte Draven. »Aber zuerst zieh ich den dreien, die mir das eingebrockt haben, die Haut ab.«

Die drei waren noch immer in Lockwoods Büro und warteten wie kleine Kinder auf Daddy, daß er nach Hause kam und ihnen sagte, nun sei alles wieder gut.

Unnötig zu sagen, daß Daddy nicht in bester Stimmung war. »Sie Schwachkopf!« herrschte er Lockwood an. »Ich bin in die Stadt und versuchte, Druck auf dieses Konzil der Ältesten auszuüben. Und was mußte ich feststellen? Wir haben absolut kein Druckmitel. Nichts, *niente, nada*.«

»Aber, Sir, ich versichere Ihnen ...« begann Lockwood.

»Sie versichern mir *gar nichts*!« brüllte Draven. »Dank Ihres Mißmanagements haben wir nun eine Mine, die weit hinter den veranschlagten Fördermengen zurück ist, einen Streik und einen Boykott, *und* einen militärischen Befehlshaber, der keinen Finger für uns rührt.«

Er stieß hart mit dem Finger gegen Lockwoods Brustkorb. »Und das Resultat? Diese ›Abbadabbas‹, über die Sie sich so gerne lustig machen, haben uns genau da, wo es weh tut. Sie haben UMC da, wo es weh tut. Aber wir sind doch noch nicht am Ende, Lockwood. Oder?«

»Natürlich nicht, Sir«, erwiderte der schweißüberströmte Manager.

»Oder, Morris?«

»Nein, Sir.«

»Oder, Sullivan?«

»Sie haben mir immer gutes Geld gezahlt«, antwortete der Söldner.

Dravens leerer Magen begann zu schmerzen. Drei Leuten mußte er helfen, und der einzige, der wenigstens ein wenig Elan aufbrachte, war der angeheuerte Soldat.

»Wir sind eines der größten multi-nationalen Unternehmen, Gentlemen. Wir können auf riesige Ressourcen zurückgreifen. Und das hier ist das größte Unternehmen, daß uns jemals angetragen wurde. Ich bin auf diesen Planeten und in diese Stadt gekommen, um mit den Einheimischen ein paar Vereinbarungen zu treffen. Zugegeben, bei meinem ersten Kontakt habe ich die Bewohner etwas unterschätzt. Ich dachte, es wären Primitive und das Problem wäre der Amerikaner Jackson, der sich hier niedergelassen hat.«

Die Augen des hageren Mannes begannen drohend zu funkeln. »Aber als ich heute Abend mit den Ältesten gesprochen habe, hat mir Kasuf meine eigenen Worte an den Kopf geworfen. Wie konnte das nur passieren? Als ich diese Welt verlassen habe, herrschte auf Seiten ein gehöriges Maß an gutem Willen. Was ist schiefgelaufen? Die Antwort lautet – *Sie drei*. Die Einwohner wollen Gerechtigkeit – das bedeutet, sie wollen Sie, Morris und Sullivan.«

Lockwoods Stimme zitterte, als er das Wort ergriff. »Vielleicht ...«

»Halten Sie den Mund«, sagte Draven kurz. »Ich *denke* nicht einmal daran, sie ihnen auszuliefern.«

Die beiden Untergebenen blickten sich entsetzt an.

»Wenn es dadurch aber möglich wäre, daß sie sich wieder an die Arbeit machten ...« Lockwood winselte fast.

Draven starrte den Manager voller Abscheu an. Er konnte von Glück sagen, daß Sullivan keine Handfeuerwaffe besaß. Vielleicht aber war es auch *Pech*. Wenn Lockwood hier verschwand – selbst mit einer Kugel im Kopf –, dann wäre das für alle nur ein Segen.

»Wir liefern unser Personal den lokalen Gerichtsbehörden nicht aus«, sagte Draven mit tonloser Stimme. »Eine Regel des Unternehmens. Und ich halte sie für eine gute Regel, wenn man bedenkt, welche primitive Vorstellungen von Gerichtsbarkeit an den Orten, wo wir operieren, manchmal herrschen.«

Seine Stimme war flach und leidenschaftlos. »Ich habe Kulturen kennengelernt, in denen schon für geringe Verstöße die Hände abgehackt werden. So weit wir wissen, scheint es für die Abbadabbas Genugtuung genug zu sein, wenn wir diejenigen in die Grube stecken, die für den Tod dieses Kerls verantwortlich sind.«

Auf Charlie Morris Gorilla-Gesicht zeichnete sich allmählich die Einsicht ab, daß er wirklich in Schwierigkeiten steckte. Sullivan wirkte ein wenig bedrückt.

»Wir haben ganz praktische Gründe, uns dem zu widersetzen und unsere Leute nicht herzugeben«, fügte Draven an. »Die Ältesten verlangen eher ein Mitspracherecht bei der Leitung der Mine. Dank Ihrer Aktionen, Lockwood, die sie übrigens als voreilig bezeichnet haben.«

»Mr. Draven, ich kann nicht glauben, daß Sie diesen Leuten ihre Aufmerksamkeit schenken.« Lockwood klang wirklich verzweifelt.

»Oh, wir *müssen* ihnen unsere Aufmerksamkeit schenken«, erwiderte Draven. »Die Firma kennt gewisse Regeln für den Umgang mit widerspenstigen Regierungen.« Auf seinem Gesicht zeigte sich ein dünnes Lächeln. »Regierungen, die mit uns nicht kooperieren, werden ersetzt. Und da solche Operationen Militäraktionen notwendig machen, wollen Sie vielleicht den SEAL rufen lassen, den Sie als Sicherheitschef angeheuert haben – Ballard, glaube ich, ist sein Name.« Draven starrte die beiden anderen Männer im Büro an. »Ich hoffe, Sie konnten wenigstens *einen* fähigen Untergebenen rekrutieren.«

Daniel Jackson war nach dem Treffen mit den Ältesten wie aufgedreht. Kasuf nahm den hyperaktiven Akademiker mit zu sich nach Hause, wo sie Sha'uri trafen.

»Dein Ehemann hat sich gut geschlagen«, erzählte Kasuf seiner Tochter.

»Ich habe nichts anderes erwartet«, sagte sie lächelnd.

»Ich würde meinen Auftritt erst dann beurteilen wollen, wenn sich Ergebnisse abzeichnen«, erwiderte Daniel, der noch immer so nervös war, daß er am ganzen Körper zitterte. »Ich denke, ich hab's Mr. Draven gegeben. Aber habe ich ihn auch überzeugt? Das ist hier die große Frage.«

Daniel strich sich das blonde Haar aus dem Gesicht und begann, energisch auf- und abzuschreiten. »Was ich erhofft habe – was *wir* erhofft haben – war, daß unser Streik UMC dazu zwingt, jemanden zu Verhandlungen zu schicken.«

»Und genau das ist eingetreten«, sagte Kasuf. »Dieser Draven ist erschienen.«

»Ja, aber ich hatte geglaubt, daß er uns ein Angebot unterbreitet. Statt dessen hat er uns nur angegriffen.«

»Auf unseren Märkten machen die Händler erst dann Angebote, wenn sie den Kunden zugehört haben und einschätzen können, was sie zahlen wollen. Der Fremde hat nun viel zum Nachdenken. Sei also nicht überrascht, wenn er sich dafür nun Zeit nimmt.«

Daniel führte die Hand an den Mund und biß in die Nagelhaut seines linken Daumens – eine nervöse Angewohnheit, von der er geglaubt hatte, daß er sie schon vor Jahren überwunden hätte. »Ich würde nur allzu gerne wissen, *worüber* Draven nachdenkt.«

Sha'uri schüttelte den Kopf. Sie schien nicht ganz zu verstehen. »Warum diese ganze Aufregung über die Meinung eines einzelnen Mannes?«

»Draven vertritt wesentlich mehr als die Meinung eines einzelnen. Er ist ein *troubleshooter* ...« Daniel fuhr schnell fort, den ungewohnten englischen Ausdruck zu erklären. »Draven handelt als Agent für sein Unternehmen. Sein Wort hat bindende Wirkung für UMC – so wie damals, als er über die Wiedereröffnung der Mine verhandelte. Aber sein Wort an seine Vorgesetzten kann auch einiges bewegen.« Er blickte zu Kasuf. »Ich habe Euch oft genug gesagt, daß ich über die Tätigkeiten der Korporationen auf meiner Welt nicht besonders gut Bescheid weiß. Aber sogar ich habe von UMC gehört. Sie verfügen über große Macht – manchmal sogar mehr als die Regierungen auf meiner Welt.« Daniel runzelte unglücklich die Stirn. »Und hier werden sie nicht einmal durch die Öffentlichkeit und deren Meinung behindert. Nur eine Handvoll Leute auf der Erde wissen, daß Abydos überhaupt existiert. Und sie alle sind an Geheimhaltung gebunden.«

Ein Blick, und Daniel sah, daß er seine Zuhörer verloren hatte. »Laßt es mich so ausdrücken. Dravens Beziehung zu Lockwood gleicht der Beziehung von Ra zu seinen Horus-Wächtern.«

Verständnis dämmerte den Abydianern. So mächtig ein Horus-Wächter den Menschen auch vorgekommen sein mag, Ra vereinte auf sich unendlich viel mehr Macht – und Gefahr.

Kasuf sah Daniel nachdenklich an. »Dieser Draven ist der König der Gesellschaft?«

»Nein«, erklärte Daniel. »Aber er hat Zugang zu den Ohren der Könige in dem Unternehmen. Deswegen war es für uns so wichtig, mit ihm gesprochen zu haben – über den Kopf Lockwoods hinweg.«

Er seufzte und merkte, daß er erneut einen ihnen unbekannten Ausdruck gebraucht hatte. »Stellt euch vor, die Ältesten müßten in einer Sache als Schiedsrichter entscheiden. Aber die eine Seite schafft es, daß nur ihre Argumente gehört werden. Das ist die Situation, in der uns Lockwood hatte.«

»Aber nun hat Draven unsere Seite gehört«, sagte Sha'uri.

Daniel nickte. »Die andere Möglichkeit wäre gewesen, wenn ich zur Erde gegangen wäre.«

Er wandte sich vom entsetzten Blick seiner Frau ab. »Um unsere Sache zu vertreten, brauchen wir jemanden, der sowohl Englisch spricht als auch die Sitten auf meinem Planeten kennt. Die anderen, die uns vielleicht helfen könnten – O'Neil, Kawalsky und Feretti – sind zwar unsere Freunde, gehören aber auch dem Militär an. Ihre Vorgesetzten haben sie durch Befehle gezwungen, auf Abydos zu bleiben.«

Daniel grinste Sha'uri verschmitzt an. »Ich, andererseits – nun, ihre Vorgesetzten wissen, daß sie mir nichts befehlen können.«

Sha'uri mußte lächeln. »Das ist nur zu wahr, mein Ehemann. Du würdest nicht einmal Befehle von Ra entgegennehmen.«

»Nun, dessen kann ich mich nicht rühmen«, erwiderte er. »Ra hat mir befohlen, meine Freunde zu töten. Ich kann von Glück sagen, daß du und Skaara gekommen seid, um mich aus dieser Situation zu erretten – und uns die Flucht zu ermöglichen.«

Er blickte sich um. »Wo ist Skaara übrigens? Ich dachte, er wäre hier, um das Feuerwerk bei der Konzilsversammlung zu sehen.«

Kasuf schüttelte den Kopf. »Mein Sohn übt sich wieder, um ein Krieger zu werden. Er nannte es ›Nacht-Operation‹, was immer das auch sein mag.«

»Ich habe gehört, er hat Großes mit den Jungs geleistet«, sagte Daniel. »Sie haben zwar keine Uniformen wie Lockwoods oder Keoghs Männer, aber er hat sie anscheinend zu einer schlagkräftigen Truppe ausgebildet.« Daniel zögerte einen Moment. »Vielleicht sollten wir ihn einmal fragen, ob wir ihnen bei ihren Übungen zusehen können. Es dürfte an der Zeit sein, daß die Ältesten Skaaras Miliz offiziell zur Kenntnis nehmen.«

»Ihr denkt, wir brauchen Krieger?« fragte Kasuf besorgt.

»Es ist nur – ich habe mich mit Skaara unterhalten, über seine Ambitionen. Sie gehen über diesen Planeten hinaus.«

»Wie das?« fragte Kasuf.

Voller Zweifel beschrieb Daniel die Unterhaltung, die er mit Skaara über die SternenTore geführt hatte. Überraschenderweise mußte er feststellen, daß Kasuf mit dem vorgeschlagenen Kreuzzug seines Sohnen einverstanden war.

»Ich habe mich in letzter Zeit selbst dabei ertappt, daß ich über unsere Brüder auf den anderen Sternen nachgedacht habe«, gab Kasuf zu. »Und welch große Sache es wäre, wenn wir ihnen mitteilen könnten, daß Ra nicht mehr existiert. Seltsam, daß mein Sohn denselben Gedanken hat und ihn in die Tat umsetzen will.«

»Nun, es wird keine Aktionen geben, solange wir nicht mehr SternenTor-Koordinaten finden«, sagte Daniel. »Und ich weiß nicht, wie das anders geschehen könnte, als daß wir wieder über eine Schatztruhe mit alten Aufzeichnungen stolpern.«

Er lief noch immer auf und ab, als befände er sich in einem Käfig. »Vielleicht ist es aber auch gut, daß wir die Koordinaten *nicht* haben. Denn dann würde Skaara vor dem gleichen Problem stehen wie ich, wenn ich versuchen wollte, zur Erde zurückzukehren, um unsere Sache zu vertreten. Das

SternenTor gehört uns nicht mehr. Es ist in den Händen des Militärs – das nicht mehr unter dem Kommando unseres Freundes O'Neil steht.«

Daniels Hände ballten sich in den Hosentaschen. »Vielleicht hätte ich das alles voraussehen können. Aber daß nun Keogh das Kommando übernommen hat, bedeutet, daß UMC nun das SternenTor kontrolliert.«

»Sie benötigen es«, sagte Kasuf. »Und wofür sollten wir es gebrauchen?«

»Angenommen, Draven wäre nicht gekommen«, führte Daniel den Gedanken weiter. »Wenn ich nun zu UMC will, um von Lockwoods Missetaten zu berichten, glaubt Ihr dann, daß er mir freie Passage gewähren wird? Wahrscheinlich würde er es ablehnen.« Er runzelte die Stirn. »Oder er würde mich, eine Ratte, die er ist, in die Pyramide lassen, wo ich dann verschwinde. Ein ›Unfall‹ beim Transit.« Daniel verzog das Gesicht. »Aber selbst wenn ich zur Erde komme, mit wem sollte ich dann reden? Ich habe Euch gesagt, daß mich meine Kollegen für, gelinde gesagt, exzentrisch halten. Wenn ich mit einer Geschichte über eine andere Welt an die Öffentlichkeit trete, würde man mich für verrückt erklären.«

Er lächelte sanft, während seine Ehefrau protestierte. »Vergeßt nicht, für mein Volk ist Ra nichts weiter als ein alter Mythos.«

Doch dann schwand Daniels Lächeln. »Ich kenne niemanden bei UMC. Wenn ich mich über Lockwood beschweren wollte, müßte ich zu General West. Ihr kennt ihn nicht. Aber meiner Einschätzung nach ist der Kerl so verschroben, daß Draven und Lockwood neben ihm wie aufrechte Männer wirken. Auf dieser Seite des SternenTors habe ich erfahren, daß er Menschen wie Werkzeuge gebraucht. Ich war sein Dolmetscher-Werkzeug. O'Neil war als Führer unserer Expedition ausgewählt worden, weil er, wenn nötig, sein Zerstörungs-Werkzeug war. Sollte sich nämlich das SternenTor als gefährlich erweisen, hätte O'Neil es in die Luft sprengen sollen.«

Daniel blickte wieder zu Sha'uri. »Um die Wahrheit zu sagen, es behagt mir überhaupt nicht, unser – oder mein –

Schicksal in die Hände General Wests zu legen. Was passiert, wenn er ein Werkzeug nicht mehr braucht? Wenn ich mit ihm rede, läßt er mich vielleicht nicht mehr zurückkehren.«

»Macht Euch nicht so viele Sorgen über das, was geschehen könnte«, meinte Kasuf.

»Ich muß sie abwägen«, protestierte Daniel. »Mir scheint, daß ich Euch, Schritt für Schritt, auf einen Weg gebracht habe, der – ich weiß nicht wohin führt. Ich bin keine Führerpersönlichkeit, Kasuf. Es macht mir angst.«

»Wir können nicht mehr tun, solange wir von Draven kein Gegenangebot bekommen. Vielleicht erkennt er, daß unsere Anliegen gerechtfertigt sind. Wir werden ein Mitspracherecht bei der Mine erhalten – und diejenigen, die Zaids Tod verursacht haben, werden ihre gerechte Strafe erhalten.«

»Das wollte ich noch fragen«, sagte Daniel. »Welche Strafe haben die beiden Kerle zu erwarten?«

»Das ist keine Frage der Strafe«, sagte Kasuf. »Es ist eher eine Frage der Entschädigung. Zaid hatte eine kranke Tochter. Das Mädchen hat nun keinen Vater mehr, der für sie sorgt. Wenn ich den Fall entscheiden sollte – was ich nicht kann, weil ich fürchte, daß meine Abneigung gegen Lockwood meine Verstandeskräfte trübt –, dann sollten die Männer, deren Nachlässigkeit Zaids Tod verursacht haben, die Verantwortung für seine Tochter übernehmen. Wenn Sie in der Lage sind, sie zu heilen, dann sollten sie das tun. Wenn nicht, sollten sie Vorkehrungen treffen, daß für sie gesorgt wird.«

Daniel zog die Augenbraue hoch. »Euere Rechtsprechung klingt sehr pragmatisch. Ich habe schon befürchtet, die Strafe würde lauten, sie in Öl zu kochen – oder etwas Ähnliches.«

Kasuf lächelte ihn verbittert an. »So ist das Gesetz von Ra – er hat nicht mit Gesetzen regiert, sondern nach seinen Launen. So konnten wir nicht leben.«

Sha'uri sah ihren Vater ein Gähnen unterdrücken. »Es wird spät«, sagte sie. »Kommt, Ehemann.«

Getrieben von seiner nervösen Energie, eilte Daniel, als sie dann durch die stillen Straßen Nagadas schritten, seiner

Frau immer wieder einige Schritte voraus. Sha'uri nahm ihn am Arm und blickte ihn überrascht an. »Der Streit mit diesem Draven hat Spuren hinterlassen. Du bist so aufgeregt wie ein Mastadge, das einen Sandsturm wittert.«

»Ich habe keine Angst vor dem Kerl – ich bin nur besorgt«, sagte Daniel.

Neckisch lächelte sie. »Ich habe nicht gesagt, daß du zitterst. Nur daß du erregt bist. Das macht einen Unterschied, so wie damals, als du in der Nacht, in der wir verheiratet wurden, und ...«

»Das ist nicht fair«, fiel ihr Daniel ins Wort. »Wegen der Sprachbarriere war mir nicht bewußt, daß das eine Hochzeit war. Und als es mir bewußt wurde ...«

Sha'uris Lächeln wurde breiter. »Genau.«

Die beiden beschleunigten ihre Schritte, um noch schneller nach Hause zu gelangen.

Am nächsten Tag übernahm Draven Lockwoods Büro und verbannte ihn aus dem Bereich der kostbaren Klimaanlage. Er saß hinter dem Schreibtisch des Managers und empfing Vernon Ballard.

»Ich strecke mit Hilfe der Sprachlehrer meine Fühler zur Oppositionsgruppe aus«, erzählte Draven dem Sicherheitsmann. »Wenn alles gut läuft, werden wir mit ihnen morgen abend Kontakt aufnehmen.« Die Nacht war immer der beste Zeitpunkt, um ein Komplott zu schmieden, vor allem, wenn man plante, eine Regierung zu stürzen. Die Dunkelheit offenbarte die Qualitäten derjenigen, die den Staatsstreich anführen sollten.

»Sie sind sich sicher, daß diese Kerle die alten Männer stürzen werden?« fragte Ballard.

»Sie sind jung. Ich bin mir sicher, wir können uns darauf verlassen, daß sie ... ungestüm sind.«

Der Söldnerführer schüttelte den Kopf. »Das ist für Sie nur eine Geschäftsangelegenheit, nicht wahr? Wenn Sie vorne nicht rein können, nehmen Sie die Hintertür.«

»Aber wir brauchen noch den Schlüssel«, sagte Draven. »Und ich erwarte, daß Sie ihn besorgen.«

»Mein Ur-Urgroßvater hat mit Indianern gehandelt«, sagte Ballard. »Und die wichtigsten Handelswaren – das waren Whiskey und Gewehre.« Er lächelte. »Ich sehe nicht, daß die Leute hier unbedingt Trinker sind. Aber was die Jungs lieben, das sind Gewehre.«

Draven nickte. »Aber natürlich wollen wir nicht, daß sie Gewehre bekommen, die besonders gut sind.«

»Wie bei meinem Ur-Urgroßvater und den Indianern. Die Kerle brauchen etwas, wodurch sie ihren einheimischen Gegnern überlegen sind – aber meine Jungs müssen ihnen gegenüber im Vorteil sein.«

Er blinzelte und dachte nach. »Vielleicht kann ich an einige Kisten mit Garand-Gewehren kommen, Jahrgang 1942 – während des zweiten Weltkrieges für die Marines aufgemotzt. Schloßgewehre, fünf Schuß im Magazin.«

»Und fünfzig Jahre der heutigen Technik zurück«, sagte Draven. »Das gefällt mir.«

»Garands sind richtige Arbeitspferde. Sie wurden bereits 1903 eingesetzt«, sagte Ballard.

»Um so besser.« Draven lächelte.

»Und das Beste habe ich noch gar nicht erwähnt«, sagte Ballard. »Garands brauchen 30er-Munition. Die Munition für spätere Gewehre ist viel kleiner – so um die 22er, damit mehr in das Magazin paßt.«

»Das heißt, sie können unsere Munitionsvorräte – oder die des Militärs – nicht benützen.«

»So ist es, Sir« nuschelte Vernon Ballard. »Wenn diese Jungs Patronen haben wollen, müssen sie sich an uns wenden.«

»Eilen Sie durch das SternenTor und holen sie die Dinger«, befahl Draven. »Ich denke, viel können die nicht kosten. Und ich will ein Vorführstück zur Hand haben, wenn wir uns mit unseren neuen Freunden treffen.«

Sein Lächeln war völlig freudlos. »Diese Primitiven lieben es, wenn es gehörig knallt.«

Verkleidet mit einheimischen Kitteln, betraten die drei Besucher aus dem Minen-Camp Nagada. Skaara war amüsiert von der Heimlichtuerei. Was glaubten die Fremden, was hier vor sich ging?

Einige seiner Anhänger waren tags zuvor auf ihn zugekommen. Schüler der UMC-Englischklassen hatten sie ausgewählt. Der bedeutsame Mann, der mit den Ältesten gesprochen hatte, wollte ebenfalls mit Skaara reden. Aber er wollte es im Verborgenen tun.

Skaara war dazu nicht bereit gewesen, bis ihm einer seiner Lieutenants – ebenfalls ein ehemaliger Hüter, der sich im Kampf gegen die Horus-Wächter ausgezeichnet hatte – von Draven berichtete.

»Er war klug genug, an unserem Wachtposten nach einem Führer in die Stadt zu fragen«, sagte der junge Mann. »Was immer er zu sagen hat, es mag interessant sein.«

Also war ein Treffen für diese Nacht vereinbart worden, das mit dem Einzug der drei verkleideten Fremden begann – der schlecht verkleideten Fremden, zumindest in Skaaras Augen. Einer von ihnen überragte die Durchschnittsgröße der Stadtbewohner um ein Vielfaches. Als O'Neil und Kawalsky so taten, als gehörten sie zur einheimischen Bevölkerung, hatte der große Lieutenant wenigstens soviel Verstand, sich ein wenig zu ducken. Aber der hier ging aufrecht und stolzierte fast großspurig durch das Tor. Und was befand sich in dem langen Paket, mit dem er so sorgsam umging?

Die Fremden hatten darauf bestanden, daß das Treffen an einem abgeschirmten Ort stattfand, der nicht belauscht werden konnte. Skaara hatte ein Lagerhaus an der Stadtmauer ausgewählt. Es besaß dicke Wände, war allerdings von Ras Udajeets beschädigt und bislang nicht repariert worden.

Einige Öllampen sorgten für eine flackernde Beleuchtung; die Fremden wurden in die inneren Räume gewiesen. Sie warfen ihre Umhänge zurück, und die Gesichter von Draven, Lockwood und des Anführers von Lockwoods Wachen – Ballard – wurden sichtbar.

»Du führen die Jungen-Krieger?« Lockwood sprach eine verstümmelte Version der einheimischen Sprache.

»Was wollen Sie?« fragte sie Skaara in Englisch.

»Ich dachte mir bereits, daß du unsere Sprache sprichst«, sagte Draven. »Eurer Mann, der mich letzten Abend in die Stadt begleitet hat, war gut zu verstehen.«

Für Skaara klang er wie einer der Händler vom Markt, die erst die Kunden umschmeichelten, bevor sie sich dem Verkauf zuwandten.

»Ihr wolltet mich sehen«, sagte er.

»Ich bin hier, um zu sehen, was ihr wollt.« Draven lächelte. »Die Gesellschaft, die ich vertrete, ist groß und mächtig. Wir können Euch auch Reichtum, Frauen – und die Macht auf Abydos geben.« Der Unterhändler beugte sich vor. »Also frage ich noch einmal. Was wollt ihr?«

Skaara gab ihm ein launisches Lächeln. »Ich will die Sterne. Könnt Ihr mir die Sterne geben?«

Draven verlor fast die Fassung. »Was meinst du?«

»Sie und die neuen Soldaten – die Grünröcke – kontrollieren das SternenTor«, sagte Skaara. »Ich will, daß unser Gelehrter, Daniel, Zugang zum SternenTor hat. Es gibt dort draußen noch andere Welten als unsere oder Ihre. Unser Volk hat Brüder, die noch immer unter Ras Joch leben. Sollten wir nicht wenigstens *versuchen*, sie zu finden?«

Draven war so verwirrt, daß er Zeit gewinnen mußte; er gab vor, sich mit seinen Begleitern zu beraten.

»Der Junge denkt in großem Maßstab«, flüsterte Ballard. »Wer hätte gedacht, daß er sein Anrecht, andere Welten kennenzulernen, anmelden möchte?«

»Wir haben hier ein profitables Geschäft aufgebaut.« Lockwoods Stimme war fast ein Wimmern. »Wollen wir wirklich unsere Zeit damit verschwenden, Jackson zu erlauben, daß er an unserem Verbindungsweg herumspielt? Jeder Augenblick, an dem das SternenTor nicht offen ist, bedeutet verlorene Erzlieferungen – oder verlorenen Nachschub, den wir hier auf dieser Seite brauchen.«

»Wir bekommen weder das Erz noch Nachschub, wenn wir es nicht schaffen, die Regierung uns gewogen zu stimmen«, flüsterte Draven. Er versuchte Skaara einzuschätzen. Trotz seiner idealistischen Pose ließ er sich vielleicht mit einem Butterbrot abspeisen.

»Ich weiß nicht, ob ich euch die Sterne geben kann«, sagte er offen. »Unsere weisen Männer sagen, es ist sehr schwierig, andere Welten zu finden.«

Skaara nickte. »Das sagt Daniel auch. Es gibt viele Kombinationen. Aber wir könnten es doch versuchen.«

»Vielleicht«, sagte Draven. »Aber was ich anbieten kann, ist eine bessere Position für euch, hier auf Abydos. Ausrüstung für die Miliz – Uniformen ... Waffen.« Er wandte sich an Ballard. »Zeigen Sie es ihm.«

Der angeheuerte Krieger wickelte das Bündel aus, das er getragen hatte. Drinnen befand sich ein Gewehr; es war länger als die Waffen, die Skaara kannte. Ballard nahm ein Magazin mit langen Patronen und drückte es in den Bauch der Waffe.

Mit einem *Klick-tschak*! betätigte er eine Art Hebel, der oben auf dem Gewehr saß. Dann feuerte er in eine der Lehmziegelwände, in der eine riesige Pockennarbe zurückblieb. Der Lärm war ohrenbetäubend, selbst in dem riesigen Raum. Miliz-Angehörige tauchten auf, da sie fürchteten, ihr Führer sei in Gefahr.

Ballard – er hielt den Lauf sorgfältig von Skaara fern – betätigte erneut den Mechanismus und feuerte ein zweites Mal.

»Eine schöne Waffe, nicht?« sagte Draven.

»Sie scheint langsamer zu sein als die Waffen, die wir aus Colonel O'Neils Camp ausgegraben haben«, bemerkte Skaara. »Man muß mehr tun, bevor man feuern kann ... und die Patronen sind größer als diejenigen, die wir in unseren Gewehren verwenden.«

Dravens Lächeln schwand. Anscheinend hatte der UMC-Mann nicht erwartet, daß Skaara diese Dinge wahrnahm. »Die Gewehre sind einfacher gebaut, weil, nun, weil auf dieser Welt alles einfacher ist. Aber sie sind auch leichter zu reparieren. Und wenn sie auch nicht so schnell feuern, so blockieren sie doch auch nicht so schnell im Sand.«

»Gut. Wie Sie sagen, es scheinen schöne Gewehre zu sein.

Wie bekommen wir sie? Erwarten Sie, daß wir für Sie in der Mine arbeiten?«

»Wir geben euch die Waffen, damit ihr euren rechtmäßigen Platz hier in Nagada einnehmen könnt. Gebraucht sie, um die alten Männer zu stürzen, die euch – und eure Stadt – unterdrücken. Die Mine kann euch Reichtümer bescheren. Ihr müßt nur die Leute wieder zur Arbeit schicken.«

»Dann werden wir also die Waffen bekommen, und ich kann reich werden. Wir müssen nur die alten Dummköpfe stürzen, die uns regieren.«

Draven nickte eifrig.

»Ich gebe Ihnen einen Rat, Mr. Draven.« Skaara deutete auf Lockwood. »Feuern Sie diesen Mann. Er ist nun seit Monaten hier und hat noch nicht herausgefunden, daß ich der Sohn von Kasuf bin, dem Vorsitzenden der alten Dummköpfe.«

Draven warf einen flammenden Blick auf den Manager. Und Ballard machte sich verzweifelt am Schloß seines Gewehres zu schaffen. Skaara ergriff eine lange Stange, an deren Ende etwas saß, das wie eine stilisierte Lotusblüte aussah. Draven hatte es für eine Art Fackel oder für eine Dekoration gehalten. Der junge Mann ließ sie nun wie einen Flaggenstock kreisen und schlug Ballard damit das Gewehr aus den Händen.

Dann betätigte er einen verborgenen Mechanismus, und am Kopfende des Stockes sprangen Röhren hervor. Skaara zielte, und aus dem Stock zischte ein Energiestrahl. Der Schaft des Gewehres verbrannte, der Metallbolzen verschwand. Und der Lauf schmolz.

»Ich glaube auch nicht, daß wir eure ... einfachen Waffen brauchen.« Und als der junge Mann die Strahlenlanze auf sie richtete, war er vom Scheitel bis zur Sohle ein Führer.

»Und nun geht – verschwindet von hier, bevor ich euch zeige, wie das hier auf Menschenfleisch wirkt!«

VIERZEHNTES KAPITEL

AUCH GÖTTER SIND STERBLICH

Ein außenstehender Betrachter hätte nur einen geräuschlosen, strahlenden Schein wahrgenommen, als das Schlachschiff *Das Auge des Ra* von Sternenantrieb auf normalen Antrieb umschaltete. Natürlich werden Geräuschwellen im Vakuum nicht geleitet. Aber Licht ist zu sehen, und im Moment ihres Auftauchens strömten schimmernde Lagen von Licht aus den Seiten des pyramidenförmigen Raumschiffes.

Auf der Brücke spürte Hathor das vertraute Gefühl der Übelkeit, als der Sprung vom unwirklichen Hyper-Raum in die Realität vollzogen wurde. Raumschiff-Sprünge unterschieden sich von dem Durchgang durch SternenTore – sie scheinen seltsamerweise auf keinen Punkt gerichtet. Man hat das Gefühl, als stürze man durch die Leere.

Eine von Ptahs Technikerinnen bediente die beleuchteten Schaltpulte der Navigationsinstrumente. Ein holographischer Schirm blitzte vor ihrem Gesicht auf. »Wir sind im Sternensystem Amentet angekommen«, verkündete sie. »Genau wie berechnet.«

Ptah selbst war auf der Brücke unterwegs und überprüfte auf allen Stationen die Anzeigen. Als er einen Blick auf die Triebwerksanzeigen geworfen hatte, aktiverte er das Kommunikationssystem. »Maschinenraum! Es werden Betriebsschwankungen angezeigt. Triebwerke modulieren!«

Hathor winkte den Gott zu sich herüber. »Wenn Ihr ihnen immer die Arbeit abnehmt«, flüsterte sie ihm zu, »dann werden sie es nie lernen.«

Seine Stimme klang rauh. »Sie sind noch in der Ausbildung und verfügen lediglich über eine oberflächliche Einweisung in die Bordsysteme. Eine Rumpfmannschaft, die in der Lage ist, Ras fliegenden Palast in kleinen Sprüngen zu steuern – das ist etwas ganz anderes, als mit diesem Monster hier zurechtzukommen.«

Hathor wußte es nur zu gut. Ras Schiff war, trotz seiner scheinbaren Größe und majestätischen Pracht, neben dem riesigen Rumpf des Schlachtschiffes nur eine Yacht, ein Spielzeugboot. Außerdem wurde ein Großteil des imperialen Sternenschiffs von automatischen Systemen gesteuert. Auf einem Schiff, das in den Kampf zog, war das nicht möglich.

Ras Schiff verfügte über unbändige Energie. Aber selbst mit dem Quarz-Wunderstein war Energie ein kostbares Gut, das zwischen Sternenantrieb und den Waffensystemen sorgsam aufgeteilt werden mußte. Und es war nicht unbedingt von Vorteil, daß trotz der monatelangen Renovierungsarbeiten die meisten der Energieleitungen Jahrtausende alt waren.

Hathor verspürte Nervosität, während sie auf- und abging. Daß sie die Brücke unter den Füßen spürte, weckte unangenehme Erinnerungen – die für sie nur wenige Monate zurücklagen, für alle anderen an Bord aber einem legendären Zeitalter angehörten.

Sie wandte sich an Ptah. »Wie geht Ihr damit um?« fragte sie.

»Womit?« gab ihr ehemaliger Gatte zurück.

»Wie geht Ihr mit Eurem Status als Legende um? Mit den Reaktionen derer, die heute leben und erfahren, daß Ihr bereits im Ersten Zeitalter gelebt habt?«

»Ganz einfach«, erwiderte er schulterzuckend. »Ich lasse sie es nicht wissen.«

Ptahs Lösung konnte ihr nicht helfen, dachte sie. Und schon gar nicht half ihr das bei ihren Schwierigkeiten, sich in ein Zeitalter einzufügen, das sie für degeneriert hielt. Die Besatzungscrew war nicht die einzige Rumpfmannschaft an Bord des Schiffes. Ressourcen und Menschenmaterial wurden auf den entlegenen Lehen der Untergötter gehortet. Sogar einige von Ptahs Technikern wurden dort gegen den Befehl ihres Gottes festgehalten.

Am schlimmsten aber war der Mangel an Kriegern. Die Bodentruppen, die dem *Auge des Ra* zugeteilt wurden, waren wirklich unterbesetzt. Weit mehr als auf Ombos würde sich Hathor auf die Angriffe der Udajeets verlassen müssen, um die notwendige Feuerkraft zu erzielen. Es gab einfach nicht genügend verläßliche Krieger, die – mit Ausnahme einer kleinen Reserve – als Bodentruppen einsetzbar waren. Sogar für die Waffensysteme auf dem Schlachtschiff fehlten ihr Krieger. Ganze Batterien wurden von Leuten betrieben, die aus den Reihen von Thoths Verwaltungsapparat in den Dienst gezwungen worden waren.

Dennoch hatte das Schiff sie zum Sternensystem getragen, das Tuat am nächsten lag. Hathor erinnerte sich, daß sie damals denselben Schritt getan hatte, bevor sie die Rebellion auf Ombos niedergeworfen hatte. Das Amentet-System enthielt keine Planeten, auf denen Leben möglich war. Aber es gab dort, wo der dritte Planet hätte sein sollen, einen weitläufigen Ring, das aus im Weltall treibenden Gesteinsbrokken bestand.

Hathor hatte vor, die Fels-Asteroiden zum Übungsschießen zu verwenden.

»System-Antrieb aktivieren«, befahl sie ihrem weiblichen Navigationsoffizier. »Kurs setzen auf die dickeren Meteorschwärme.«

Der unheimliche Schein des Normal-Raum-Antriebs ließ die Basis des pyramidalen Schiffes erglühen. Das pyramidenförmige Schiff beschleunigte in Richtung auf eine Ansammlung von Weltraummüll.

»Nähern uns dem Ziel, *Lady Captain*«, berichtete die Navigations-Offizierin.

»Sensornetze auf Maximum!« rief Ptah. An der Decke der Brücke erschien die holographische Darstellung des umliegenden Raums. Eine stilisierte Pyramide im Zentrum der Projektion zeigt die Position des Schiffes an. Glühende, vielgestaltige Formen stellten die Asteroiden dar.

»Geschützraum!« rief Hathor, nachdem sie einen neuen Kommunikationskanal umgeschaltet hatte. »Sekundär-Batterien, Ziel aufnehmen. Feuer!«

Nur Sekunden später zeigte die Holoprojektion, wie die Felsen auf ihrer Umlaufbahn zersplitterten oder einfach verschwanden. Am Rand der Darstellungsfläche leuchteten

Informationen in Form von Hieroglyphen auf, die Aussagen über Genauigkeit und Trefferquoten gaben.

»Zufriedenstellend«, sagte Hathor zu Ptah. »Es scheint, daß die Zeit, die an den Simulatoren verbracht wurde, sich auszahlt, sogar bei Thoths Buchhaltern.«

Sie wandte sich an die Navigationsstelle. »Sensoren, sucht mir einen größeren Brocken, etwa in der Größe von *Tuat-dem-Mond*.«

Der umliegende Raum wurde abgescannt, und es zeigte sich ein Stück kosmischen Gesteins, das die Astronomen auf der Erde als ein Objekt in der Größenordnung von Ceres eingestuft hätten. Die Pyramidenform auf der holographischen Projektion schrumpfte zusammen, nachdem der Projektions-Maßstab vergrößert wurde; kleinere Raumbrocken erschienen in blasseren Farben, der größere Asteroid in leuchtendem Orange.

»Geschützraum! Hauptbatterien, Ziel aufnehmen – und Feuer!«

Das anvisierte Ziel leuchtete in der holographischen Ansicht auf, dehnte sich dann wie eine Gaswolke aus und verschwand schließlich.

Genau das war auch geschehen. Strahlenstöße von enormer Energie hatten den Planetoiden verdampfen lassen. Während des Ombos-Feldzuges hatten diese Batterien vom Weltraum aus ganze Städte ausgelöscht.

Nun rief jedoch dieses einzelne Sperrfeuer eine Katastrophe ganz anderer Art hervor. Nur Augenblicke nach der Zerstörung des Planetoiden verlosch das holographische Projektionsbild. Und mit ihm die meisten Lichter auf der Brücke. Die lebenswichtigen Stationen glühten im fahlen Licht der Notbeleuchtung. Sirenen heulten auf.

»Maschinenraum! Was habe ich über die Fluktuationen gesagt?« schrie Ptah voller Wut.

»*Lord*, der Energieabfluß für die Hauptbatterien hat eine Kaskadenschaltung verursacht!« erwiderte eine Stimme, und die Panik war ihr nur allzu gut anzumerken. »Wir versuchen nun ...«

Schreie übertönten die Kommunikationsverbindungen.

»Daten, ich will Daten, oder Ammit soll eure Seele verschlingen!« fluchte Ptah.

Hathor warf ihm einen Blick zu, gegen den die Hauptbatterie des Schiffes eine Geburtstagskerze war. »Wenn Eure Leute uns hier stranden lassen, dann schwöre ich, werde ich persönlich Euch Ammit zum Fraß vorwerfen!«

»Es tut mir leid, *Lord*.« Die Stimme vom Maschinenraum klang aufgeregt, aber nicht mehr panisch. »Teile des alten Energiekreislaufs sind unter der hohen Ladung zusammengebrochen. Wir müssen die Leitungen überbrücken, aber ich kann Euch versichern, daß der Antrieb in kurzer Zeit wieder einsatzbereit ist. Passivsensoren zeigen, daß wir uns nicht in Gefahr befinden.«

»Ich dachte, für alle Antriebs- und Navigationssysteme gibt es Ersatzkreisläufe«, zischte Hathor ihrem Gemahl zu.

»Normalerweise ja«, sagte Ptah mit geschmeidiger Stimme. »Aber unter diesem Zeitdruck ...« Er zuckte mit den Schultern. »Ich denke, wir sollten froh sein, daß wir den Defekt entdeckt haben. Meine Leute werden lernen müssen, damit vorsichtiger umzugehen.«

Hathor wollte gar nicht wissen, wie lange sie fast hilflos im Raum trieben. Schließlich aber kehrte die Energie zurück.

»Bringt uns zurück nach Tuat«, befahl sie kurz.

Hathor wirkte ruhig, so als könnte sie nichts aus der Ruhe bringen, als *Das Auge des Ra* wieder auf Sternenantrieb umschaltete. Aber ihre Bauchmuskulatur war angespannt und verkrampft.

Sie erreichten den Rand des Systems und bewegten sich auf *Tuat-die-Welt* zu.

»Ich möchte eine komplette Landung auf einem Planeten durchexerzieren«, sagte Hathor mit ruhiger Stimme zu Ptah. »Falls Ihr das nicht für zu ... *gefährlich* haltet.«

»Nicht gefährlicher als alle anderen Manöver auch, die wir durchgeführt haben«, erwiderte Ptah.

Das Schlachtschiff erglühte, als es majestätisch in die Atmosphäre des verwüsteten Planeten eintauchte. Trotz seiner Größe setzte *Das Auge des Ra* fast elegant auf der verfallenen Andock-Station auf, die inmitten einer riesigen Ruinenstadt lag.

»Udajeets starten«, befahlt Hathor. »Unsere Krieger stammen von sechs verschiedenen Gruppierungen. Sie müssen lernen, als eine Einheit zu kämpfen.«

Mit unbeherrschter Geste wies sie Ptah zur Seite. »Und während unsere Krieger zueinanderfinden, will ich, daß Ihr jeden Techniker in oder auf Tuat kommen läßt und absolut *sicherstellt*, daß weitere Systemfehler nicht mehr vorkommen.« Finster blickte sie ihn an. »Wäre dies während einer Kampfsituation geschehen ...« Sie minderte die Lautstärke ihrer Stimme. »Dann wärt Ihr das erste Opfer gewesen.«

»Ihr seid Euch sicher, daß Ihr *Das Auge des Ra* in den Kampf führen wollt?« fragte Ptah. »Ras Schiff ist vielleicht irgendwo zwischen hier und Tuat wegen eines Defekts liegengeblieben. Er hatte keine Techniker an Bord – nur Kinder und einige Krieger.«

»Was ist aus dem Imperium geworden?« brach es aus Hathor heraus. »Ihr seid nicht in der Lage, genug Techniker aufzutreiben, um ein einziges Schiff instandzusetzen. Es mangelt an Kriegern – und das, was verfügbar ist, ist wenig mehr als eine Ehrengarde.«

»Wir leben nicht mehr im Ersten Zeitalter«, sagte Ptah. »Das Imperium dehnt sich nicht mehr aus – und wir sind nicht mehr von Revolten der *fellahin* bedroht.«

»Mit dem Ergebnis, daß unsere Expedition nach Abydos nichts weiter sein soll als eine Erkundungsmission«, sagte Hathor voller Verbitterung.

»Und was ist, wenn Eure Erkundungsmission *Ra* entdeckt?« fragte Ptah.

Hathors Gesicht versteinerte. »Dann werden wir ihm zu Diensten sein, natürlich.«

Das fahle Fleisch auf Ptahs Cyborg-Antlitz verzog sich zu einem Lächeln. »Und wenn es sich herausstellt, daß er hilflos ist?«

Hathor erinnerte sich wieder an diese unheimlichen, glühenden Augen, die immer zu wissen schienen, was sie gerade dachte. Welche Geheimnisse sie auch in sich barg, *er* würde sie immer erkennen.

»Ihr habt meine Frage nicht beantwortet«, mokierte sich Ptah.

»Das werde ich auch nicht.« Hathor stolzierte davon. »Ich werde die Fähre zu *Tuat-dem-Mond* nehmen.«

Hathor beschloß, die Fähre zum imperialen Palast selbst zu steuern. Sie konnte mit dem kleinen Raumschiff umgehen und wollte, offen gesagt, einige Zeit für sich alleine sein. Ihre Anwesenheit auf der Brücke des Schlachtschiffs hatte sie mehr erschöpft, als sie erwartet hatte. Außerdem hatte sie Fähren und Udajeets in den Tagen des Ersten Zeitalters geflogen; die Steuereinrichtungen hatten sich nicht verändert.

Die Fähre selbst hatte die Form einer Pyramide, wie alle Raumfahrzeuge in Ras' Imperium. Allerdings konnte sie nur zehn Passagiere und einen Piloten aufnehmen. Ihre kleinen, gold-glänzenden Konturen standen in krassem Gegensatz zu der von Rissen durchzogenen, von Wind und Wetter angenagten Pyramide, auf deren Spitze das Fahrzeug sich niederließ und die das SternenTor zu *Tuat-der-Welt* beherbergte.

Versuche waren unternommen worden, den unregelmäßigen Steinhaufen auszubessern, aber alles war unter einer harten Flechtenkruste verdeckt, die sich fast bis zur Pyramidenspitze emporgerankt hatte. Ein Erdling, der an der Andock-Station vorbeigekommen wäre, hätte sie für einen unförmigen Weihnachsbaum halten können, der über nur einen Schmuck verfügte – den Stern an der Spitze.

Für Hathor war der traurige Zustand des Raumhafens metaphorischer Ausdruck für die nachlässige Haltung, die überall in Ras Imperium anzutreffen war. Zu ihrer Zeit war die Pyramide gepflegt und in makellosen Zustand gewesen, auch wenn die Stadt, der sie einst gedient hatte, längst verfallen war.

Zwei Stationen weiter hatte der Rumpf des Schlachtschiffs

aufgesetzt; es sah aus wie ein Berg glasartigen Goldes. Und während Hathor hinübersah, öffnete sich die schwere Plattenverkleidung und gab den Blick frei auf die Startdecks und die Luken für die Strahlen-Batterien. Das Schlachtschiff wirkte wie das vor Dreck starrende, einstmals nützliche Artefakt, das es in den Tagen des Ersten Zeitalters gewesen war – zumindest von außen.

Noch während sich Hathor auf den Start vorbereitete, wurden zwei Udajeets gestartet. Die eleganten Anti-Gravitationsgleiter besaßen scharfgeschnittene Tragflächen und sahen wie Flügel eines herabstoßenden Falkens aus. Die weißen ›Schwingen‹ hatten sogar stilisierte Federn, die goldfarben hervorgehoben waren.

Die atmosphärischen Maschinen gingen in eine scharfe Kurve, steuerten im Tiefflug auf einen der leeren Boulevards der toten Metropole zu und wurden in der Ferne schnell kleiner. Hathor konnte nur noch das Aufblitzen der beiden Strahlen-Kanonen erkennen, ein schwaches Flackern in der Ferne. Aber aus Erfahrung wußte sie, daß nun die Folgen der Zerstörung auf das Gestrüpp, das die leeren Straßen überwucherte, herabregnete.

Als wollte Hathor die vorbeifliegenden Gleiter imitieren, aktivierte sie nun die Starttriebwerke ihrer Maschine. Ein scheinbar sanfter Strahlenschein umhüllte die Spitze der Andock-Station, während die Fähre abhob. Doch die Flechten färbten sich schwarz und starben auf dem obersten Sechstel der Pyramide ab.

Die Fähre bewegte sich mit der Geschwindigkeit und dem Flair eines Aufzugs – aber sie stellte die einzige Möglichkeit dar, um sich Ras Palast auf dem Mond zu nähern. Das paranoide Sicherheitsbestreben des obersten Gottes hatte dazu geführt, daß das SternenTor Tuats auf der Oberfläche des Planeten errichtet worden war. Er hatte sogar Materie-Transmitter aus seinem Palast verbannt.

Wenn man also *Tuat-den-Mond* besuchen wollte, mußte man eine langsame und unbeholfene Fähre benützen, die leicht zu entdecken war. Die verdammten Dinger hatten noch nicht einmal Platz genug, um darin ein vernünftiges Angriffsteam transportieren zu können.

Die Fähre hatte sich während des behäbigen Starts etwa zwanzig Meter in die Höhe bewegt, als zwei weitere Udajeets gestartet wurden. Wie schade, daß sie Maschinen waren, die sich nur in der Atmosphäre bewegen konnten; der kleine Mond war außerhalb ihrer Reichweite. Hathor lächelte. Ja, mit *ihnen* wäre ein eindrucksvoller Auftritt möglich. Sie mußte mit Ptah sprechen, ob nicht einer der Gleiter aufgerüstet werden konnte.

Die Udajeets kamen direkt auf die Fähre zu und öffneten dann die Formation, um sie einzuschließen. Hathors Lächeln wurde breiter, Erinnerungen wurden wach. Heiße Piloten hatten sich nicht verändert, sie waren noch immer wie früher, immer bereit für einen Stunt. Außerdem kannte sie die beiden. Die Udajeet der zweiten Welle stammten aus ihrer eigenen Fraktion, ihren ersten Anhängern.

Die Gleiter waren fast schon wieder vorbei, als Hathor bewußt wurde, daß sie von ihnen beschossen wurde. Ihre Fähre ruckte, Energiestöße rissen am goldenen Mantel. Das langsame, unbeholfene Gefährt hatte seine Flughöhe kaum verdoppeln können, als die Udajeets zu einem zweiten Angriff umdrehten.

Hathors Hand fuhr über die neu installierte Instrumentenanzeige, Kontrollanzeigen leuchteten auf. Dank ihrer lebenslangen Erfahrung gelang es ihr, mit einer Hand den Start der Fähre zu kontrollieren, während sie mit der anderen neue Parameter eingab.

Ein großer roter Punkt erschien auf ihrem Navigationsschirm. Die Udajeets waren fast wieder über ihr. Aufgrund ihrer leichten, zerbrechlichen Konstruktion sahen sie aus wie ein Schmetterlingspaar, das einen Ziegelstein attakkierte. Aber sie konnten wenden und feuern, wenden und feuern, während der Ziegelstein auf seinem langsamen Kurs gefangen war. Früher oder später würden die Angreifer lebenswichtige Teile treffen, und der Ziegel würde auseinanderfallen und nach unten stürzen ...

Falls nicht ...

Die Udajeets feuerten. Hathor ließ ihre Hand über der große glühende Oberfläche des Steuer-Bildschirms gleiten. Der rote Punkt auf ihrem Navigations-Display folgte der Bewegung, berührte schließlich einen der Udajeets und eilte dann ein wenig voraus -

Hathor senkte die Finger auf die Glasplatte. Energiestöße fuhren aus den Scheitelpunkten der Pyramide. Drei der Stöße trafen den anvisierten Gleiter. Die aerodynamische, aber leichte Maschine stürzte ab wie ein Schmetterling, dem die Flügel ausgerissen wurden.

Der andere Gleiter flog vorüber, wendete ... und zögerte einen Moment, bevor er sich zu einem weiteren Angriff entschließen konnte. Sie waren nun wesentlich höher, fast auf Höhe der maximalen Flughöhe des Gleiters. Wenn der Krieger nicht einen entscheidenden Treffer anbringen konnte, würde Hathor davonkommen.

Aber die Fähre bebte. Noch ein Treffer, und sie würde lange und tief fallen. Aber noch immer zögerte der Pilot, bis er schließlich einen weiteren Angriff wagte.

Hathors Hand flog über die Steuerung und brachte die Fähre auf eine Bahn, die im rechten Winkel zur ehemaligen Flugbahn lag. Ohne Auftrieb glichen die Flugeigenschaften der pyramidenförmigen Maschine denen eines Pflastersteins. Hathor taumelte, während die Fähre leicht nach vorne kippte – und dann schnell nach unten wegbrach.

Aber Hathor hatte die Maschine so ausgerichtet, daß ihr Angreifer durch das Schußfeld aller fünf Strahlenkanonen mußte. Der Udajeet kam näher. Die Zwillings-Strahlenwaffen unter seinen Tragflächen blitzten auf.

Fünf Strahlenstöße kamen aus den fünf Spitzen von Hathors Maschine.

Wieder ruckte die Fähre, als ein Loch in ihre Nase gerissen wurde. Der Udajeet aber wurde von den fünf Stößen, die auf die Pilotenkabine gerichtet waren, zerfetzt.

Hathor hatte mit ihrer halb verkrüppelten Maschine zu kämpfen, drehte sie herum, so daß die Triebwerke wieder zum Planeten gerichtet waren und maximale Schubkraft entwickeln konnten, um ihren Fall gerade noch rechtzeitig abzufangen. Ein grimmiges Lächeln legte sich auf ihre Lippen. Es war ihr zwar nicht gelungen, Ptah dazu zu bewegen, die Manövrierfähigkeit der Fähren zu verbessern. Aber er hatte dafür gesorgt, daß ihre persönliche Maschine bewaffnet worden war.

Mithilfe des Materie-Transmitters in der Steinpyramide transferierte sich Hathor unverzüglich auf die Brücke der *Das Auge des Ra*. Ptah stand am Platz des Captains. Hathor bemerkte, daß seine Technikermannschaft Strahlenlanzen trug.

»Meuterei oder Attentatsversuch?« fragte sie ihren einstigen Gemahl.

Ptahs zuckte mit seiner mechanischen Schulter. »Mit Bestimmtheit können wir das noch nicht sagen, aber das letztere dürfte wahrscheinlicher sein. Der größte Teil unserer Krieger scheint entsetzt über den Angriff auf Euch zu sein. Sie wurden entwaffnet und für die Udajeets gab es Startverbot. Die erste Staffel wurde zur Landung beordert.«

»Ich wunderte mich, warum sie mir nicht zu Hilfe gekommen sind«, sagte Hathor.

Ptahs wächsernes Fleisch sah so hart aus wie der metallene Teil seines Gesichts. »Niemand hat Starterlaubnis bekommen, da ich nicht sicher sein konnte, daß sie Euch nicht ebenfalls angreifen.« Seine mechanische Schulter zuckte erneut. »Außerdem wußte ich, daß Ihr mit der Euch zur Verfügung stehenden Ausrüstung mit zwei Udajeets zurechtkommen könnt. Und damit hatte ich auch recht.«

»Ich nehme an, wir müssen froh sein, daß die Attentäter nicht aus dem Geschützraum stammen«, sagte Hathor schließlich. »Die Piloten – sie kamen doch von meiner eigenen Fraktion, nicht wahr?«

»Vielleicht sollte man lieber sagen, daß sie aus der Fraktion des verstorbenen Sobek stammten«, sagte Ptah. »Auch wenn es den Anschein hatte, als wären sie Euch und Eurer Sache sehr ergeben.«

»Können wir also nur hoffen, daß mir die übrigen Krieger folgen.« Hathor wandte sich an die Navigationsoffizierin. »Abheben. Wir steuern auf *Tuat-den-Mond* zu. Ich will, daß die Verteidigungsbatterien des Palastes ununterbrochen beobachtet werden. Sollte das Scanning nur Anzeichen eines Energieaufbaus ergeben, wird sie der Geschützraum wegblasen.«

Die Marmorwände des Zentraldoms im Palast waren von wiederholten Energiestößen zerschrammt und zerfurcht. Die übereinandergestellten Möbel auf der einen Seite der Halle – darunter ein goldener Thron – bezeichneten die Position der letzten Rebellen. Hathor betrachtete das holographische Bild, das eine von Ptahs versteckten Spionagekameras lieferte – einer ihrer Horus-Wächter, die sich aus drei verschiedenen Fraktionen rekrutierten, schob seine Strahlenlanze um eine Ecke und feuerte. Der Energiestoß fraß sich durch die Behelfsbarrikade und traf einen der Rebellen in die Brust.

»Einer getroffen, bleiben noch fünf übrig«, zählte sie mit. »Und die beiden Anführer in der Kammer dahinter – mit Thoth.«

»Leider kann ich Euch nicht zeigen, was dort vor sich geht«, entschuldigte sich Ptah. »Sie haben mein Überwachungsmodul zerstört.«

»Es überrascht mich, daß sie sich nicht auf ein Geisel-Spiel eingelassen haben«, sagte Hathor.

»Nicht bei Eurem Ruf«, erwiderte ihr ehemaliger Gemahl. Er runzelte die Stirn. »Ihr seid Euch sicher, daß Ihr alleine gehen wollt?«

Sie nickte. »Zu diesem Zeitpunkt will ich *niemanden* in meinem Rücken haben.«

Der Umsturzversuch hatte überraschend große Zustimmung gefunden, da er nicht im Namen Apis', des Rädelsführers, sondern im Namen Ras durchgeführt wurde.

Wer hätte gedacht, daß der Stier so gerissen sein konnte? dachte Hathor. *Er hat sich den Zorn zunutze gemacht, der gegen mich als Usurpatorin da war – die das wiederaufbaute, was Ra zerstört hatte. Und natürlich hat jeder von uns höllische Angst vor Ra und seiner Reaktion, sollte er wieder zurückkehren.*

Sie hatte Thoth als Palastherrn für die Dauer des Testflugs

zurückgelassen. Allein ihre unerwartet schnelle Rückkehr hatte den Verschwörern einen Strich durch die Rechnung gemacht. Sie hatten sich noch im Anfangsstadium befunden, sie hatten Thoth gefangengenommen und die Palastwache überrumpelt, als *Das Auge des Ra* wieder im System aufkreuzte.

Die Attentäter an Bord des Schlachtschiffes waren gezwungen gewesen, sich zu beeilen. Und auf *Tuat-dem-Mond* traf der Coup auf zu viel Widerstand. Den Verschwörern war es noch nicht einmal gelungen, sich den Verteidigungsbatterien zu nähern.

Hathors Rückkehr bereitete dem Putsch ein Ende – und ein solches fanden auch viele der Anhänger von Apis.

Nun war nur noch diese Handvoll Männer übrig, die eingeschlossen waren. Ironischerweise, so berichtete Ptah, war diese scheinbar unzugängliche Kammer, in die sich die Anführer geflüchtet hatten, mit einem Geheimgang verbunden, den er für Ra errichtet hatte.

Und Hathor wollte den versteckten Zugang benützen, um Thoth zu retten.

»Ihr könntet doch genauso gut eine Schwadron von Horus-Wächtern schicken«, protestierte Ptah.

»Thoth ist derjenige, der mich wieder zum Leben erweckt hat – ich bin es ihm schuldig, mein Bestes zu geben«, erwiderte Hathor.

Grummelnd zeigte ihr Ptah den nächsten Eingang. Der Geheimgang war schwach erleuchtet und überraschend sauber – jedenfalls in besserem Zustand als zum Beispiel die Andock-Station für die Fähren.

Mit leisen Schritten erreichte Hathor die Wand, hinter der, wie Ptah ihr versichert hatte, Apis' letzte Zuflucht lag. Sie trat zurück und entsicherte ihre Strahlenlanze. Der erste Stoß blies den geheimen Eingang hinweg. Der zweite traf Apis' Kopf und fegte die Stiermaske – mitsamt Inhalt – durch den halben Raum.

Der andere Verschwörer war ein muskulöser Mann, dessen Antlitz Spuren seiner Jugendlichkeit zeigte. Die Farbe des Auge des Ra, ein Zeichen, das um das rechte Auge tätowiert war, war noch frisch. Er war erst vor kurzen in die Krieger-Kaste aufgenommen worden und schnell in den Rang eines Gott-Kommandanten aufgestiegen.

Hathor kannte sein Gesicht. Sie selbst hatte ihn befördert; er sollte Sobeks Platz einnehmen, nachdem sie die Fraktion des Krokodil-Gotts übernommen hatte.

Der neue Sobek war gut – er hatte seine Strahlen-Lanze entsichert und zielte auf ihren Brustkorb. Aber Hathor hatte bereits ihre Waffe abgefeuert.

Sobek ging zu Boden, sein Unterleib bestand nur noch aus verkohltem, verbranntem Fleisch. Er sank auf den Marmorboden, doch er lebte noch, Hathor trat ihm die Waffe aus der gefühllosen Hand und schlug ihn flach auf den Boden. Sein Blick war trüb, aber er war noch bei Bewußtsein, als ihm Hathor die Strahlen-Lanze an den Kopf hielt. »Thoth!« rief sie. Sobeks Augen verdrehten sich und gingen nach rechts.

Hathor drehte sich um. Auf dem Boden lag Thoth, kalt und starr. Mehrere Strahlen-Verbrennungen hatten seinen Körper verunstaltet, Wunden, die nicht behandelt worden waren. Daneben gab es Anzeichen von Folter, als hätten die Verschwörer versucht, ihn zu zwingen, in ihr Lager überzuwechseln.

Thoth war wahrscheinlich schon bewußtlos, als sie ihn endgültig fertiggemacht hatten. Der obere Teil des Kopfes war schlichtweg nicht mehr da. Das war die einfachste Methode, um zu verhindern, daß er in Ras Sarkophag wiederhergestellt wurde. Es mochte leicht sein, Menschen wiederherzustellen. Doch sogar Ras Technologie war es bislang nicht gelungen, aus einem verschmorten Etwas ein Gehirn zu rekonstruieren.

Zähnefletschend kehrte Hathor zu Sobek zurück. Entsetzen lag in seinen Augen, als sie ihre Strahlen-Lanze auf seinen Kopf richtete. Hathor löste die Waffe aus, und dann noch einmal und noch einmal. Als sie fertig war, war nicht nur Sobeks Kopf verschwunden, im Marmorboden befand sich auch eine schalengroße Vertiefung, in der der dünne Blutstrom sickerte, der aus dem beinahe verätzten Halsstumpf kam.

Dann ging Hathor zu Thoth und kniete sich nieder, schloß seine hervortretenden, verunstalteten Augen. Wenn sie etwas auf böse Omen gegeben hätte, dann wäre das sicherlich ein ganz übles gewesen.

Die Revolte war endgültig vorbei. Hathor war von der Geheimkammer, in der sich die Anführer des Coups verschanzt hatten, hinausgetreten und hatte die rebellischen Wachen von hinten getötet. Aber das Gesicht der Katze war nicht glücklich, als sie Ptah wiedertraf.

»Ihr habt zwei Tage, um auf dem *Auge des Ra* alle notwendigen und zusätzlichen Reparaturen auszuführen«, sagte sie. »Dann nehmen wir Kurs auf Abydos. Weitere Ungewißheit über Ras Schicksal ist nicht mehr zu ertragen. Es scheint, als dürfte ich hier nicht weg, aus Furcht vor einer erneuten Revolte. Doch aus eben diesem Grund kann ich nicht länger bleiben. Wenn ich weiß, wie es steht – ob wir einen Nachfolger brauchen –, dann weiß ich auch, wie ich mit den anderen zu verfahren habe.«

Sie trat auf Ptah zu. »Ich ernenne Euch während meiner Abwesenheit zum Palastherrn. Möge Euch dabei mehr Glück beschieden sein als dem letzten, den ich ausgewählt habe.«

»Wenn wir schon davon sprechen, soll ich einen neuen Sobek erwählen?« fragte Ptah leichthin.

Hathor starrte ihn an. »Macht, wie es Euch beliebt«, sagte sie. »Aber denkt immer daran, daß ich zurückkommen werde.«

Zwei Tage später waren die Verluste innerhalb der Mannschaft auf dem *Auge des Ra* wieder ausgeglichen und die schadhaften Kreisläufe ersetzt.

Umgeben von ihrem Gefolge aus Wächtern, marschierte Hathor durch die Andock-Station, um an Bord des Schiffes zu gehen. Aber am Ende einer Halle, die zu einer der inneren Luftschleusen des Schiffes führte, wartete jemand.

Hathor wies die Wächter an, stehenzubleiben, und trat aus dem offenen Karee, das sie bildeten. An der Schleuse stand die geisterhafte Menschen-Maschine, die Parodie dessen, was einst ihr Ehemann gewesen war.

»Was tut Ihr hier?« fragte Hathor.

Die wächsern-blasse, fleischliche Seite von Ptahs Mund formte sich zu einem Lächeln. »Das letzte Mal, als Ihr von Tuat abgeflogen seid, bin ich Euch durch meine Abwesenheit aufgefallen«, sagte er. »Ich dachte, diesmal könnte ich durch meine Anwesenheit auffallen.« Er hob seinen menschlichen Arm. »Nur, um Euch auf Wiedersehen zu sagen – und viel Glück zu wünschen.«

Hathor nickte und schritt dann weiter. Hinter der Halle schloß sich die schwere Luftschleuse des Schiffes.

Und selbst dann noch, als die Andock-Station unter der Gewalt des Starts erbebte, stand Ptah an seinem Platz und lächelte sein unheimliches Halblächeln.

FÜNFZEHNTES KAPITEL

IN DAS FEUER

Jack O'Neil streckte sich, so gut es auf der schmalen Pritsche möglich war. Aber nicht nur die Schlafgelegenheit war etwas klein geraten, das Zelt, das er sich hier mit anderen teilte, war geradezu vollgepackt. Kein Vergleich mit seiner Unterkunft, als er noch ranghöchster Offizier auf Abydos war.

Wenigstens hatte er nette Gesellschaft. Als Adam Kawalsky erfuhr, daß sein alter Vorgesetzter sowohl Zelt als auch Posten verloren hatte, hatte er ihm sein eigenes Quartier angeboten. »Bei den vielen Leuten, die hier nun ankommen, werden wir sowieso zusammenrücken müssen«, sagte Kawalsky. »Und, Colonel, verzeiht, aber lieber habe ich Euch hier als irgend so ein Rotzgesicht von der Army, das frisch von Westpoint kommt. Die Hälfte von Keoghs Offizieren sehen doch noch aus wie Teenager.«

»Das ist das Sicherheitsproblem«, sagte O'Neil in säuerlichem Tonfall. »West holt die Leute frisch von der Akademie, weil sie dort auf Herz und Nieren geprüft worden sind – und über keinerlei Beziehungen verfügen. Das mindert die Chance, daß sie sich mit ihren Kumpels vollaufen lassen, herumgrölen und diese Operation hier ausquatschen.«

Kawalsky runzelte die Stirn. »Schon, aber was ist, wenn sie das große Muffensausen bekommen, wenn es wirklich losgeht ...«

O'Neil zuckte mit den Schultern. »Wir können nur hoffen, daß die Jungs das als Übung unter scharfem Feuer ansehen.«

Die Stimmung des Colonel war nicht so gut, wie es die schnoddrigen Worte hätten erwarten lassen. Der Großteil der unter Keoghs Kommando stehenden Truppen waren kaum dem Rekrutenstadium entwachsen. Wenn es hier auf Abydos wirklich zu Unruhen kommen sollte, dann würde ein Army-Kindergarten Skaaras Jungen-Miliz gegenüberstehen. Was die Ausbildung anbelangte, so standen sie sich in nichts nach – aber Skaaras Jungs verfügten über Kampferfahrung, wenngleich sie nur kurz gewesen war. An der Technologiefront waren die Abydianer natürlich weit unterlegen, aber Skaara und seine Anhänger waren sehr geschickt, wenn es darum ging, an Waffen zu kommen.

Nein, den entscheidenden Faktor bei einer bewaffneten Auseinandersetzung stellte der ursprüngliche Kern der Abydos-Erkundungsexpedition dar – die kampferprobten Marines unter dem Kommando von Jack O'Neil.

Der Colonel sah zu seinem hageren Lieutenant. Wie würde sich Kawalsky dabei fühlen, wenn er gegen diejenigen kämpfen müßte, die vor kurzem noch seine Waffenbrüder waren? Unruhig wälzte sich O'Neil auf seiner Pritsche. O Gott, er wußte ja noch nicht einmal selbst, wie *er* sich dabei fühlen würde.

»Also«, sagte er laut, »wie kommen du und Feretti mit dem Nachschub zurecht?«

»Ich komme mir vor, als wäre ich gestorben und in die Hölle geschickt worden«, erwiderte Kawalsky prompt.

»Man muß sich nur umblicken und die Köpfe zählen – ich schätze, wir haben etwa drei Bataillone hier. Und von den Nachschublisten könnte man den Eindruck gewinnen, als bereiten wir uns auf den D-Day vor.«

O'Neil grinste. »Erinnere dich daran, was Napoleon über Armeen gesagt hat, die auf ihren Mägen marschieren.«

Kawalsky gab ein verächtliches Grunzen von sich. »Anders können sich unsere Jungs doch kaum mehr bewegen, wenn sie das ganze Zeug schleppen müssen, das wir hier ansammeln.«

»Apropos Nachschub, Keogh will, daß wir alle tragbaren Flugabwehrraketen zurückschicken.«

»Die Waffen gegen die Udajeet?« Kawalsky runzelte die Stirn.

»Er ist davon überzeugt, daß, wenn es hier zum Kampf kommen sollte, der Gegner unsere Freunde in Nagada sind«, sagte O'Neil. »Und die haben natürlich keine Luftunterstützung.« Er sah zum Lieutenant. »Natürlich kann ich dem Befehl eines Vorgesetzen nicht widersprechen. Aber ich muß dir auch nicht sagen, daß du dich damit beeilen sollst. Ich bin sicher, daß andere Dinge Vorrang haben. Es ist also nicht nötig, daß du den Abtransport unserer Luftverteidigung an die erste Stelle der Prioritätenliste setzt.«

Kawalsky runzelte die Stirn. »Das ist nicht so leicht, wie es sich anhört. Diese Kisten mit den Raketen nehmen viel Platz weg. Es ist jetzt schon schwer, die ganzen Lebensmittel unterzubringen. Der Platz auf dem Plateau ist nun mal beschränkt. Außerdem wird gerade ein Fuhrpark aufgebaut. Das heißt, wir brauchen Wartungsanlagen, und wir haben begonnen, Tanklager für den Treibstoff auszuheben. Keogh will dort draußen im Freien nicht auf Tanklaster angewiesen sein.«

O'Neil verzog die Lippen. »Toll. Dieselben Probleme wie zu Hause auch.«

»Und das andere Problem ist: Es gibt zwar eine Menge Ladungen, die *aus* dem SternenTor kommen, aber wenig, was momentan hineingeht – zurück zur Erde.« Der Lieutenant hielt eine Sekunde inne. »Ich meine, seit dem Streik in der Mine.«

»Du glaubst also, daß irgendein übereifriger Nachschub-Sergeant unsere Luftverteidigung wegschafft, weil er noch ein paar Kisten mit Fertigmahlzeiten unterbringen möchte?«

»Ich fürchte ja, Sir.« Aber plötzlich begann Kawalsky zu grinsen; ihm kam ein Gedanke. »Wenn er sie denn finden kann. Es wird momentan viel Erde aufgeschüttet. Wer weiß, vielleicht werden die Raketen einfach darunter begraben.«

O'Neil lachte laut auf. »Solange du weißt, wo sie begraben sind. Wenn wir sie brauchen, dann müssen wir schnell an sie rankommen.«

Die weitere Unterhaltung wurde unterbrochen, als ein junger Lieutenant mit einer Ordonnanz-Binde am Oberarm ins Zelt stürzte. Mit der roboterhaften Präzision eines frischentlassenen Kadetten salutierte er. »Colonel O'Neil, *Sir*! Mit besten Grüßen von General Keogh. Er wünscht Ihre Anwesenheit im Kommandozelt. Sofort.«

»Das heißt hoffentlich, daß ich mir vorher noch die Stiefel anziehen kann«, sagte O'Neil, der sich auf der Pritsche aufsetzte und den Gruß des grün-uniformierten Soldaten erwiderte. »Die Sonne ist zwar schon untergegangen, aber der Sand dort draußen ist noch immer ziemlich heiß.«

Er schnürte die Stiefel und zog seine Jacke über das T-Shirt und die Tarnhose. »Gehen Sie voran, Lieutenant.«

Gaslampen erleuchteten das Kommandozelt wie einen Weihnachtsbaum. O'Neil verbarg ein Stirnrunzeln. Er hatte es immer vorgezogen, die Beleuchtung so schwach wie möglich zu halten, eine Gewohnheit, die noch aus seiner Zeit im Feld herrührte. Es war einfach unsinnig, die zentrale Schaltstelle des Lagers zu einem Signalfeuer für Heckenschützen umzuwandeln.

Keogh hatte neben der Beleuchtung, der Flagge und dem Präsidentenbild noch andere Änderungen vorgenommen. Ein überaus ehrenwerter Schreibtisch, Teakholz, wie es aussah, war herangeschafft worden, dazu ein passender, lederbezogener Stuhl mit hoher Lehne und Hydraulikaufhängung. O'Neil war mit einem Klapptisch und Klappstuhl ausgekommen.

Aber vielleicht halfen diese autoritätsheischenden Dinge dem General ja; denn nun verkroch er sich halb hinter dieser Teak-Barrikade, während er die Beteuerungen der beiden UMC-Angestellten über sich ergehen ließ.

»Ich sagte Ihnen doch, ich habe es *gesehen*«, brach es aus Lockwood heraus. »Dieser Kerl, Skaara, hat ein Loch in die Wand des Lagerhauses gesprengt!«

Walter Draven bewahrte mehr Ruhe, sein Gesichtsausdruck aber war ernst. Ein guter Poker-Spieler, der ein zweifelhaftes Blatt in der Hand hielt. »Wir haben es beide gesehen, General. Offengesagt, ich war entsetzt, daß sich eine solche Waffe in den Händen der Einheimischen befindet.«

Keogh schwang sich in seinem Stuhl herum und erwiderte O'Neils Salut. »Was wissen Sie davon, Colonel?«

»Ich weiß nicht recht, wovon die Rede ist, Sir«, begann O'Neil vorsichtig.

»Wir reden von Waffen – Terror-Waffen – in den Händen der einheimischen Miliz!« schrie Lockwood.

O'Neil runzelte die Stirn. »Ich weiß nicht, wie das kommen konnte. Ein Loch in die Wand gesprengt, haben Sie gesagt? Vielleicht ist er in unserem alten Basis-Camp auf einige C-4-Blöcke und Sprengkabel gestoßen ...«

»Falsch, Colonel«, fuhr Keogh dazwischen. »Diese beiden Gentlemen berichten, daß die Einheimischen Strahlenwaffen besitzen, die denen gleichen, die Sie nach den Kämpfen hier auf Abydos geborgen haben.«

O'Neil zuckte mit den Schultern. »Das kann schon möglich sein. Damals haben wir eine dieser Kanonen und Innenteile von einem gelandeten Udajeet geborgen. Er war in fast so schlechtem Zustand wie der, der abgestürzt ist, nachdem sich die Menge über ihn hergemacht hat. Alles, was die Macht Ras symbolisierte, wurde damals übel zugerichtet. Außerdem haben wir zwei dieser speerähnlichen Strahler ...«

»Die haben wir gesehen!« unterbrach Lockwood.

Sogar Draven blickte ihn verächtlich an.

»Gab es noch andere dieser Waffen, die Sie nicht eingesammelt haben?« wollte Keogh wissen.

O'Neil versuchte, es schnell im Kopf zu überschlagen. »Da war die eine Lanze, die ich von Daniel bekommen habe, nachdem Ra ihm befohlen hat, uns zu exekutieren. Eine weitere haben wir uns in der Mine geholt, als ich einen von Ras Wächtern erledigt habe. Als wir uns zum SternenTor durchschlagen wollten, waren in der Pyramide vier bewaffnete Wächter. Und Anubis hat eine getragen, als er mir gegenübergetreten ...«

»Das sind mindestens sechs«, sagte Draven. »Und Sie haben nur zwei zurückgebracht.«

»Und noch mindestens zwei Horus-Wächter, die nach der Landung ihrer Udajeet am Boden gefangengenommen worden sind, als Kasuf mit den Stadtbewohnern uns zu Hilfe eilte«, fügte O'Neil an.

»Es existieren als mindestens sechs dieser Strahlenwaffen, über deren Aufenthalt wir nichts wissen«, fuhr Keogh O'Neil an. »Großer Gott, Mann! Warum haben Sie die nicht konfisziert?«

»Zu der Zeit hatte ich nur noch zwei Überlebende und einen freiwilligen Zivilisten – Jackson«, führte O'Neil aus. »Das reicht kaum aus, um mit den einigen Tausend Leuten, die hier wohnen, einen Streit anzufangen.«

»Gut, damals nicht«, gestand der General zu. »Aber Sie hätten doch eine Durchsuchungsaktion in die Wege leiten können, als Sie mit der Erkundungstruppe wiederkamen.«

»Sie meinen, ich hätte wegen ein paar Waffen, die nur theoretisch existieren, die ganze Stadt auf den Kopf stellen sollen?« sagte O'Neil. »Mit einer solch anmaßenden Aktion hätten wir doch in ein wahres Wespennest gestochen.«

»Dennoch, genau das ist es, worum mich diese Gentlemen zur Sicherheit der Mine und des UMC-Personals gebeten haben.« Keogh deutete auf Draven und Lockwood.

»Und was haben diese Gentlemen in der Stadt gemacht, damit sie in den Genuß dieser Waffenvorführung gekommen sind?« fragte O'Neil.

Für einen Moment schwand Dravens Poker-Gesicht – es

war nur ein kleines Wimpernzucken. »Wir haben versucht … über das Ende dieses unsinnigen Streiks zu verhandeln.«

Die Vermutung, die O'Neil hatte, wurde nun, als er dem UMC-Mann in die Augen blickte, zur Gewißheit; Draven hatte wirklich ein schlechtes Blatt!

»Sie haben versucht, Skaara zu bestechen, damit er Kasuf und die Ältesten stürzt.« O'Neil sprach mit ruhiger, fast fragender Stimme. »Wie konnten Sie nur so etwas Dummes tun? Sie mußten doch gewußt haben, daß Skaara Kasufs Sohn …«

Er brach ab, als er sah, daß Draven Lockwood einen säuerlichen Blick zuwarf.

»Offensichtlich haben Sie es nicht gewußt.« O'Neil wandte sich von Draven an Keogh. »Es scheint, als hätte sich Draven – und mit ihm UMC – voll ins Fettnäpfchen gesetzt. Und nun will er, daß wir ihn herausholen.«

Keogh saß sehr still da und verdaute die neuen Informationen.

»Skaara wird Kasuf bestimmt von Dravens Annäherung erzählen, und wenn er es tut, dann ist UMC auf diesem Planeten erledigt. Die Ältesten werden schlußfolgern, daß Draven und der Gesellschaft nicht zu trauen ist – und haben damit, meiner Meinung nach, ganz recht.«

»General, Sie sind hier, damit unsere Operation in der Mine nicht gefährdet wird«, sagte Draven.

»Was Ihre Operation gefährdet, ist die Tatsache, daß Sie hier ein klassisches Eigentor geschossen haben«, stellte ein wütender O'Neil klar.

»Die Frage ist doch, ob Sie es sich leisten können, daß eine möglicherweise feindselige Bevölkerung über diese Strahlenwaffen verfügt«, fuhr Draven unbeirrt fort.

O'Neil nahm seinen Zorn etwas zurück. »Der einzige Grund, warum sie diese Waffen einsetzen sollten – egal, wie viele funktionierende Exemplare sie davon haben –, ist doch, weil *Sie* ihre Feindseligkeit erst geweckt haben!«

»Trotzdem«, unterbrach Keogh, »sie sind nun mal feindselig …« Der General blickte sich um; sein zerfurchtes

Gesicht wirkte plötzlich ausgezehrt und sorgenvoll. »Eine Durchsuchungsaktion durchzusetzen wird wahrscheinlich nur als weitere Provokation verstanden werden, aber ...«

»Aber ich sehe keine Möglichkeit, wie Sie darum herumkommen könnten«, sagte Draven mit kaltem Triumph. »Außerdem habe ich eine Nachricht dieses Inhalts bereits an General West abgeschickt.«

Im Einklang mit seinen Theorien über die Schutzfunktion von Tarnung bestand der Haushalt des General West aus einem zwar komfortablen, aber nicht übermäßig luxuriösen Haus, das in den Offizersquartieren lag. Mrs. West war bereits vor mehreren Stunden eingeschlafen.

Der General allerdings war noch wach und ging Akten durch. Ein klingelndes Telefon in seinem Büro war selbst zu dieser Stunde nichts Ungewöhnliches.

»General West«, sagte die Stimme am anderen Ende der Leitung, »ist die Leitung sicher?«

»Ja«, antwortete der General.

»Meine Name ist Vernon Ballard, Sir. Ich bin Sicherheits-Koordinator für die UMC-Operation auf Ab ...«

»Ich verstehe«, unterbrach West. So sicher die Leitung sein mochte, es war immer besser, nicht allzu viele Einzelheiten zu erwähnen.

»Ich rufe vom Creek Mountain aus an.«

Ballard mußte also gerade aus dem SternenTor getreten sein – und tatsächlich rief er aus dem Inneren des Silo-Komplexes an.

»Vielleicht kommen Sie nun auf den Punkt«, sagte West.

»Mr. Draven – Walter Draven – schickt mich, um Ihnen von der Situation auf – Sie wissen schon wo – zu berichten. Er hat eine Bitte und eine Botschaft. Die Botschaft zuerst: Es ist Zeit, Chile zu vergelten.«

»Ah«, sagte West. Im Schattenreich der Nachrichtendienste, in dem er arbeitete, bestand die Währung aus Gefälligkeiten. Andere taten einem einen Gefallen, man tat anderen einen Gefallen – und man ließ immer anschreiben. Chile war lange her, einer seiner frühen Erfolge – erreicht mit Hilfe von UMC-Resourcen. Was immer Draven wollte, es würde sich nicht um ein wenig Wechselgeld handeln.

»Ich denke, Sie sollten mir die Situation erklären«, sagte West. »Dann werde ich darüber entscheiden.«

Auf Abydos eilte Jack O'Neil durch das Camp zum Fuhrpark. Entlang der von den Zelten gesäumten Wege regten sich Soldaten, Stunden vor dem offiziellen Wecken. General Keogh hatte sich zu keiner Antwort auf Dravens und Lockwoods Bericht entschließen können. Er hatte die Entscheidung an General West weitergereicht.

Aber nur für den Fall, daß Aktionen befohlen wurden, mußten Vorbereitungen getroffen werden.

Und der General hatte O'Neil einen Befehl erteilt – gewisse unumstößliche Forderungen, die er den Ältesten von Nagada unterbreiten sollte.

Als O'Neil den Fuhrpark erreichte, arbeiteten Mechaniker bereits an den Panzern, die durch das SternenTor gekommen waren. Der Colonel starrte auf die 120mm-Kanone, die verglichen mit dem massiven Turm fast stummelartig wirkte.

Dennoch reichten einige Feuerstöße aus der Kanone aus, um die Tore Nagadas zu öffnen. Zum Teufel, als er nun hier zwischen der Kanone und den mächtigen Gleisketten stand, wurde ihm bewußt, daß mehr nicht nötig war, um durch die Stadtmauern zu brechen. Allerdings fragte er sich, wie die Chobham-Panzerung auf Strahlen-Stöße reagieren würde.

O'Neil riß sich aus diesen Träumereien. Er war hier, um einen Humvee zu requirieren und in die Stadt zu gelangen, und das hoffentlich ohne solche Experimente.

Keogh war nicht gewillt gewesen, seinen Stellvertreter zu verlieren, aber O'Neil hatte sich leidenschaftlich für den Auftrag eingesetzt. Die Regierung der Stadt kannte ihn und traute ihm hoffentlich noch immer. Außerdem genoß er die Freundschaft des Anführers der plötzlich so gefürchteten

Abydos-Miliz. Wenn es möglich war, eine friedliche Lösung auszuhandeln, dann mußte er es versuchen.

O'Neil lehnte einen Fahrer ab. Er setzte sich auf der von UMC erbauten Straße zur Mine in Bewegung und holte skrupellos aus dem Fahrzeug heraus, was in ihm steckte. Als er die Düne erreichte, auf der sich Skaaras Wachtposten befand, bremste er ab und hupte.

Niemand antwortete.

O'Neil sprang aus dem Humvee und trat in den Lichtstrahl der Scheinwerfer. »Ich bin es – O'Neil!« rief er in die Stille. »Schwarzhut!« fügte er auf Abydanisch hinzu.

Nachdem er sich im Licht gedreht hatte, um ihnen zu zeigen, daß er unbewaffnet war, begann er die Düne hinaufzusteigen.

Ich käme mir ziemlich bescheuert vor, wenn mich jemand deswegen erschießen sollte, dachte er.

Der Wachtposten war verlassen. Allerdings waren noch Spuren der Besatzung zu sehen, die noch vor nicht allzu langer Zeit hiergewesen sein mußte. Und der lange Gebrauch der Stelle hatte einige häusliche Annehmlichkeiten mitsichgebracht. O'Neil entdeckte die zugeschütteten Glutreste eines kleinen Feuers – das anscheinend mit getrocknetem Mastadge-Dung geschürt worden war. Wasserschläuche waren zu sehen und einige ordentlich zusammengelegte, sandfarbene Decken. Am Tag boten sie Schatten vor den Sonnen und Wärme in der Nacht.

Die spärliche Ausrüstung war einfach da, wo sie lag, zurückgelassen worden. Es gab keine Anzeichen von Gewalt. Wahrscheinlich waren die Miliz-Mitglieder zurückgerufen worden.

O'Neil runzelte die Stirn. Es schien, als rechnete Skaara fest damit, daß das Camp zu feindseligen Aktionen ausholte, und wollte deshalb nicht, daß sich seine Leute in einer bekannten Stellung aufhielten.

Der Colonel rutschte den fest zusammengepreßten Sand hinab und ging zu seinem Fahrzeug zurück. Nächster Halt, Nagada.

Ungeduld kam in O'Neil auf, als er das Fahrzeug an der

Mine vorbeisteuerte. Er fühlte sich hin- und hergerissen zwischen der Notwendigkeit, so schnell wie möglich voranzukommen, und der Gefahr, dabei das Fahrzeug umzuwerfen und sich selbst umzubringen.

Schließlich tauchte die schlafende Stadt vor ihm auf. Keine der riesigen Trompeten kündete muhend sein Kommen an. O'Neil fragte sich, ob es für die überdimensionierten Lärmerzeuger ein nächtliches Blasverbot gab. In der Stille, die folgte, nachdem er den Motor abgestellt hatte, hörte er allerdings ein Geräusch, das weit weniger freundlich klang.

Es war das metallische Klicken des Verschlusses an einer automatischen Pistole.

O'Neil trat mit erhobenen Händen in die beiden Lichtkegel seiner Scheinwerfer.

Und dann rief eine Stimme, die ihn erkannt hatte: »Schwarzhut!«

Aber die Tore gingen nicht auf.

O'Neil wartete, wie es schien, eine Ewigkeit und versuchte ruhig zu bleiben und nichts zu tun, was als drohend empfunden werden konnte. Nur allzu gern hätte er sich bewegt und die Arme um sich geschlungen, um die Kälte etwas zu mildern, die ihm durch und durch ging.

Er wollte sich schon auf die noch immer warme Motorhaube des Fahrzeugs setzen, als eine Stimme zu hören war. »O'Neil! Gott sei Dank bist es du!«

Es war Daniel Jackson.

Die Tore gingen auf.

O'Neil nippte an einer Schale mit Wasser. Sein Hals war nach dem stundenlangen Reden wie ausgetrocknet. Er reichte die Schale Daniel Jackson, der noch mitgenommener aussah. Er hatte nicht nur O'Neils Worte für Kasuf und den Ältesten übersetzt, sondern auch deren Worte dem Colonel wiedergegeben.

Und das Ergebnis dieses Unterhaltungsmarathons? Nichts.

Kasuf und seine Kollegen wollten, daß UMC Abydos verließ. Sie haßten Ballard, den Sicherheitsmann der Gesellschaft, mißtrauten Draven und verachteten Lockwood. Und General Francis Keogh erhielt von den Mitgliedern der lokalen Regierung ebenfalls keine besonders guten Noten. Keiner hatte vergessen, daß sein grüngekleideter Soldat mit im Wachkordon um das Ruhezelt gestanden war, als Zaid zu Tode stürzte.

O'Neil hatte versucht, so diplomatisch wie möglich vorzugehen, Keoghs Forderung aber war unumstößlich. Alle Strahlen-Lanzen sollten an die U.S.-Truppen übergeben werden.

Skaara, der den versammelten Ältesten zur Seite saß, brach in lautes Geschrei aus. Immerhin konnte er seine Ansichten direkt in Englisch vortragen. »Diese Speere – die haben wir uns geholt. Sie sind, neben euren Gewehren, unsere besten Waffen. Schaut, was uns Draven und seine Freunde geben wollten!«

Er winkte, und einer seiner Miliz-Lieutenants tauchte aus der Dunkelheit der Seitenwände auf. Er trug die verbrannten und geschmolzenen Überreste eines Gewehres. Ein Blick genügte, und O'Neil sah, daß es sich um eine antike Garand handelte, einem Gewehr, das sonst die Nationalgarde bei Paraden mit sich führte.

»Was kommt als nächstes? Wird Keogh uns auffordern, auch eure Gewehre zurückzugeben – die wir aus dem Sand ausgegraben haben, um sie gegen Ra einzusetzen? Wenn die Horus-Wächter zurückkehren, sollen wir uns dann mit Steinen und Spazierstöcken gegen sie verteidigen?«

»Wenn Keogh mit seinen Truppen und Panzern kommt, um diese Lanzen zu suchen, dann ist das alles, was ihr habt, um euch gegen *ihn* zu verteidigen«, sagte O'Neil. »Die Waffen der U.S.-Regierung, die ihr besitzt, kann ich an den Fingern zweier Hände abzählen. Und ich schätze, ihr habt höchstens sechs Strahlen-Lanzen. Falls eure Leute sie nicht zerlegt haben, weil sie von Ra stammen – oder falls die Energie-Ladung der Waffen mittlerweile nicht versiegt ist.«

Er wandte sich an Jackson. »Du mußt sie davon überzeugen, daß mit Draven und Keogh nicht zu spaßen ist. Draven scheint zu glauben, daß General West ihm auf jeden Fall sein Okay gibt. Und wenn der Befehl kommt, dann sieht das etwas anders aus als ein netter Studenten-Streik zu College-Zeiten. Diese Panzer haben *richtige* Kanonen, und Keoghs Soldaten haben *richtige* Gewehre – und sind, nicht zu vergessen, sehr nervös am Abzug. Wenn Schüsse fallen, dann – nun, ich darf dich daran erinnern, daß die Aufsichts- und Kontrollorgane der Regierung weit weg sind.«

Schweiß stand auf Daniels Stirn, als er den Ältesten klarzumachen versuchte, was irdische *Realpolitik* bedeutete. Aber Kasuf und die anderen wollten nicht nachgeben.

»Sie hätten dir die Waffen übergeben, dir als einem Befehlshaber, den sie kennen und dem sie vertrauen«, sagte Daniel. »Aber Keogh gegenüber haben sie einfach zu viele Zweifel.«

Das Licht einer der Sonnen kam gerade über den Horizont, als das ziellose Gespräch von einem langgezogenen *Muuuuuuuuuuhu* unterbrochen wurde.

O'Neil, Daniel, Skaara und einige der etwas flinkeren Ältesten kletterten auf die Hängebrücke, die über die Tore gespannt war. Von dort oben konnte O'Neil die mächtige Wolke sehen, die sich auf die Stadt zubewegte. Das war kein Wirbelsturm, sondern der Staub, den Räder und Gleisketten aufwirbelten – die Vorzeichen der Panzer, der gepanzerten Mannschaftstransporter und der Humvees, die durch die Ödnis auf Abydos zupflügten, um Nagada ein Ultimatum zu stellen.

»Ich nehme an, der Befehl von General West ist gekommen«, sagte O'Neil leise.

»Ich nehme an, Draven – und vielleicht auch Keogh – freuen sich um so mehr, wenn du hier in der Stadt sitzt und das alles untergeht«, sagte Daniel verbittert.

»Nichts *muß* passieren!« O'Neil wandte sich an Skaara. »Ihr müßt nicht kämpfen! Kannst du nicht diese Waffen übergeben?«

Skaara schüttelte den Kopf. Im fahlen Dämmerlicht vor dem Sonnenaufgang sah O'Neil die jungen Männer – die

Miliz-Krieger –, die ihre Plätze auf den Wällen und den höheren Gebäuden einnahmen. »Sie haben kein Recht, uns diese Forderung zu stellen.«

Zwei Kampfhubschrauber flogen der näherkommenden Staubwolke voraus.

Skaara zog O'Neil am Ärmel. »Kannst du wirklich gegen Freunde kämpfen, an deren Seite du gestanden hast?« Seine Stimme war fast ein Flüstern.

O'Neil spürte einen schweren Kloß im Hals. »Wenn« – er hustete und versuchte es erneut – »wenn das meine Befehle sind.«

Über ihnen ertönte wieder das riesige Horn.

»Glauben Sie vielleicht, wir hätten es nicht bemerkt?« sagte O'Neil zu Daniel.

Aber die Bewohner von Abydos drehten sich von der anrollenden Streitmacht *weg* und in die andere Richtung.

Denn dort kam eine andere Wolke auf Nagada zugerollt; sie war mächtig, aufgewühlt, und in ihren obersten Schichten hoch in der Atmosphäre knisterte sie vor elektrischen Entladungen. In den Stimmen der Beobachter lag Entsetzen und Furcht.

»Wunderbar. Keogh schickt seine Truppen direkt in die Fänge eines Sandsturms«, sagte O'Neil.

Daniel Jackson hörte angespannt auf die anderen. »Sie sagen, das ist nichts Natürliches.«

»Aber was soll es denn sonst sein?« fragte O'Neil.

Die Antwort kam einen Moment später, als die Wolke Nummer Zwei herandonnerte. Die glitzernden Blitze hoch in der Luft lösten sich auf und nahmen eine kohärente Gestalt an – die Gestalt eine riesigen Pyamide.

Skaara schnappte nach Luft. Einige der Ältesten stöhnten. Daniel starrte nur mit blassem, fahlem Gesicht in die Höhe.

Und O'Neil, den Blick nach oben gerichtet, flüsterte: »Gott *verdammt*!«

Es war halb ein Fluch und halb ein Gebet.

SECHZEHNTES KAPITEL

ZUSAMMENTREFFEN

Auf der Brücke der *Auge des Ra* schüttelte sich Hathor vor blankem Entsetzen. Der Techniker am Scanner hatte sich ziemlich klar ausgedrückt. Raummessungen hatten es ermöglicht, der Spur von Ras Raumschiff zu folgen. Er war auf Abydos angekommen. Allerdings gab es keine Triebwerksspuren, die von seinem Abflug kündeten.

Physikalische Sondierungen aber zeigten einen für das menschliche Auge unsichtbaren Materie-Ring, der sich um Abydos zog. Der Ring bestand aus strahlendem Quarz-Kristall. Es handelte sich dabei nicht um ein Naturphänomen. Noch Monate nach dem Ereignis waren Hathors Techniker in der Lage, die Partikel als Überreste von Ras fliegendem Palast zu identifizieren.

Hathor mußte sich schließlich der Tatsache stellen, daß Ra wirklich tot war. Hatte es sich um eine Art Navigationsfehler gehandelt? Ihre technischen Untergebenen waren erstaunt über die Strahlung der Kristall-Fragmente. War irgend etwas repariert worden, das dann nicht funktioniert hatte?

Der Katzen-Göttin war es schlichtweg nicht möglich, die *fellahin* auf Abydos für Ras Tod verantwortlich zu machen. Woher hätten sie das Wissen nehmen sollen, um ein Raumschiff zu zerstören?

Dennoch, ob es ihnen nun bewußt war oder nicht, sie waren Zeuge gewesen von Ras Tod. Wenn sie den Blitz im Himmel richtig interpretiert hatten, dann machten sicher nun Gerüchte die Runde, daß sie frei waren. Hathor mußte diese Gerüchte unterdrücken – und sie würde das in eigenem Namen machen, als neue Herrscherin. Schnell legte sie sich Pläne zurecht. Abydos war Hinterland, eine Welt, die wenig einladend war. Aber sie besaß die Quarzit-Mine. So wie ihre Rivalen Lehenswelten besaßen, so konnte Abydos ihre Basis werden. Sie konnte Ptah hierherbringen, damit er neue Waffen konstruierte.

Vielleicht konnte sie sogar Truppen aus den Reihen der *fellahin* rekrutieren. Naturlich konnten sie keine Horus-Wächter stellen, aber nützliches Strahlen-Futter gaben sie allemal ab. Ra hatte es ebenso praktiziert, als er zum ersten Mal auf die Erde kam.

Erster Punkt auf der Geschäftsordnung war ein beeindruckender Auftritt. Ihre Scanner-Techniker hatten wunderbare meteorologische Bedingungen gemeldet. Hathor hatte *Das Auge des Ra* in die obere Atmosphäre gebracht, Wolken für eine kleinere Sturmfront ausgesät, mit ein paar Stößen aus den Sekundär-Batterien die Luft ionisiert, und war dann in einem Gewitter niedergefahren.

Beeindruckend, ja. Aber die Energieentladungen, die sie umhüllten, hatten die Scanner des Schiffes geblendet, bis sie beinahe über der Stadt waren.

Lieutenant Peter Collier stieß einen Fluch aus, während sein Helikopter in einer plötzlichen Windbö des herannahenden Gewitters zu schwanken begann.

»Den Offizieren ist doch nicht zu trauen, schicken uns einfach hinaus in die Wüste und mitten hinein in die Klauen eines Sandsturms«, grummelte er. »Ich hoffe nur, sie haben die Maschine richtig zusammengesetzt.«

Die Jet-Turbine über ihm heulte auf, als er dem Rotor mehr Energie zufließen ließ. Collier gehörte ebenfalls zu den frischgebackenen Lieutenants, die soeben ihre Ausbildung abgeschlossen hatten. Er schaltete das Funkgerät an seinem Helm an und versuchte, mit dem Piloten des anderen Hubschraubers Kontakt aufzunehmen. »Foxtrot Victor«, rief Collier. Der Pilot der anderen Maschine war Captain Ralph Vance, ein alter Veteran, der ein wenig mehr Erfahrung besaß mit diesen großen Hubschraubern.

»Was?« wollte der Captain wissen, als Collier ihn rief.

»Sir, sollten wir bei den Wolken, die da auf uns zukommen, nicht versuchen, etwas mehr an Höhe zu gewinnen?«

»Das hier ist ein Aufklärungsflug – wir sollen sicherstellen, daß die Dummköpfe dort unten für unsere Marschkolonne keine Überraschung bereithalten.« Der ältere Offizier unterbrach seinen Anschiß und überprüfte anscheinend seine Kontrollanzeigen. »Was zum Teufel ist mit dem Radar los?«

Und dann rief der Captain im Tonfall wahren Entsetzens: »Oh mein Gott!«

Ein Lichtblitz schoß aus der dunklen, näherkommenden Wolke. Dem führenden Helikopter wurden die Rotorblätter weggerissen, und der Motor spie Flammen, nachdem Treibstoff ausgetreten war und sich entzündete. Und als Foxtrot Victor zu Boden raste, sah es aus, als würde ihn eine Rakete nach unten stoßen. Die Funkverbindung war tot.

Collier riß den Blick von seinem abstürzenden Kompagnon und richtete ihn nach oben, wo eine unwirkliche Erscheinung aus den Wolken hervortrat.

Es war eine fliegende Pyramide, und sie schien so groß zu sein wie ein kleiner Berg. Und offensichtlich wesentlich gefährlicher. Das verdammte Ding hatte Captain Vance und seine Besatzung abgeknallt. »Yo! Bordschütze!« rief er in das Mikro des Intercom. »Alles zünden, was wir an Raketen an Bord haben. Da draußen ist ein Wahnsinnsziel!«

Collier packte den Steuerknüppel und versuchte in Angriffsposition zu kommen. Dabei fühlte er sich wie eine Stubenfliege, die einen Kuhfladen umkreiste. Was konnten seine Raketen gegen dieses Ding schon ausrichten?

Es gab nur eine Möglichkeit, das auszuprobieren. »Feuer!«

Der Helikopter war mit Luft-Boden-Raketen ausgerüstet, Panzerwaffen, obwohl die Einheimischen angeblich keine Panzer hatten. Colliers erste beiden Raketen trafen, ohne wahrnehmbaren Schaden an der golden glänzenden Außenhaut anzurichten.

Aber weiter oben, in der Nähe des Scheitelpunkts der Pyramide, weit entfernt von der Stelle, wo die Raketen getroffen hatten, tat sich ein Schlitz auf. Collier bemerkte ihn erst, als ein Strahl von ungeheuerer Energie hervorschoß und auf seinen Helikopter zuraste.

Aber dann war es natürlich schon zu spät.

Hathor stand schweigend auf der Brücke der *Auge des Ra*, ihr Blick verschlang das holographische Bild, das den Himmel vor dem Raumschiff zeigte.

»Scanner!« befahl sie. »Ich will eine Nahaufnahme dieses Fluggeräts!«

Ein neues Bild erschien, das ein wenig kleiner als die Spannweite ihrer Arme war und die Einzelheiten der noch verbliebenen Flugmaschine zeigte. Auf Hathor, die die eleganten Linien der Udajeet gewohnt war, wirkte diese Maschine recht unförmig. Sie erinnerte sie an die großen summenden Insekten, die im sumpfigen Faiyoum über die Gewässer des Nils flogen.

Zwei Leuchtspuren schossen unterhalb der großen Maschine hervor. Hathor wußte nicht, ob die Waffen getroffen oder ihr Ziel verfehlt hatten. *Das Auge des Ra* flog ohne jede Beeinträchtigung weiter; es gab auch keine Schadensmeldungen.

»Geschützraum«, befahl sie. »Versucht es mit den Sekundär-Batterien und eleminiert das Ding.«

Laut Ras Computeraufzeichnungen war Abydos im vergangenen Jahrzehnt zur Aufnahme einer Ladung Energie-Quarz besucht worden. Es war unter allen Umständen ausgeschlossen, daß sich die einheimischen *fellahin* in dieser kurzen Zeitspanne von Kupferäxten zu Flugmaschinen fortentwickelt hatten – selbst wenn es so primitive Flieger wie diese waren.

Aber wenn diese Dinger nicht auf Abydos gebaut wurden … Ein Schauer lief Hathor über den Rücken. Ra selbst war ein Hybrid-Wesen, wie er ihr einmal in einem schwachen Augenblick gestanden hatte. Seine menschliche Gestalt war – nun, *von ihm besetzt* traf es nicht ganz. *Er teilte ihn sich*, käme ihm wahrscheinlich näher. Auf jeden Fall lebte in dem schönen Jungenkörper eine intelligente Kreatur, die nicht von der Erde stammte.

Hathor wußte, daß solch außerirdische Wesen existierten. Sie hatte die fast – aber nicht ganz – menschlichen Wesen gesehen, die Ra gedient hatten, bevor er zur Erde kam. Und natürlich hatte sie solche Wesen wahrscheinlich zu Millionen auf Ombos niedergemetzelt. Die einzigen Monumente, die von ihnen noch übrig waren, stellten die Ruinen auf Tuat dar.

Konnte es sein, daß andere Außerirdische in Ras Imperium eingefallen waren? Außerirdische, die so mächtig waren, daß sie Ra selbst vernichten konnten?

Aber wenn die Feinde über solche Macht verfügten, warum flogen sie dann in Geräten, die sich kaum in der Luft halten konnten?

Ein Energiestoß aus der Sekundär-Batterie züngelte in den Himmel und verschlang das plumpe Gerät. Es wurde mitten in der Luft in Stücke gerissen. »Das scheint der Pilot zu sein!« rief Hathor, als eine Gestalt aus den Überresten des zerstörten Cockpits fiel. »Fokussieren und nochmals vergrößern!«

Der Pilot schien zwei Arme und Beine zu besitzen, der größte Teil des Körpers steckte in einem weiten, gefleckten Anzug. Aber der Kopf! So groß und knollig, und die Augen schienen nach außen zu quellen wie eine Kristallblase ...

Hathor dachte, die *Alien* mußten Insektoiden sein.

Ein Wrackstück krachte in den bewußtlosen, fallenden Körper und trennte einen Teil des Kopfes ab – nein, es war ein Helm! Was sie für Augen gehalten hatte, war ein Visier – und das Antlitz dahinter war zweifellos menschlich.

Aber wie war das möglich? Keiner von Ras Günstlingen würde den *fellahin* erlauben, solche Maschinen zu bauen. Und auch Ra hätte seinen Lehensleuten die Entwicklung solcher Waffen niemals gestattet. Wo war es möglich, daß sich nicht-göttliche Menschen sich so weit fortentwickeln konnten, ohne nicht vorher aufgehalten zu werden?

Die Antwort kam ihr in einem Akt der Eingebung. Ein fast ungläubiges Lächeln legte sich auf ihre Lippen. »Sie kommen von der Ersten Welt – sie sind die Nachkommen der Menschen, die sich nach dem Ersten Zeitalter erhoben hatten.«

In all den Jahren, in denen sie allein und unbeobachtet waren, hatten sie ihre eigene Technologie entwickelt. Und dann mußten sie das SternenTor wiederentdeckt haben.

Irgendwie fanden sie den Weg nach Abydos – genau in dem Augenblick, als Ra seinen Tribut an Quarz-Kristall abholen wollte.

Und, was noch unglaublicher war, diesen Invasoren mußte es trotz ihrer primitiven Technologie irgendwie gelungen sein, Ra zu vernichten.

Sie sollte diesen Schurken von Menschen dankbar sein.

Aber natürlich mußte sie sie vernichten.

Die Scanner dehnten ihr Spektrum bis zum Boden aus und erfaßten eine Kolonne Bodenfahrzeuge, die auf Nagada zuströmte.

»Ammit soll meine Seele verschlingen«, murmelte Hathor. »Dort unten müssen tausend Krieger sein – oder mehr!«

Wenn sie diese Ressourcen gegen die rebellischen Günstlinge einsetzen könnte ...

Hathor schlug sich diesen Gedanken aus dem Kopf. Die Wilden hier waren Invasoren. Sie mußten den Zorn des Imperiums zu spüren bekommen. Und selbst tausend Krieger konnten gegen die Feuerkraft der *Auge des Ra* nichts ausrichten.

»Geschützraum! Alle Sekundär-Batterien vorbereiten.« Die Katzen-Göttin starrte auf die Reihe leichtgepanzerter Fahrzeuge, die die Vorhut bildeten. Dann kamen geräumigere Vehikel, die mit ihren Ketten den Sand aufwühlten.

Die Kolonne zerstreute sich, anscheinend formierte sie sich zu einer Art Schlachtreihe. Das würde ihnen nicht viel nützen.

Weiter hinten rollten vier der schweren gepanzerten Fahrzeuge, die in ihre Mitte ein weiteres der geräumigen Fahrzeuge genommen hatten. Hathor kniff die Augen zusammen. Es konnte nur einen Grund für eine solch starke Eskorte geben.

Mit der Hand im Bild zeigte sie auf das Ziel, das sie ausgewählt hatte. »Scanner, diese Position an alle einsatzbereiten Geschütze der Sekundär-Batterie übermitteln.

Geschützraum, auf mein Kommando – Feuer!«

Francis Keogh hielt nicht viel von Offizieren, die Angriffe von vorne führten. Andererseits wollte er nicht im befestigten Camp sitzen, während zwei Bataillone gegen einen Haufen Einheimischer vorgingen, die mit sechs fortschrittlichen Waffen, vielleicht doppelt so viel Sturmgewehren und einigen tausend Kupferäxten ausgerüstet waren.

Er hatte einen gepanzerten Mannschaftstransporter zu seinem mobilen Kommandoposten umbauen lassen, ihn mit vier Panzern umgeben und war dann zur Front geeilt. Die Sicherheitsmaßnahmen schienen mehr als ausreichend zu sein – bis eine Pyramide, die eher aussah wie ein fliegender Berg, aus den Gewitterwolken aufgetaucht war.

Keogh hatte die Erscheinung entdeckt, als der Fahrer des Mannschaftstransporters ins Schleudern geriet und aus den Sichtschlitzen des gepanzerten Fahrzeugs starrte. Keogh riß sich aus dem Sitz und sprang zur offenen Dachluke – sie hatten sich nicht die Mühe gemacht, in ganz geschlossenem Zustand zu fahren.

Der General klammerte sich an die Mittelkonsole, die zur Luke hochführte, während der Transporter erneut ausbrach. Schließlich gelang es ihm, nach oben zu kommen, wo er gerade noch sah, wie der letzte seiner Kampfhubschrauber vom Himmel geschossen wurde.

Keogh schrie nach unten zu seinem Funker. »An alle Einheiten! Verteilen! In der Kolonne sitzen wir viel zu dicht aufeinander! Das verdammte Ding wird uns in Grund und Boden schießen! Zurück zum Camp!«

Verdammt, dachte er, *warum hat O'Neil nicht einige Boden-Luft-Raketen-Einheiten hierhergebracht?*

Obwohl, wie er zugeben mußte, die Raketen wahrscheinlich atomare Sprengköpfe brauchten, um bei diesem fürchterlichen Ding irgendeinen Eindruck zu hinterlassen.

Das Fahrzeug unter seinen Füßen schwankte erneut und schleuderte Keogh fast aus der Luke, an die er sich klammerte. Der General fuhr herum und sah, wie sich die Kolonne zerstreute. Fahrzeuge lösten sich und versuchten verzweifelt, die Dünen zu erklimmen.

Keoghs Panzereskorte richtete die Kanonen nach oben

und feuerte panzerbrechende Raketen auf die Pyramide, die wie ein Weltuntergangsschatten über ihnen zu schweben schien.

Einen Augenblick lang überlegte Keogh, ob er sich nicht in den Mannschaftstransporter zurückfallen und die Luke schließen sollte. Aber was half eine vier Zentimeter dicke Aluminiumpanzerung gegen ein gottverdammtes *Raumschiff*?

Mit offenem Mund starrte er nach oben. Das riesige Ding schwebte wirklich – und es schien sich zu drehen und ihnen eine seiner gigantischen Seiten zuzuwenden. Keogh erkannte dunkle Linien auf der glühenden, goldfarbenen Quarzwand – Schießscharten, hinter denen sich die unvorstellbaren Waffen, die das Ding besitzen mochte, verbargen.

Er kam sich ungefähr so vor wie eine Ameise, die den menschlichen Fuß wahrnimmt, der ihr gleich in den Weg treten wird.

Aber wie bei allen guten Generälen ging Keoghs letzter Gedanke in die Geschichte ein.

Nun werden sie mich mit dem anderen Keogh – der bei Custer war – in einen Topf werfen.

Der Himmel oben füllte sich mit einem unglaublich hellleuchtenden Feuerschein.

Und dabei waren wir noch nicht einmal entfernt miteinander verwandt.

Hathor grinste zufrieden. Der Transportwagen des Befehlshabers und seine vier gepanzerten Begleitfahrzeuge waren unter den Stößen der schweren Strahlen-Kanonen verschwunden. Hitzewellen stiegen von den fünf Wracks auf, um sie herum war zu Glas geschmolzener Sand.

»Schlage dem Feind den Kopf ab, und der Rest des Körpers ist hilflos«, sagte sie.

Der übrige Teil der militärischen Karawane bildete keine Schlachtreihe, wie sie erst gedacht hatte, sondern brach zwischen den Sanddünen wild und ohne Ordnung auseinander.

Obwohl die Invasoren im Zick-zack fuhren und kein geschlossenes Ziel abgeben wollten, war aus der Höhe, in der sich *Das Auge des Ra* befand, doch deutlich zu erkennen, wohin sie wollten.

Sie hatten es auf die große Pyramide in der Wüste abgesehen, die Andock-Station – dem Abydos-Terminal für das Netzwerk der SternenTore.

»Wenn sie hoffen, sich auf ihre Heimatwelt zurückziehen zu können, dann ist ihre Hoffnung dem Untergang bestimmt«, murmelte sie.

Aber dem Untergang waren sie sowieso bestimmt.

»Volle Kraft zur Andock-Station«, befahl sie der Navigations-Offizierin. Und *Das Auge des Ra* raste wie ein mythisches Wüstenwesen über den Sand und zog Sturmwinde mit sich, die über die Planetenoberfläche fegten.

Schnell fielen die Bodenfahrzeuge hinter dem Schiff zurück. Nur Sekunden später strich es über das Plateau, auf der sich die Andock-Station befand.

Hathor erkannte sofort, daß die Felsplatte anscheinend den Invasoren auch als Zuhause fern ihrer Heimat diente. *Das Auge des Ra* überflog gut 4000 Quadratmeter voller Zelte und blies die meisten davon weg. Sie erkannte menschliche Wesen, die um ihr Leben rannten.

Und dann lag der schimmernde Sandstein der Pyramide unterhalb ihres Schiffs.

»Andock-Vorgang einleiten«, befahl sie.

Trotz seiner Größe erzitterte *Das Auge des Ra* ein wenig, als es auf die Station niederging. Die schweren Triebwerke erzeugten heftige Turbulenzen. Die unglücklichen Menschen, die nun dort unten waren, wären in einem Sandsturm besser aufgehoben.

Das Schiff setzte auf.

Als Ras Yacht gelandet war, schien sie an der Pyramide zu kleben, als wären die Steine mit einem magisch aufgetauchten, fliegenden Palast vergoldet worden.

Unter dem *Auge des Ra* und seinem mächtigen Rumpf aber war die monolithische Andock-Station nichts weiter als ein kleiner Zapfen. Die Unterseite des gelandeten Schlachtschiffes verdoppelte die Grundfläche der darunterliegenden Konstruktion.

Der Zufahrtsweg zur Pyramide, den UMC geschaffen hatte, war plattgedrückt, das Eingangstor war verschwunden und lag nun hinter einem schimmernden Quarz-Kristall-Wall.

Hathor nickte zufrieden.

Den Invasoren war der Fluchtweg abgeschnitten. Sie saßen auf Abydos in der Falle; nun konnte sie sich in aller Ruhe um sie kümmern.

Der Zugang zum SternenTor war unter dem Rumpf des *Auge des Ra* buchstäblich versiegelt.

SIEBZEHNTES KAPITEL

ERSTE SCHLÄGE

Lieutenant Adam Kawalsky und Corporal Feretti standen in einem der Versorgungszelte im Basiscamp und machten eine Bestandsaufnahme der Munition. Gerüchten zufolge, die der Lieutenant über Keoghs Pläne gehört hatte, würde es bald einen gesteigerten Bedarf an Munition geben. Er dachte, er könnte dem Ansturm schon mal zuvorkommen – vor allem, nachdem die meisten der Marines im Lager zurückgelassen worden waren.

Feretti kletterte über die Munitionskisten, die unter dem Zelt hoch aufeinandergestapelt waren, und gab dabei die grandiose Verkörperung des Wortes *hyper* ab.

Kawalsky verspürte eine Art Sympathie für den Unteroffizier. Männer, die sich nach einem ruhigen, friedlichen Leben sehnen, treten nicht den Marines bei, und wollen schon gar nicht in einem Versorgungslager enden. Andererseits ...

»Feretti«, sagte Kawalsky schließlich, »du mußt froh sein, daß du nicht dort draußen bist, wo es vielleicht hart hergeht.

Ich meine, es kann leicht passieren, daß Keoghs Jüngelchen auf die Jungs schießen, die wir ausgebildet haben.«

»Genau, Sir.« Feretti hielt in seiner Klettertour auf dem höchsten Punkt des Kistenstapels inne. »Ich will auf keinen Fall gegen die Einheimischen kämpfen müssen. Verdammt, ich mag diese Jungs. Aber es juckt mir im Arsch, wenn ich sehe, daß wir hier zu Lagerarbeitern abgestempelt werden – und der Rest unserer Einheit die Versorgungsgüter bewachen muß.«

»Erinnere dich an die Hallen von Montezuma«, sagte Kawalsky lächelnd.

Feretti sah ihn verständnislos an. Er hatte immer gedacht, die Hallen Montezumas wäre eine Latrine gewesen – die man aufsuchte, wenn man von Montezumas Rache befallen wurde.

Kawalsky seufzte. »Der mexikanische Krieg – 1847, Winfield Scott landet mit zwölftausend Mann in Veracruz und marschiert auf Mexico City los. Während des ganzen einjährigen Feldzugs bewacht das Marine-Kontingent die Versorgungswagen. Sie erreichen die Hauptstadt, um aber die Verteidigung der Stadt auszuschalten, muß Scott die Festung Chapultepec nehmen. Und nun rate mal, wer den Knackpunkt gestürmt hat?«

Feretti warf ihm einen zackigen Salut hin. »Marines, vorne und im Zentrum.«

Kawalsky nickte. »Das heißt, noch bewachen wir den Nachschub, aber in nicht allzu langer Zeit schaufeln wir vielleicht Keoghs Arsch frei.«

Seine Worte gingen in einem Donnergrollen unten. Und er hatte den Satz noch nicht zu Ende gesprochen, als das Zelt von einem heftigen Windstoß niedergedrückt wurde und zusammenkrachte. Von draußen hörten sie Schreie und Alarmrufe.

»Oh, Mann«, stieß Feretti aus, als er mit der Zeltplane kämpfte, die von den Windböen hin- und hergeschlagen wurde. »Wenn das wieder einer dieser Sandstürme ist, dann sitzen wir ganz schön in der Scheiße. Die Zelte werden dem

Wind nicht standhalten, und in der Pyramide ist nicht genügend Platz für uns alle.«

»Nicht zu vergessen Keoghs zwei Bataillone, die momentan draußen sind – mitten im Sturm.« Kawalsky fiel unter der Zeltplane auf die Knie und kroch über den Boden, bis er den Rand des eingestürzten Zeltes erreicht hatte. »Ich versteh nur nicht, warum dieses Ding senkrecht herabkam, statt einfach weggeblasen zu werden.«

Draußen im Freien schließlich starrte er auf die goldenglühende Erscheinung am Himmel und hatte den stürmischen Wind, der an ihm zerrte, völlig vergessen.

»Oh.« Das war alles, was Kawalsky zu sagen hatte.

Feretti, als er sich schließlich unter der Leinwand hervorgeschlängelt hatte, gab einen weiteren Kommentar ab. »Heilige ... Scheiße«, stieß er hervor. »Ra ist wieder hier!«

»O'Neil ist sich ziemlich sicher, daß die Atombombe, die er an Bord von Ras fliegendem Palast gebeamt hat, dem Kerl den Garaus gemacht hat«, sagte Kawalsky, der noch immer wie gebannt auf die riesige Masse der niedergehenden Pyramide starrte. »Das sieht eher aus wie der große Bruder von Ra.«

Er wandte sich an seinen alten Gefährten. »Zurück ins Zelt.«

»Wenn der Lieutenant verzeihen wollen«, erwiderte Feretti, »aber ich glaube nicht, daß uns die Leinwand sonderlich viel Schutz bieten kann.«

»Es geht nicht darum, daß wir Schutz suchen, ich suche nach Brecheisen«, antwortete Kawalsky.

Der Corporal schlug die Plane hoch. Nach seinem Gesichtsausdruck zu urteilen, hätte man meinen können, daß er hier wieder vor den Hallen Montezumas stand; Feretti hatte nicht die geringste Ahnung, was Kawalsky vorhatte. Aber er war bereit, dem Befehl Folge zu leisten.

Bevor sie sich aber in das zusammengefallene Zelt stürzten, nahm sich Kawalsky eine Sekunde Zeit, um sein Vorhaben zu erklären. »Wir brauchen die Brecheisen, um die Kisten mit den Stinger-Missiles zu öffnen, die der Colonel hier gehortet hat.«

Feretti hielt noch immer die Plane hoch, sein Blick aber ging unweigerlich zu dem riesigen Raumschiff, das sich auf die SternenTor-Pyramide gesetzt hatte. »Tragbare Raketen … gegen *das* hier, Sir?«

Kawalsky schüttelte den Kopf. »Nicht dafür«, sagte er. »Die Raketen brauchen wir für das, was als nächstes kommt.«

An Bord des *Auge des Ra* befand sich Hathor in einem taktischen Dilemma. Ihr Schlachtschiff war die mächtigste Kriegsmaschine auf Abydos – ja, im gesamten Imperium von Ra. Aber ihre stärkste Waffe hatte viel von ihrem Nutzen eingebüßt – weil sie ihre Beweglichkeit verloren hatte.

Sie war beim ersten Überflug durch die feindlichen Linien gebrochen und hatte deren Camp dem Erdboden gleichgemacht. Aber sie hatte landen müssen, um die SternenTor-Verbindung der Erdlinge zu blockieren. Und *Das Auge des Ra* mußte in dieser Position bleiben, um dem Feind weiterhin die Fluchtmöglichkeit abzuschneiden.

Auf Ombos hatte sie damals einfach ein Kontingent an Horus-Wächtern abgesetzt, die das SternenTor eroberten und besetzt hielten. Aber *Das Auge des Ra* verfügte nicht über genügend große Infanterie-Kräfte, um eine dauerhafte Blockade aufrechzuhalten.

Die Fahrzeuge der Erdlinge sowie die große Mehrheit ihrer Invasionstruppen hatten sich in der Zwischenzeit noch weiter zerstreut.

Sie mußte auf sie niederstoßen – sie mußte sie zerschlagen.

»Scanner!« bellte sie. »Welche Windverhältnisse herrschen draußen? Haben die Turbulenzen unseres Überflugs bereits nachgelassen?«

Der verantwortliche Techniker hämmerte wie wild auf dem Schaltpult herum und betrachtete die Anzeigen. »*Lady Captain*, der Sturm läßt nach.«

»Ausgezeichnet. Start-Decks öffnen.«

Die dicken Bodenplatten unter Hathors Füßen erzitterten,

als die massiven Teile der Außenhaut des Raumschiffs sich öffneten und den Blick auf die aufgereihten Gleiter freigaben.

»Udajeet-Piloten, Plätze einnehmen«, befahl sie. »Und sofort starten.«

Colonel Jack O'Neil beobachtete auf dem Stadttor von Nagada das Schicksal von Keoghs Truppen, während die kolossale Pyramide über die Schlachtreihen hinwegfegte.

Das Ding bedeutet riesenhafte Probleme, ging es ihm durch den Kopf, als die Pyramide Keoghs Luftunterstützung vom Himmel holte. *Sie ist nicht nur viel größer als Ras fliegender Palast, sie ist offensichtlich auch für militärische Zwecke konzipiert. Neben den Strahlen-Kanonen, die dieses Ding an Bord hat, sind die Waffen der Gleiter nichts als Zigarettenanzünder.*

O'Neil richtete sein Fernglas auf den mobilen Kommandostand der Truppe, nur um zu sehen, wie ein gleißender Energiestrahl die gepanzerten Fahrzeuge wie Spielzeugautos zerschmetterte. Und mit einem Gefühl im Magen, das er nur als ätzend bezeichnen konnte, beobachtete er, wie sich die Truppe auflöste.

Es war unglaublich – und schrecklich mitanzusehen. War die Angriffsstreitmacht eine Maschinerie, die sich mit höchster Präzision voranbewegte – vergleichbar mit einer Schweizer Uhr –, so schien es nun, nur eine Sekunde später, als wäre diese Uhr aus dem Fenster des zweiten Stocks auf das Straßenpflaster gefallen.

Alles, was noch übrig war, waren unruhig springende, zerbrochene Teile.

Die beiden Bataillone, die vorwiegend aus Soldaten bestanden, die gerade ihre Ausbildung beendet hatten, waren keine militärischen Einheiten mehr, sondern hatten sich in Flüchtende verwandelt, die panikartig auseinanderliefen. Es war, als hätten Ras Lehensherren die gesamte Kommandostruktur zerstört, nachdem sie Keogh in seinem Mannschaftstransportwagen vernichtet hatten.

In gewisser Weise konnte O'Neil für die Soldaten sogar

Mitgefühl empfinden. Es war nicht besonders toll, gegen diesen fliegenden Berg zu kämpfen, der sie einfach hinwegfegte. Aber ... »Es hilft ihnen nicht viel, wenn sie flüchten«, murmelte er. »Was glauben sie denn, wohin dieses Monster fliegt?«

»Ich dachte, es kommt direkt hierher«, sprach eine zitternde Stimme neben O'Neil. Daniel Jackson wandte sich mit blassem Gesicht an seinen früheren Gefährten.

»Vielleicht wollten sie das auch, bevor sie Keoghs Männer entdeckt haben. Als sie die Panzer und Hubschrauber gesehen haben, dürfte ihnen ziemlich schnell klar geworden sein, daß wir nicht hierhergehören. Also steuert dieses Riesending auf unser Camp zu – mit dem zusätzlichen Vorteil, daß es sich an den Überresten von Keoghs Truppen ungestraft austoben darf.«

O'Neil bemerkte die Verständnislosigkeit in Daniels Gesicht. »Schau, die Strategie ist ganz einfach. Wenn möglich schneidet man den Feind immer von seinem Nachschub ab. In diesem Fall ist das ganz simpel.«

Er legte das Fernglas wieder an die Augen. Die Killer-Pyramide war nun weit in der Ferne – etwa in der Nähe des Basis-Camps. O'Neil stellte die Linsen scharf. Ja, das verdammte Ding landete.

»Nun ist es offiziell«, verkündete er. »Sie haben unsere Verbindungslinie nicht nur unterbrochen, sie sitzen mitten drauf. Zwischen uns und dem SternenTor liegt dieses tonnenschwere Monstrum. Wir können nicht raus – und ich für meinen Teil erwarte auch nicht, daß sonderlich viel Hilfe zu uns reinkommt.«

O'Neil packte das Fernglas weg und machte sich über die Hängebrücke auf den Weg zum nächsten Turm.

»Wohin gehst du?« fragte Daniel.

»Wohin glaubst du denn?« O'Neil wies mit dem Kopf auf die flüchtenden Truppenteile. »Ich bin der einzige Befehlshaber, den diese armen Kerle noch haben.«

Daniel starrte ihn an. »Du kannst nicht ernsthaft in Erwägung ziehen, alleine dort hinaus zu gehen?«

Hinter dem Ägyptologen mischte sich Skaara in die Unterhaltung ein. »Meine Leute werden mitkommen«, sagte er.

O'Neil warf ihm einen scharfen Blick zu. »Vor kurzem bist du noch bereit gewesen, gegen diese Jungs zu kämpfen. Und jetzt willst du mitkommen, um sie zu retten?«

Skaara zeigte auf den matten Schimmer – das goldene Glühen des Pyramidenschiffes, das am Horizont zu sehen war. »Das war, *bevor* sie gekommen sind. Wir wissen nicht, was Euer Volk uns antun wird, Colonel. Aber wir wissen, was Ras Leute wollen. Und wir wollen keine Sklaven mehr sein – nie mehr. Wir werden gegen sie kämpfen – und wenn Ihr uns führt, dann werden wir Euch folgen.«

»In Anbetracht der Tatsache, daß deine Leute die einzig organisierte Truppe darstellen, die mir zur Verfügung steht – meine Marines, was immer sie auch im Lager machen mögen, einmal ausgenommen –, nehme ich das Angebot an.« Dann wandte sich O'Neil an Daniel. »Übersetze folgendes Kasuf. Er muß die Stadt evakuieren – er soll alle Zivilisten in die Wüste bringen, wo sie sich versteckt halten sollen.«

Und mit nachdenklichem Gesicht sah er in die Ferne auf die niedergegangenen Pyramide. »Ihr erinnert euch noch an den Schaden, den diese Gleiter angerichtet haben, als sie über die Stadt hergefallen sind? Ich bin mir sicher, daß dieses Ungetüm dort draußen wesentlich mehr an Bord hat, als das das letzte Mal der Fall gewesen ist.«

O'Neil hatte den Turm erreicht und stieg hinab. Skaara gab seinen Miliz-Lieutenants Befehle. Die jungen Soldaten strömten bereits von den Wällen und versammelten sich am Humvee, der hinter den Stadtmauern stand.

Der Marine bestieg das Fahrzeug, gefolgt von Skaara, dann kletterte Daniel hinein.

O'Neil sah ihn überrascht an.

Jackson erwiderte seinen Blick mit einem schiefen Grinsen. »Ich glaube, ich bin auch verrückt«, sagte er. »Aber wenn man einmal für eine Sache gekämpft hat, von der man überzeugt ist, dann fällt es schwer, einfach zum Unterricht zurückzukehren – vor allem, wenn dort draußen Menschen sterben.«

Als aber Sha'uri noch in den Humvee kletterte, begann Daniel Einwände zu erheben. Sie stellte ihren Ehemann mit einem liebenden, aber ungeduldigen Lächeln ruhig.

»Du magst vom Kampf reden«, sagte sie, »aber ich bin diejenige von uns beiden, die sich vorbereitet hat.«

Und unter ihrem Umhang holte sie eine 9mm-Beretta-Pistole hervor – eine der Handfeuerwaffen, die die erste Abydos-Expedition auf dem Planeten zurückgelassen hatte.

Daniel konnte nur schulterzuckend seine Niederlage eingestehen.

Der Großteil von Skaaras Soldaten war nun versammelt. Einige von ihnen öffneten die Tore.

O'Neil ließ den Motor des Humvees an. Hinter ihm erwachte die Stadt zum Leben – nur um von der neuen Gefahr zu erfahren. O'Neil fuhr hinaus, im Licht der ersten aufgehenden Sonne warfen die Stadtmauern lange Schatten über sie.

»Wir brauchen einen Treffpunkt«, sagte der Berufssoldat zu seinen Helfern. »Ich schlage den Beobachtungspunkt vor, den Skaara außerhalb unseres Lagers eingerichtet hat. Die Jungs von der Miliz kennen ihn – und unsere Leute auch.«

Er wandte sich an Skaara. »Du kannst nicht mit mir fahren. Sonst hockt die gesamte Führung unserer Streitkräfte auf einem Fleck.«

Skaara nickte, offensichtlich hatte er verstanden, was der Colonel damit meinte. »Ich fahre noch ein Stück mit«, sagte er und zeigte auf eine Rauchsäule, die nicht allzu weit vor ihnen aufstieg. Sie markierte das »Grab« eines der Fahrzeuge Keoghs. »Von dort aus führe ich dann meine Leute zum Beobachtungsposten.«

O'Neil zuckte mit den Schultern. Es war nicht allzu weit. Er wartete, bis Skaara die Entscheidung auf Abydanisch seinen Lieutenants mitgeteilt hatte; sie sahen zur Rauchsäule und nickten.

Dann ließ O'Neil den Humvee über das Gelände rumpeln.

Sie hatten bald die jungen Milizionäre hinter sich gelassen, obwohl die Abydianer mit großen Schritten vorwärtseilten.

Der Motor des Humvee heulte auf, schüttelte und rüttelte die Passagiere durch und schien an manchen Stellen mit den Rädern im Sand zu versinken. O'Neil versuchte die Dünenkämme zu vermeiden, auf denen ihre Silhouette vor den aufgehenden Sonnen weithin zu sehen war; im Zick-zack-Kurs bemühte er sich, den Schatten zu folgen.

Sie fuhren um einen Sandwall und standen vor der Quelle der von Skaara ausgewählten Rauchsäule. Es handelte sich um die Überreste eines gepanzerten Mannschaftstransporters. Teile des aluminiumgepanzerten Daches waren völlig verschwunden, schlichtweg verdampft. Der Panzer war auf die Seite gefallen; offensichtlich war der Motor explodiert und hatte den Treibstofftank entzündet.

Zwei der vier Besatzungsmitglieder hätten es beinahe geschafft. Reglos und verkohlt lagen sie nun ein Stück von dem Wrack entfernt im Sand.

O'Neil fuhr heran. »Du bist dir sicher, daß du hier warten willst?« fragte er Skaara.

Der junge Mann nickte. »Der Platz ist so gut wie jeder andere auch.«

Leichtfüßig sprang er aus dem Wagen.

O'Neil fuhr an und drehte sich um, als Daniel einen wortlosen Schrei ausstieß.

Skaara kniete neben den Toten und nahm ihnen die Gewehre und Munition ab.

Der Marine nickte schroff und zustimmend. »Tut mir leid, Professor, aber das ist nicht die Zeit, zimperlich zu sein. Bevor das hier zu Ende ist, werden wir jedes Gewehr und jede Patrone brauchen, die wir auftreiben können.«

Walter Draven hatte sich nie so recht eingestanden, daß er unter leichter Klaustrophobie litt. »Wer hat Angst vorm schwarzen Mann?« witzelte er. Allerdings fiel ihm das in einem großen geräumigen Apartment in Washington sehr viel leichter als hier. Auf Abydos, in der Kammer, die das

SternenTor beherbergte, war es schon schwerer, sich über das beklemmende Gefühl lustig zu machen, daß er sich im Innern einer Pyramide befand und auf allen Seiten von Steinen umgeben war. Steine unter ihm, Steine neben ihm, und unzählige Tonnen von Steinen über ihm, die mit ihrem Gewicht unablässig niederdrückten ...

Martin Preston hatte ihm einmal erklärt, wie die alten Ägypter ihre riesigen Bauwerke konstruiert hatten – daß sie die Steinblöcke rechtwinkelig versetzt aufgeschichtet hatten, so daß die Gewichtskräfte gegeneinander drücken statt senkrecht nach unten. Eine interessante Theorie, aber Draven war überzeugt, daß die hohe Decke in dem dunklen Raum nur darauf wartete, einzureißen und zusammenzustürzen.

Nur die allerwichtigsten Gründe konnten ihn dazu bewegen hierzubleiben – noch dazu, wenn Eugene Lockwood sein Begleiter war.

Der Minen-Manager stand nun neben ihm und war in brütendes Schweigen versunken. Dravens strapazierte Nerven hatten es nicht mehr ertragen, sich weiterhin Lockwoods Rechtfertigungen und idiotische Pläne anzuhören, die davon handelten, wie mit den Einheimischen zu verfahren sei, nachdem UMC die »Peitsche herausgeholt« hatte. Lockwood hatte den Ausdruck mindestens fünfmal in ebenso vielen Sätzen gebraucht. Schließlich hatte Draven den unfähigen Idioten angeherrscht, den Mund zu halten und es dabei auch bleiben zu lassen. Lockwood hatte ihn erst schockiert angestarrt und sich dann darauf verlegt, wütend zu sein. Aber wenigstens war damit dem unaufhörlich aus seinem Mund strömenden Gequassel ein Ende gesetzt.

Draven sah sich in der Kammer um. In einer Ecke stand ein UMC-Sicherheitstrio in grauen Tarnanzügen. Sie standen zusammen und waren in ein Gespräch vertieft, ihre Waffen baumelten entweder nachlässig in den Händen oder waren in Reichweite an die Wand gelehnt.

Am SternenTor selbst stand der örtliche Sicherheitschef Vernon Ballard. Er war mit einem Militärflugzeug nach Colorado geflogen. Und das erste, was er tat, als er nach Abydos zurückkam, war, eine bewaffnete Wache am SternenTor zu postieren. Offensichtlich sollte damit verhindert werden, daß einheimische Terroristen die Erde infiltrierten.

Tatsächlich aber war die bewaffnete Wache nur wegen zweier Unruhestifter hier – wegen Daniel Jackson und Jack O'Neil. Glücklicherweise waren General Wests Befehle eingetroffen, während sich O'Neil noch in Nagada befunden hatte. Draven war es nur recht, daß sich der Marine-Colonel zu Beginn der Auseinandersetzungen hinter den feindlichen Linien aufhielt. Bei einigem Glück würde er als Geisel genommen und geopfert werden müssen.

Dennoch, trotz aller Fehler war O'Neil immer bereit gewesen, Befehlen Folge zu leisten und sich ruhig zu verhalten. Jackson war da schon gefährlicher, ein Idealist – und wenn Keoghs Truppen gegen sein geschätztes Abbadabba losmarschierten, dann würde er noch gefährlicher werden – dann war er ein frustrierter Idealist.

Draven würde dem Ägyptologen sogar zutrauen, daß er versuchte, auf die Erde zu gelangen; entweder, um General West einen Bericht zukommen zu lassen – einen Bericht, den UMC lieber verhindern sollte –, oder, noch schlimmer, um die Geschichte an die Presse weiterzugeben.

»Glauben Sie wirklich, daß er seine einheimische Ehefrau verläßt, um so etwas zu tun?« fragte Lockwood. Es klang wie in einem schlechten Western, in dem von einem *Squaw-Man* die Rede war.

Die Möglichkeit bestand durchaus; in seiner Verzweiflung war ihm alles zuzutrauen.

Auch wenn sich Ballards Leute kaum über den abtrünnigen Professor Sorgen zu machen schienen, der Sicherheitschef nahm seine Aufgabe zweifellos ernst. Ballard stand auf der Rampe, die zum SternenTor hinaufführte, und hatte sein Sturmgewehr in Anschlag.

Und auch die beiden UMC-Angestellten waren aus Sicherheitsgründen hier. Sie sollten Jackson identifizieren, falls er wirklich auftauchte. Daneben aber gab es noch einen ganz anderen Grund, warum sie – und der schwere Laster, der fast die gesamte Kammer ausfüllte – am SternenTor standen.

Keogh besaß zwei Bataillone, Panzer und sogar ein paar Hubschrauber. Die Truppe sollte ausreichen, um die Einheimischen und die hochnäsigen Ältesten wieder zur Raison zu bringen. Falls nicht, würde es zum Kampf kommen. Aber sollte die Armee hohe Verluste hinnehmen müssen, würden Fragen gestellt werden. Und was, wenn eine unvorhergesehene Katastrophe eintrat?

Draven hatte einen Laster besorgt und angewiesen, ihn mit Lockwoods belastendem Aktenmaterial zu füllen, und unter einer Schicht Quarz zu verbergen. Wenn nötig, hatte er wissen lassen, wollte er Abydos verlassen und die ganze Ladung an den Leuten vom Militär in Creek Mountain vorbeischmuggeln.

Nicht, so versicherte er sich, daß solche Extremmaßnahmen notwendig sein würden. Aber es war das Beste, immer auf alle Eventualitäten vorbereitet zu sein.

Er blickte auf seine Uhr. »Sie sollten nun fast da sein.«

In der Ferne war ein tiefes Grollen zu hören. Draven sah in Richtung des Pyramideneingangs, der dummerweise weit weg und nicht zu sehen war. Donnern?

»Sind das Kanonen oder Panzer?« frage Lockwood nervös.

Ballard und die Söldner rissen die Köpfe hoch. »Klingt für mich nicht wie Artilleriefeuer«, sagte der Sicherheitschef.

In der Kammer schien es kälter zu werden. Vom Eingang war nun gang deutlich ein Luftzug zu spüren. Irgendein Sturm? fragte sich Draven.

»Hoffentlich kein Sandsturm«, sagte Ballard. »Das würde Keoghs Vormarsch auf die Stadt zunichte machen.«

Einer der Söldner meldete sich zu Wort. »Hab' gehört, daß ein Sandsturm der ersten Expedition hier ganz schön schwer zu schaffen gemacht hat.«

Ballard brachte den Mann mit einem finsteren Blick zum Schweigen.

Der Wind wird *stärker,* dachte Draven.

Dann begannen der Stein um sie herum zu zittern.

»Ein Erdbeben!« schrie Lockwood. Er klang, als würde er das Ende der Welt verkünden.

Was immer hier vor sich gehen mochte, es schien sich nicht um ein Naturphänomen zu handeln. Draven wandte sich an Ballard. »Aktivieren Sie das SternenTor.«

Ballard verließ seinen Platz. Er wollte nicht im Weg stehen, wenn die Energiewelle plötzlich aus dem mit arkanischen Zeichen verzierten Torus-Ring hervorstieß. Als Draven dies zum ersten Mal gesehen hatte, mußte er an ein Bild in seiner Kindheit denken; damals hatte er eine Seifenblase aufgeblasen, sie war nicht besonders groß, aber der Seifenfilm hatte sich weit nach außen gebläht und auf faszinierende Weise deutlich gemacht, wozu Oberflächenspannung in der Lage war.

Nur, daß im Falle des SternenTores die Lippen eines Gottes notwendig waren, um den gleichen Effekt zu erzielen.

Draven drückte sich an die Wand. Den angeheuerten Soldaten schien es offensichtlich nichts auszumachen. Einer beugte sich in das Führerhaus des Lasters, um den Fahrer aufzuwecken, der eingedöst war.

Das SternenTor ging in Betrieb. Alle Augen waren auf das unglaubliche Licht- und Energiespektakel gerichtet. So sahen sie die vier Horus-Wächter nicht, die sich, umgeben von einem bläulichen Schein, im Materie-Transmitter materialisierten.

Draven bemerkte die Gefahr erst, als die Söldner von Strahlenstößen, die aus kurzer Distanz abgegeben wurden, zu Fleischbrocken verwandelt wurden. Wie erstarrt sah er mit an, wie die falkenköpfigen Krieger seine Soldaten auslöschten. Draven hatte Bilder von den seltsamen Helm-Masken gesehen. Aber es war etwas ganz anderes, als sich einer der Falkenköpfe nun zu ihm wandte, ihn mit seinen grünlichen Augen fixierte und als unwichtig abtat, weil er keine Waffe besaß, um sich dann seinem nächsten Opfer zuzuwenden.

Ballard eröffnete das Feuer und ließ einen der Angreifer zu Boden gehen. Aber das kombinierte Feuer der anderen drei ließ von ihm nur einen rauchenden Karkass zurück.

Und der Materie-Transmitter blitzte auf und stieß vier weitere der außerweltlichen Angreifer aus. Sie hatten die Strahlenlanzen im Anschlag, traten vor, und die erste Welle machte sich über den zu Tode erschrockenen Fahrer des Lasters her.

Draven glitt zum aktivierten SternenTor. Drei – vielleicht noch zwei Schritte, und er konnte in das wabernde energetische *Interface* eintauchen und die Menschen auf der Erde warnen ... jedenfalls dem hier entkommen.

Er hatte einen weiteren Schritt getan, als Eugene Lockwood aus seinem Halb-Koma aufwachte. »N-Nicht schießen!« Seine Stimme klang wie das Quieken eines Schweines, das geschlachtet wird. »Wir sind Zivilisten!«

Das SternenTor war noch immer außer Reichweite, aber nun drehten sich die Falkenköpfe um – und mit ihnen ihre Lanzen.

Draven hatte noch eine halbe Sekunde Zeit, seinen hohlköpfigen Untergebenen zu verfluchen, bevor ihn der Strahlenstoß traf, der ihn tötete.

ACHTZEHNTES KAPITEL

SCHLAG UND GEGENSCHLAG

Hathor betrachtete das holographische Display an der Decke der Brücke. Die Techniker hatten den Maßstab vergrößert, so daß es als taktisches Display verwendet werden konnte. Die Kampftruppen waren als verschiedenfarbige Leuchtpunkte dargestellt – rot für ihre eigenen Leute, grün für den Feind. In der Mitte befand sich die SternenTor-Pyramide, die von einem roten Rechteck – dem *Auge des Ra* – umgeben war.

Eine Wolke roter Punkte strahlte vom Kampfschiff ab, die wild hin- und herschießende grüne Punkt verfolgten – Udajeets auf ihren Vernichtungseinsätzen gegen die Bodenfahrzeuge der Invasoren. Innerhalb der roten Pyramidenwände erschienen rote Leuchtpunkte – und die grünen verschwanden.

»*Lady Captain*«, meldete einer der Techniker. »Meldung von den Horus-Wächtern. Die Kammer des SternenTores befindet sich nun in unseren Händen.«

Hathor nickte zufrieden.

»Einen Verlust.«

Hathors Lächeln schwand. »Die Kräfte aufteilen. Eine Hälfte soll die übrigen Kammern nach weiteren feindlichen Soldaten durchsuchen.« Sie hielt inne. »Und die andere Hälfte sichert die fremde Seite des SternenTors, wobei der Suchtrupp als Reserve dient.«

Ihr Blick ging zurück zum taktischen Display. »Was stellt diese Ansammlung dort drüben bei der Stadt dar?«

Ein grüner Leuchtpunkt war aufgetaucht, der sich langsam über die Wüste in Richtung des *Auge des Ra* zubewegte.

Eine Technikerin betätigte glühende Kontrolloberflächen und fokussierte den entsprechenden Ausschnitt. »Infanterie, *Lady Captain*«, kam die Meldung.

»Wir können es uns leisten, sie zu ignorieren«, beschloß Hathor. »Alle Udajeets sollen sich darauf konzentrieren, zuerst die Fahrzeuge zu zerstören.«

Sie hatte ihre Lektion auf Ombos gelernt. Zuerst war die feindliche Technologie auszuschalten. Das Gebiet von Fußsoldaten zu säubern, gestaltete sich erheblich einfacher, wenn sie nicht mehr über Transportmittel für sich oder ihre schweren Waffen verfügten.

Diese »Säuberungsaktion« jedoch mußte warten, bis der Feind seinen ersten entscheidenden Schlag erlitten hatte.

Auf dieser Welt ... und dann auf der Welt, von der er kam.

Ein Udajeet glitt über O'Neils Humvee hinweg; alle, die im Fahrzeug saßen, zogen die Köpfe ein. Doch der Anti-Schwerkraftgleiter hatte es auf ein größeres Ziel abgesehen. Seine Strahlen-Kanone blitzte auf, und hinter der nächsten Düne explodierte etwas.

O'Neil hielt das kleine geländegängige Fahrzeug in den Senken des Sandes – und im Schatten.

»Man kann sagen, sie haben die Lufthoheit«, sagte Daniel.

»Noch«, erwiderte O'Neil. »Aber wenn Kawalsky und Feretti auf Draht sind, dann sollten wir ihnen dort oben bald gehörig einheizen.«

Knisternd rührte sich das Kurzwellen-Funkgerät des Fahrzeugs. »An alle Einheiten, aufgepaßt!« rief eine Stimme. »Hier ist Basis Eins!«

O'Neil, Daniel und Sha'uri mußten grinsen. Sogar über Funk erkannten sie den Stakkato-Rhythmus von Corporal Ferettis Stimme.

»Es sind Flugabwehr-Raketen verfügbar«, fuhr Feretti fort. »Wir werden uns ein paar krallen und versuchen, an der Basis des Plateaus – bei Feuerbasis Drei –, ein sicheres Plätzchen einzurichten. Wir denken, daß wir dort noch im toten Winkel der *Big Mama* sind. Den Rest laden wir auf Laster und versuchen, sie zu euch hinauszuschaffen.«

O'Neil nahm das Mikro zur Hand. »Basis Eins«, sagte er. »Feretti, hier ist O'Neil. Hörst du mich?«

»Gott sei Dank, Colonel! Der Lieutenant hatte schon befürchtet, daß du umgekommen bist.«

»Noch nicht«, erwiderte O'Neil und sah einem weiteren Gleiter hinterher, der über sie hinwegstrich. »Wie sieht's bei euch aus?«

»Mit einem Wort, beschissen«, erwiderte der Funker. »Das große Mutterschiff hat das halbe UMC-Lager plattgedrückt. Ich fürchte, Mr. Lockwoods klimatisiertes Büro ist nun flach wie 'ne Flunder.«

»Es war uns klar, daß es dort draußen heiß hergeht«, gab O'Neil zurück. »Nun wird es langsam Zeit, daß wir das die Jungs wissen lassen.« Er runzelte die Stirn. »Du kennst den Beobachtunsposten von Skaaras Miliz? Schick einen Laster mit Raketen dorthin. Wir erhalten dort Infanterieunterstützung.«

»Verstanden, Sir«, sagte Feretti.

»Ich versuche, so schnell wie möglich zum Fuß des Plateaus zu kommen – zur Feuerbasis Drei«, sagte O'Neil. »Ende.«

Er drückte aufs Gas, beschleunigte, hielt sich aber nach wie vor an die Route, die am meisten Deckung versprach.

»Daniel!« schrie Sha'uri und deutete zur Seite. »Dort!«

Und in der Ferne sahen sie die Spitze des Pyramidenschiffes, die aufragte wie ein Berg aus Gold.

»Dann wissen wir wenigstens, worauf wir feuern sollen«, sagte O'Neil über das Lenkrad gebeugt.

In den Überresten des Militärlagers hievte Adam Kawalsky eine weitere Kiste mit Stinger-Raketen unter dem eingestürzten Versorgungszelt hervor. Colonel O'Neil hatte darauf bestanden, die Waffen sicher zu verwahren. Also hatten sie ein Zelt darüber aufgebaut – während die Raketen selbst in einem unterirdischen Bunker lagerten. Und dank des Sturms und der Böen, die der Überflug des Raumschiffes ausgelöst hatte, mußten sie ziemlich graben, bis sie die Kisten freigeschaufelt hatten.

Weitere Helfer erschienen, um die Kisten aus dem Loch zu ziehen. Einer der Kerle trug ein schweißdurchtränktes Hemd mit dem UMC-Logo – er war einer der Minenaufseher. Ein anderer hatte die graue Tarnhose der Sicherheitsleute der Gesellschaft an.

Sie hätten Hörner und Schwänze haben können, wenn es nach Kawalsky gegangen wäre. Er brauchte Freiwillige und würde alle nehmen, die er bekommen konnte. »Tragt das Ding zum Fuß des Plateaus hinüber – es gibt dort hinten eine Art Pfad.« Er zeigte ihnen, welchen Weg er meinte, und die beiden, die erst vor kurzem zu seiner Arbeitstruppe gestoßen waren, stapften davon.

Immer mehr der graugekleideten Söldner, die überlebt hatten, fanden sich bei ihm ein. Kawalsky glaubte zu wissen warum. Sie waren, trotz allem, irgendwie Soldaten. Wahrscheinlich mit großer Eigeninitiative ausgestattet, um einen Job wie diesen anzunehmen. Aber sie brauchten Offiziere und Befehle. Und das hier war eine der wenigen Ecken des Lagers, wo noch Befehle erteilt wurden.

Marine-Vorposten bewachten das Raketenlager; einige waren mit Gewehren bewaffnet, andere mit den grünen Röhren, die die Boden-Luft-Raketen enthielten.

Und Kawalsky hatte einen der befestigten Stützpunkte besetzen lassen, die O'Neil am Rande das Lagers errichtet hatte. Die Feuerbasis konnte allen Pfaden Deckung geben, die vom Plateau hinabführten.

Die Leute kreuzten mit den verrücktesten Dingen auf. Keoghs Vormarsch hatte sie fast aller militärischer Transportmöglichkeiten beraubt. Aber einigen UMC-Leuten war es gelungen, aus den nicht ganz zerstörten Bereichen ihres Camps Fahrzeuge mit Ketten oder Rädern zu retten.

Kawalsky standen nun einige Laster und ein Bulldozer zur Verfügung. Das Erdbewegungsgerät walzte einen Teil von Keoghs Befestigungswall wieder, damit eine Rampe für die Fahrzeuge mit Rädern geschaffen werden konnte.

Während der Lieutenant zwei weitere Männer mit einer Kiste Raketen losschickte, kam Feretti mit dem Funkgerät angelaufen. »Ich hab alles an die übrigen Einheiten weitergegeben, Sir. Und ich habe eine Antwort von Colonel O'Neil empfangen!«

Kawalsky spürte förmlich, wie sich ein Lächeln über sein verdrecktes Gesicht legte. »Ausgezeichnete Neuigkeiten!«

Feretti nickte. »Er sagt, er kommt so schnell wie möglich hierher.«

Kawalsky Schultern hoben sich ein wenig, als wäre ihnen eine große Last abgenommen worden. Schließlich war auch er ein Soldat. Wahrscheinlich ging es auch ihm besser, wenn jemand da war, der Befehle erteilte.

Gestalten mit angespannten Gesichtern umringten den Laster, alle waren mit Stinger-Raketen bewaffnet. Das Fahrzeug war zur Hälfte mit Raketenkisten beladen, gerade soviel, wie Kawalsky auf einer Fuhre riskieren wollte.

Es war an der Zeit, daß die Ladung mit den Raketen an die Einheiten nach draußen ging, die den Angriffen der Gleiter ausgesetzt waren. Das Problem war nun, wer sollte es machen? Der Laster stellte ein einfaches, ungepanzertes Ziel dar, und wenn er hochging, würde wahrscheinlich auch seine wertvolle Ladung explodieren. Was, wie Kawalskys Freiwilligentruppe nun langsam merkte, die geringen Überlebenschancen des Fahrers noch verringerte.

»Schaut, irgend jemand *muß* das verdammte Ding fahren«, grummelte ein Unteroffizier der Marines. »Wir können den Laster nicht mit einem Auto-Piloten hinausschikken.«

Die versammelten Marines und UMC-Söldner blickten betreten weg. Der Unteroffizier fuhr sich über sein schweißüberströmtes Gesicht. Eine Sekunde noch, und er mußte jemand bestimmen – nicht die beste Lösung für eine Selbstmordmission, wenn man es mit bewaffneten, zu allem entschlossenen Männern zu tun hatte.

»Ich fahre«, kam eine Stimme von oben. Ein neues Zweier-Team keuchte mit einer Raketenkiste den steilen Abhang herunter.

Der Unteroffizier betrachtete sich den Freiwilligen. Er war vom Typ her eher ein UMC-Aufseher als Soldat, und, offengestanden, sah er aus wie ein blonder und rasierter Gorilla. Nun ja, ein halb rasierter Gorilla. Das gesamte Gesicht des Kerls war mit blonden Stoppeln bedeckt, und sein T-Shirt war unter den Armen mit Salz verkrustet, so schwitzte er.

»Du weißt, wie man mit einem Laster dieser Größe umgeht?« fragte der Marine argwöhnisch.

»Du kannst mich Charlie nennen«, sagte der Freiwillige, nachdem er und sein Partner mit der Kiste unten angekommen waren. Mit hängenden Schultern, obwohl er sich zu ganzer Größe aufgerichtet hatte, trat Charlie auf den Marine zu. »Hab' zu Hause in Texas einige Jahre lang so eine Kiste gefahren«, sagte er. »Ich kann damit umgehen.«

»Und ich komm mit – ich geb Begleitschutz.« Der graugekleidete Söldner, der ihn begleitet hatte, trat an eine offene Kiste und holte sich eine der Röhren heraus. »Wenn du nichts dagegen hast.«

Abrupt wandte sich Charlie an seinen Gefährten. »Das mußt du nicht tun, Sullivan.«

Sullivan zuckte nur mit den Achseln. »Ich denke, ich kann hier nicht mehr viel vermasseln«, erwiderte er. »Ich komme mit.«

Charlie Morris fluchte, stieg auf die Kupplung und schaltete runter, während sich die Räder des Lasters durch den Sand fraßen. Ja, er *hatte* eines dieser Ungetüme gefahren, aber in Texas gab es geteerte Straßen, keine Dünen und Wadis, die ständig die Richtung änderten und deren Untergrund mehr als trügerisch war.

Das einzige, was auf diesem Planeten jemals einer Straße gleichkam, war die Lasterpiste, die die UMC-Bulldozer planiert hatten. Und die sah, wie Morris und Sullivan wußten, mittlerweile aus wie ein Armee-Schrottplatz, nachdem die feindlichen Gleiter über die Fahrzeuge hergefallen waren, die darauf die Flucht ergriffen hatten.

»Ich halte es noch immer für verrückt, daß du mitkommst«, sagte er zu Sullivan.

Der Söldner zuckte mit den Schultern. »Zum Teufel, was soll's. Willst du ewig leben?«

Aber gleich darauf verschwand sein schnoddriger Tonfall. »Der Kerl *braucht* Freiwillige, wenn sie die Raketen wirklich dahin schaffen wollen, wo sie auch etwas nützen. Du hast gesehen, was mit diesen armen Kerlen von der Army im Morgengrauen passiert ist.«

Die beiden waren in den frühen Morgenstunden auf die Plateaukante gestiegen, um mit einem Fernglas den Vormarsch der Armee-Karawane zu beobachten. Was sie statt dessen zu sehen bekamen, war die High-Tech-Version von Custers letztem Kampf.

Zumindest hatte ihnen ihre Neugier wahrscheinlich das Leben gerettet. Sie waren weit vom UMC-Camp entfernt, als das riesige Pyramidenschiff niedergegangen war. Sowohl Morris' wie auch Sullivans Zelt lagen nun plattgedrückt unter dem Rumpf des Schlachtschiffes.

Morris zuckte mit den Schultern. »Ich hatte nur das Gefühl, daß ich etwas tun mußte. Ich meine, schließlich war ich ja tüchtig in diesen Schlamassel verwickelt. Dachte nur, es wär an der Zeit, daß ich auch mal versuche, den Karren wieder aus dem Dreck zu ziehen.«

»Nun, jedenfalls hast du das Eis gebrochen. Nach dir haben sich auch andere gemeldet.« Sullivan sah zum Fahrer hinüber. »Ich denke schon, daß du eine große Hilfe warst.«

Morris wirkte verlegen. »Ich bin kein Held, das weißt du. Ich hab nur getan, was ich für notwendig gehalten habe.«

»Verstehe«, sagte Sullivan. »Fahr du mal, und ich schieß alles ab, was irgendwie nach Feind aussieht.« Sie hatten ihm ein Gewehr gegeben – eines der Marines –, und die Rakete, die er sich aus der Kiste genommen hatte, hatte er behalten dürfen.

Und wenn das nicht reichte -

Seine Gedanken fanden ein jähes Ende, als etwas Großes, Weißes über sie hinwegbrauste. Es sah aus wie ein riesiger Falter oder – nein. Es war einer dieser falkenähnlichen Jäger, die vom Raumschiff gestartet waren und sich auf die Armee-Fahrzeuge gestürzt hatten.

Ein Blitz zuckte auf, der blendend-grelle Bilder auf Sullivans Netzhaut hinterließ, und vor ihrem Laster spritzte Sand auf – ein pyrotechnisches Schauspiel.

Morris starrte durch die Windschutzscheibe nach oben, um den Angreifer nicht aus den Augen zu verlieren. »Er dreht um und kommt zurück«, meldete er.

Sullivan ergriff die Röhre mit der Rakete und fragte sich, was er ausrichten konnte, wenn er aus dem Seitenfenster eines schweren, rumpelnden Lasters schoß.

Morris drückte auf das Gaspedal, die Räder wirbelten Sand auf, während der Laster direkt auf den von vorne kommenden Gleiter zuraste. Es war, als würde er mit dem angreifenden Fluggerät Schlitten fahren.

»Mach dich bereit, abzuspringen«, sagte er Sullivan.

»Warum?« fragte der Söldner. »Hast du vor, ihn zu rammen?«

Morris drückte erneut das Gaspedal durch und warf das Lenkrad herum. Der Laster schien einen Satz zur Seite zu machen – und dort, wo er einen Augenblick zuvor noch gewesen war, wurde der Sand von den Strahlenkanonen des Gleiters in dampfendes Glas verwandelt.

»Du bist wirklich ein teuflisch guter Fahrer«, begann Sullivan.

»Mach die Tür auf – in einer Sekunde steigst du aus«, unterbrach in Sullivan. Er verlangsamte das Tempo und fuhr mit dem Laster einen weiten Bogen. »Jetzt!« schrie er.

Sullivan war schon härter und aus schnelleren Fahrzeugen gefallen. Er schlitterte über die Oberfläche, die sich wie Sandpapier anfühlte. Wahrscheinlich würde er morgen einige Abschürfungen pflegen dürfen – wenn er denn solange überlebte.

Er richtete sich auf, ging auf ein Knie, das Abschußgerät für die Rakete hielt er noch immer in den Händen.

Morris riß den Laster wieder herum und visierte den näherkommenden Gleiter an. Die beiden Maschinen schienen direkt aufeinanderzuzurasen. Sullivan hob die Waffe an die Schulter.

Im letzten Moment warf Morris den Laster in einen Zickzack-Kurs. Der Gleiter feuerte nicht einmal. Er überflog den Laster – dann veränderten die Strahlen-Kanonen, die wie Triebwerksgondeln unter den Flügeln hingen, plötzlich ihre Position, richteten sich von hinten auf den Laster – und trafen.

Der doppelte Strahlenstoß mußte auf der Ladefläche eingeschlagen sein, denn das Fahrzeug explodierte mit einer Gewalt, die selbst Sullivan noch spürte, obwohl er Hunderte von Metern entfernt war.

Aber er hatte seine Rakete bereits abgefeuert. Sie stieg nach oben und traf den Udajeet mitten im Zentrum, wo der Pilot saß. Die Schockwelle der Explosion ging über Sullivan hinweg und riß ihn von den Beinen.

Der Gleiter drehte ab, vollführte eine sehr unelegante Kurve, die sich mit dem Kamm einer Sanddüne schnitt, und explodierte dort ein zweites Mal.

Sullivan rappelte sich hoch und machte sich auf den Weg zurück zum Plateau und zur Pyramide.

»Einen abgeschossen«, sagte er.

Nicht, um es unbedingt hervorheben zu wollen, aber der Artillerie-Sergeant Rob Hilliard langweilte sich zu Tode. Es war schon schlimm genug, an einem Verkehrsposten Wache schieben zu müssen. Aber wenn dort, wo man kontrollierte, noch dazu kein Verkehr war ...

Hilliards Bruder war bei der Grenzpolizei und arbeitete an einem Kontrollpunkt auf dem Highway nördlich von San Diego. Gelegentlich überprüfte er einen Laster oder einen PKW nach illegaler Ladung oder Passagieren. Aber wenigstens war er im Freien und besaß die Möglichkeit, etwas für seine Sonnenbräune zu tun.

Hilliard war in einem Loch im Boden stationiert, wo vor nicht allzu langer Zeit irgendeine fette Rakete auf Moskau oder eine andere Stadt gerichtet war. Das einzige Licht kam von Neonröhren, die alles und jeden in ein grünliches Licht tauchten.

Die Härchen in seinem Nacken richteten sich auf, als plötzlich ungeheure Energie die große Kammer zu durchdringen schien. »Achtung«, rief er und wies sein aus sechs Männern bestehendes Sicherheitsteam an, an die Wand mit den Druckkammertüren zu treten. Zahllose Wiederholungen hatten diesen Vorgang zu einer Routinehandlung gemacht, die sich in nichts von anderen unterschied. Sie verbargen sich nicht mehr hinter den schweren Stahltüren, sondern traten nur aus den Weg.

Ein Energiefeld blies sich im Ring des SternenTores auf und wurde anschließend in einer Art Strudel eingesogen, als wäre das Tor der riesige Abfluß einer Badewanne. Dann stabilisierte sich das Energiefeld zu einem wellendurchzogenen Schimmern, das von dem Quarzring begrenzt wurde.

»Sind ein wenig zu früh dran«, sagte einer der Wachen und sah auf seine Uhr.

Hilliard zuckte mit den Achseln. »Vielleicht ist der Streik oder was immer da oben vor sich geht nun beendet, und sie machen ein wenig Dampf, um die verlorene Zeit wettzumachen.«

Die scheinbar von Lichtfäden umhüllte Nase eines Lasters

schob sich aus dem Tor. Dann war er plötzlich ganz da, bewegte sich und rollte fast gegen die Wand.

»Paß auf, Kumpel«, rief Hilliard. Das Gesicht des Fahrers war fahl-grau, seine Augen quollen hervor. Er mußte eine höllische Fahrt hinter sich gehabt haben.

Hilliards Mannschaft stand an einer Seite des Lasters aufgereiht.

»Bist du okay?« fragte Hilliard.

Als Antwort richtete sich in der Führerkabine neben dem Fahrer ein ganz und gar nicht menschlicher Kopf auf; eine Art schwärzlich-goldener Vogelschädel, der sich herumdrehte und ihn mit grünen Augen anstarrte. Die olivgrüne Leinwand, die auf der Ladefläche des Lasters lag, wurde aufgerissen, und mit Umhängen bekleidete Gestalten, die ähnliche Helm-Köpfe trugen, erschienen. Sie richteten speerähnliche Gebilde auf das Sicherheitsteam.

Verdammt, dachte Hilliard, als er sein Gewehr hochriß. Ein schneller Blick sagte ihm, daß sie kaum eine Chance hatten; seine Männer lagen unter feindlichem Feuer, statt das SternenTor zu verteidigen.

Noch während die Schießerei begann, rannte der Sergeant zu den Drucktüren. Kugeln pfiffen und prallten an der Karrosserie des Lasters ab, während die Marines unter Miniatur-Blitzen zusammenbrachen.

Hilliard warf sich durch die Tür und betätigte den elektronischen Mechanismus. Die massigen Türen begannen sich langsam zu schließen. Während dies geschah, sprangen die monsterköpfigen Wächter vom Laster. Das SternenTor blitzte auf und spie weitere Gestalten aus. Mit einer Hand gab Hilliard Salven durch die Öffnung ab, während er sich mit der anderen das Telefon schnappte. Es verband ihn sofort mit dem zuständigen Wachoffizier.

»Alarm! Eindringlinge!« schrie Hilliard in den Apparat. »Das SternenTor ...«

Dann schoß ein unerträglich hell-leuchtender Strahl durch den noch offenen Spalt und traf ihn.

Die Verteidigungskräfte des SternenTor-Komplexes bestanden nicht nur aus Hilliards Sicherheitsteam. Es gab Wachen im Umkreis des Silos und einen ganzen Zug, der in Uniform und Stiefeln schlief. Dieses Bereitschaftsteam wurde nun geweckt, rieb sich den Schlaf aus den Augen, ergriff die Gewehre und eilt durch den Korridor zu dem Raketensilo, der das intergalaktische Tor beherbergte.

Dann erschienen in den Türen des Korridors Gestalten, wie man sie nur aus Legenden kennt, und es kam zum Schußwechsel; Kugeln gegen Strahlenstöße. Die Marines hatten den Vorteil zahlenmäßiger Überlegenheit, die Invasoren den überlegener Technologie. Am Ende mußten sich die Marines zurückziehen, ihr Offizier schrie in sein Walkie-talkie und forderte Unterstützung an.

Die Waffen der Eindringlinge waren den Verteidigern weit überlegen. Eine geschlossene, verriegelte Stahltür stellte für sie nur ein kleines Hindernis dar; sie sprengten sie einfach am Schloß oder in den Angeln aus.

Als sich die Verteidiger zurückzogen, kamen ihnen allerdings Wachen, die außer Dienst waren, zur Verstärkung entgegen. Ihre Uniformen entsprachen nicht unbedingt der Kleiderordnung – manche trugen nur Tarnhosen und T-shirt –, aber alle brachten Gewehre mit zur Party.

Der Vormarsch konnte aufgehalten werden, bevor die Eindringlinge die Aufzüge zu den anderen Stockwerken erreichten. Noch mehr Kugeln wurden abgefeuert, außerdem waren es nicht unbedingt so viele Strahlen-Lanzen, die sich ihnen entgegenstellten. Die Invasoren aus dem alten Ägypten traten den Rückzug an und konzentrierten sich darauf, alle Zugänge zum SternenTor zu verteidigen.

Ein Lieutenant fing eine Abordnung halbbekleideter Marines ab, die gerade ihr Quartier verließen. »Ihr da, kommt mit«, befahl er ihnen schroff.

Als der Fahrstuhl anhielt, blickte der Unteroffizier, der den Befehl über die Gruppe hatte, erstaunt zum Lieutenant. »Sir? Ich dachte, die Kämpfe finden ein Stockwerk tiefer statt?«

Der Lieutenant deutete ihnen an, leise zu sein; er führte sie durch einen Gang, in dem sie alle Türen und Zimmer überprüften, die davon abgingen. Dann trat er die Tür zu einem Konferenzraum ein und schnellte sofort zurück, als ein Energiestoß nach ihm schnappte.

»Dachte ich's mir, daß sie jemanden da drin haben – es gibt von hier einen direkten Zugang zum SternenTor«, sagte er.

Der Unteroffizier wählte drei Männer aus, die den Raum zu säubern hatte. Der erste wurde verkohlt, den anderen beiden gelang es, den falkenköpfigen Wächter zu erschießen, der sich hinter einem langen Tisch, dem einzigen richtigen Möbelstück im Raum, verbarrikadiert hatte.

Weitere Stahlenstöße kamen aus der mit ›Ausgang‹ bezeichneten Tür, die zu einer Treppe führte.

»Hier ist unser Freund also hereingekommen«, sagte der Lieutenant und löste eine Handgranate von seinem Kampfanzug. Er warf sie die Treppe hinab. »Unteroffizier, ich will, daß Sie alle zur Tür zurücktreten.«

Der Lieutenant ging zur gegenüberliegenden Wand, dort hing eine weiße Tafel, deren Oberfläche von dem Feuergefecht, das vor einer Minute hier noch stattgefunden hatte, überraschenderweise nur wenig mitgenommen war. Neben der Tafel befand sich ein großer Knopf. Als der Lieutenant ihn drückte, rollte sich unter dem Surren einer schweren Maschinerie die Schreibfläche nach oben, dahinter kam eine schwere Stahlplatte zum Vorschein, die, als sie nach oben gezogen wurde, den Blick auf ein Fenster freigab.

Der Artillerie-Sergeant wies seine Leute an, zur Tür zurückzugehen, und der Lieutenant bereitete eine weitere Handgranate vor. Eine Sekunde später kam er aus dem Zimmer gestürzt und schlug die Tür hinter sich zu. Ein dumpfer Knall war Zeichen der Explosion. Sie eilten wieder hinein. Der Raum hing voller Rauch und sah auch sonst nicht besonders gut aus. Aber das Fenster war aufgesprengt.

Und da es den SternenTor-Raum überblickte, war es dem Sergeant und seinen Männern möglich, den ägyptischen Verteidigern in den Rücken zu fallen.

General West befand sich in der Luft, auf dem Weg zum Creek Mountain, als er die Nachricht vom Angriff aus dem

SternenTor erfuhr. »Lieutenant Jurgensen erinnerte sich daran, daß der Konferenzraum den SternenTor-Komplex überblickt; er führte eine Abteilung hinauf und griff die Eindringlinge von hinten an. Die Überlebenden haben sich dann durch das SternenTor zurückgezogen.«

»Wie steht's mit unseren Leuten?« wollte der General wissen.

»Schwere Verluste, Sir.«

Der General preßte seine Lippen zusammen. »Sobald Sie die Dinge hier wieder einigermaßen im Griff haben, will ich, daß Sie ein Team durch das SternenTor schicken«, befahl er. »Wir müssen herausfinden, was auf Abydos vor sich geht.«

Als er eintraf, war die Zeit, zu der sich das Team wieder melden sollte, lange verstrichen. Von den Leuten, die durch das Tor gegangen waren, fehlte jede Nachricht.

NEUNZEHNTES KAPITEL
SCHLAG INS KONTOR

Die Sonnen auf Abydos waren höher gestiegen, Schatten war nur noch selten zu finden. Es hatte den Anschein, als hätte der Fahrer des Sheridan, der an dem Dünenkamm hing, es aufgegeben, nach Deckung zu suchen. Der Turm des Panzers drehte sich unablässig, als halte er nach feindlichen Fliegern Ausschau, und die Kanone des Kampffahrzeugs war so weit wie möglich nach oben gerichtet.

Die Kanone wies nach rechts, und wie auf ein Stichwort hin kam einer der Udajeet-Gleiter von links herangeschossen.

Plötzlich schälten sich menschliche Gestalten aus dem Sand, die mit ihren Gewehren auf den niedrig fliegenden Gleiter zielten. Zwei der Männer besaßen stummelige grüne Röhren, die sie in den Himmel richteten und abfeuerten.

Die Stinger-Raketen ließen den Udajeet in der Luft zerbersten.

Grinsend schüttelte sich Sergeant Oliver Eakins den Staub ab. Er war ein großer, muskulös wirkender Schwarzer mit dichtem, kurzgeschnittenem Haar. »Wieder einen«, sagte er. »Macht bislang drei. Wird auch langsam Zeit, daß wir das Spielchen umdrehen.«

Der Panzer wurde geöffnet, und der befehlshabende Sergeant steckte seinen Kopf aus der Luke. »Du hast leicht reden«, grummelte er. »Du mußt ja nicht als Köder herhalten für diese schnellen Jungs.«

Selbst während die beiden Männer sich unterhielten, beobachteten sie den Himmel.

Sie hatten sich erst vor einigen Stunden kennengelernt. Die Mannschaft des Sergeants hatte ihren Mannschaftstransporter lebend verlassen können, nachdem ein Gleiter eine Kette des Fahrzeugs zerstört hatte. Auf dem Rückmarsch zum Basislager waren sie dann auf den Panzer gestoßen. Schnell hatten sie beschlossen, sich zusammenzutun. Die Mannschaft verteilte sich um das Fahrzeug und warnte es vor angreifenden Gleitern, und der Panzer versuchte, die feindlichen Flieger mit dem auf dem Turm montierten 50-kalibrigen Maschinengewehr abzuschießen.

Daß sie bislang überlebt hatten, war mehr oder weniger dem Zufall zuzuschreiben. Ein Udajeet hatte sie im Tiefflug angegriffen und abdrehen müssen, nachdem er durch Maschinengewehrfeuer beschädigt worden war.

Dennoch hätte keiner der beiden Sergeants darauf wetten wollen, daß sie den Tag überlebten, wäre nicht ein UMC-Laster buchstäblich aus dem Nichts aufgetaucht. Er wurde von einem Marine gesteuert, der die Infanteristen erregt zu sich heranwinkte.

»Wir haben Boden-Luft-Raketen geladen«, rief er ihnen entgegen. Zwei Männer hinten auf der Ladefläche hievten eine Kiste über die Heckklappe. Die Plane auf der Ladefläche war zurückgeschlagen, und ein dritter stand breitbeinig oben, beobachtete den Himmel und hielt ein Raketenabschußgerät in den Händen. Er trug die graue Tarnhose der Sicherheitskräfte von UMC.

»Richtet euch nach den Anweisungen auf der Röhre und

verschwendet keine Raketen«, empfahl ihnen der Fahrer. »Und begebt euch zum Plateau, geht aber nicht ins Camp. Colonel O'Neil will uns am Fuß der Erhebung neu formieren.«

»Colonel O'Neil?« Eakins wußte, daß der Marine-Colonel nur stellvertretender Befehlshaber der Erkundungsstreitmacht auf Abydos war. »Das letzte, was wir von ihm gehört haben, war, daß er sich in Nagada aufhielt.« Eakins hatte sich bislang geweigert, die Praxis der Erdlinge zu übernehmen und die Stadt Abbadabbaville zu nennen.

Der Marine-Fahrer nickte. »Die Leute dort haben ihn gehen lassen, und sie schicken uns nun ihre Hilfe.«

Eakins war überrascht. »Die Kerle, gegen die wir kämpfen sollten?«

Der Marine zuckte mit den Schultern. »Hey, sie hassen die Leute in der Pyramide mehr, als sie UMC hassen.«

Die Kiste mit den Raketen fiel in den Sand. Einer der Männer auf der Ladefläche warf ein Brecheisen nach unten. Soldaten brachen die Kiste auf und verteilten den Inhalt an die anderen.

»Viel Glück«, sagte der Marine, als die Männer das Brecheisen zurückgaben. »Basis Eins hat gemeldet, daß gut fünfzig Udajeet – so nennen die Einheimischen diese Gleiter – Einsätze gegen unsere Fahrzeuge fliegen.«

Er sah zum Panzer, der im Schatten einer Düne stand. »Es ist nicht unbedingt gesund, sich in der Nähe von solchen Dingern aufzuhalten.«

Eakins strich über die olivgrüne Röhre, die er in Händen hielt. »Mag sein. Aber vielleicht können wir es diesen fliegenden Dingern ja vermiesen, sich mit denen da anzulegen.«

Er lächelte ein hartes, verbissenes Lächeln. »Sagt eurem Colonel O'Neil, daß wir kommen.«

Wieder tätschelte er die Stinger-Rakete. »Wir sind nun entsprechend ausgerüstet.«

Da sie sich nur in Schrittempo bewegten, kamen sie nicht besonders schnell voran – vor allem, da sie bei jeder guten Düne, die sie fanden, stehenblieben, sich eingruben und das Spiel ›Kleiner verlorener Panzer und bis auf die Zähne bewaffnete Soldaten‹ spielten.

Nach ihrem dritten Abschuß sagte Eakins jedoch: »Wir müßten uns langsam Basis Eins nähern.«

Sie bestiegen die nächste Erhebung und erblickten die UMC-Piste – und dahinter sah Eakins das erodierte Felsplateau, das aus dem Sand aufragte. Und darüber den riesigen Rumpf des feindlichen Raumschiffes, das nun in der Sonne schimmerte, dort, wo einst die Pyramide gestanden hatte.

»Da sind sie also«, sprach der Panzer-Kommandant verbissen.

»Und da wollen wir hin«, sagte Eakins und zeigte auf das Gewimmel im Sand am Fuße des Felszuges, fast unmittelbar unterhalb der Stelle, wo das Schiff gelandet war.

»Verdammt, aber es sieht fast so aus, als hätte Colonel O'Neil einen Gegenangriff vor«, sagte Eakins. Das Pyramidenschiff, seine gewaltigen Strahlenstöße, die Udajeet hatten ihm Angst eingejagt, und er hatte die Flucht ergriffen. Aber wenn ihm jemand die Chance bot, hier zurückschlagen zu können, dann ging Ollie Eakins gern und frohen Herzens über heißen Sand und eine gefährliche Straße.

Außerdem wollte er sehen, ob andere zusammengewürfelte Gruppen, die sich auf diesem Schlachtfeld zusammengetan hatten, mehr als drei Udajeet abgeschossen hatten.

Nach kurzer Unterredung einigten sich die Führer des Kriegshaufens auf einen direkten Vorstoß – die Düne hinab, über die Straße, vorbei am ausgebrannten Wrack eines weiteren Mannschaftstransporters, dann hoch zum Kamm der nächsten, hohen Düne, die sie finden konnten. Spätestens dann sollten sie sich in Sichtweite von O'Neils Truppe befinden.

Die Fußsoldaten fielen in einen Trott, stiefelten die Düne hinab und dann hinaus auf die Piste. Scheppernd folgte der Panzer. Sie waren völlig ungeschützt auf der freien Fläche, als einer der Infanteristen in den Himmel hinaufstarrte und »Udajeet!« schrie.

Eakins fuhr herum und versuchte, die Raketenröhre, die er mit sich führte, einsatzbereit zu machen. Andere Männer taten das gleiche, auch sie brachten ihre Waffen in Feuerposition. Der Udajeet fiel vom Himmel über sie her.

Dann kamen vom Dünenkamm, auf den sie zuschritten, ein Strahlenstoß und das Rauschen einer abgefeuerten Rakete. Beide trafen den angreifenden Gleiter; er drehte sich in der Luft, jagte über die Düne, die Eakins und seine Mannschaft gerade verlassen hatten, und zerschellte und explodierte im Sand dahinter.

Ungläubig stierten die Soldaten auf die Jungs in den abydanischen Kitteln, die ihnen zuwinkten. Ein Teil der jungen Männer lief über den Sand und machte sich offensichtlich auf den Weg, um die Absturzstelle zu inspizieren. »Ihr seid innerhalb des Verteidigungsbereiches«, sagte der Junge, der ihnen zuwinkte, in sorgfältig gewähltem Englisch.

»Warum untersucht ihr die Absturzstelle?« fragte Eakins.

Der junge Milizionär schwenkte eine speerähnliche Waffe. Eakins bemerkte, daß es sich dabei um eine etwas schwächere Version der Strahlen-Gondeln handeln mußte, die unter den Tragflächen der Gleiter hingen. »Viele Piloten haben solche Dinger dabei«, sagte er.

Und mit einem Lächeln im Gesicht sah der junge Mann zum Panzer, der sich die Düne hochwühlte. »Aber ich denke, Colonel O'Neil wird auch sehr froh sein, wenn er eure Waffen sieht.«

Auf der Brücke der *Auge des Ra* warf Hathor einen finsteren Blick auf die taktische Anzeige. Wieder war einer der ausgesandten roten Blinkpunkte, die ihre Udajeet darstellten, verschwunden.

»Die Invasoren wurden wie Ameisen unter unseren Füßen zertreten«, sagte sie und starrte auf die Truppenbewegungen, die das Display anzeigte. »Wie können sie nun plötzlich unsere Gleiter vom Himmel holen?«

»*Lady Captain*, unsere Piloten berichten, daß die Erdlinge mit einer Art Raketen-Waffe schießen«, antwortete ein Besatzungsmitglied auf der Brücke.

»Unsere Piloten besitzen äußerst wendige und extrem

schnelle Fluggeräte«, gab Hathor zurück. »Sie müssen doch in der Lage sein, ein paar primitiven Raketen auszuweichen!«

»Der Feind greift sie an, wenn sie sich im Tiefflug auf ihre Ziele stürzen«, sagte das Besatzungsmitglied.

»Dann sollen sie aus größerer Höhe angreifen, statt sich direkt auf ihr Ziel – und somit in die Reichweite der Raketen-Waffen – zu stürzen.«

Das Besatzungsmitglied zögerte. »*Lady Captain*«, sagte er schließlich, »unsere Piloten sind es nicht gewohnt ...«

»Die Idioten sind es nicht gewohnt, mit Gegnern zu tun zu haben, die zurückschießen!« unterbrach ihn Hathor wütend. »Sie können nur im Tiefflug über *fellahin* fliegen, ihnen einen gehörigen Schreck einjagen und sie für ihre Herren zusammentreiben.«

Hathor ballte die Fäuste so fest, daß sich ihre kurzen Nägel in die Handinnenflächen bohrten. Wenn sie nur *ein paar* ihrer Veteranen von Ombos hätte! Sie waren gegen höher entwickelte Waffen geflogen und hatten die Krieger besiegt, die diese Waffen gegen sie eingesetzt hatten. Sie verzog das Gesicht. Aber das alles, ihr Können, ihre Ausbildung – und ihre Zahl – war im Staub und Sand von achttausend Jahren versunken.

Die Katzen-Göttin mußte diese Schlacht mit den Mitteln schlagen, die ihr zur Verfügung standen. Besorgt wandte sie sich wieder dem Hologramm zu. »Wie viele unserer Udajeet sind noch einsatzbereit?« fragte sie.

»*Lady Captain* ...« Diesmal kam die unerfreuliche Antwort von einem der Scanner-Operators. »Laut den Berichten und Aufzeichnungen schätze ich, daß wir fünfzig Prozent unserer Luftstreitkräfte verloren haben.«

»Die *Hälfte* unserer Udajeet?« Hathor war schockiert. Sie hatte sich von den Kämpfen um die SternenTore – sowohl hier als auch auf der Erde – ablenken lassen. Der Angriff auf die Heimatwelt der Invasoren war ein Schritt gewesen, der zu weit gegangen war, mußte sie sich eingestehen. Sie hatte sich mehr Informationen über diesen Planeten der freien *fellahin* erhofft. Aber es schien, als hätten diejenigen, die das

SternenTor wiedergefunden hatten, es in ein tiefes Loch in der Erde gesetzt.

Letztendlich hatte sie ihre Leute zurückrufen müssen und war entsetzt über deren Verluste gewesen, die sie bei ihrem Erkundungsvorstoß hinnehmen mußten. Und wären nicht die Horus-Wächter, die den Rest der Pyramide durchsucht hatten, als Reserve gewesen, dann hätten sie nicht den Gegenschlag aufhalten können, der anschließend von der Erde gekommen war.

Dennoch, die Verluste ihrer spärlichen Bodentruppen unterstrichen nur ihre Probleme. Hathor verfügte nicht einmal über genügend Krieger, um das Felsplateau von den Invasoren zu säubern. Und der Feind nutzte diese Schwäche aus.

Lang und eindringlich besah sie sich die immer größer werdende Ansammlung von grünen Punkten am Fuße des Andock-Plateaus. Durch die Felsenklippe war ihr Lager nicht direkt einzusehen, und die Waffen der Sekundär-Batterien konnten, wie sie bereits festgestellt hatte, nicht weit genug gedreht werden, um sie in ihr Schußfeld zu bekommen.

Aber was erhoffte sich diese Truppe dort unten? *Das Auge des Ra* war gegen die Waffen, die sie besitzen mochten, unverwundbar. Genauso gut konnten sie auf einen Sandsturm hoffen, der die Quarz-Panzerung des Schlachtschiffes wegschabte.

Die Situation war festgefahren. Das primitive Waffenarsenal der Erdlinge schloß ernsthafte Angriffe aus. Und Hathor konnte die Invasoren nur angreifen, wenn sie die Udajeet primitiven Raketen aussetzte, die sich als überraschend effektiv erwiesen hatten.

Natürlich konnte sie ihre Gleiter zurückrufen, die Schotten dicht machen und die Invasoren sich selbst überlassen. Schließlich hatte sie ihre Verbindung zur Erde unterbrochen, indem sie das SternenTor blockierte.

Aber wenn diejenigen auf der Erde bereit waren, die hohen Verluste zu akzeptieren, die ein entschlossener Angriff mit sich brachte, könnten sie das SternenTor auf

Abydos zurückerobern und entdecken, wie schwach Hathor wirklich war.

Außerdem hatte sie ihre Hoffnung aufgeben müssen, dem Feind eine Blockade aufzuzwingen; sie mußte erst die Berichte verdauen, die meldeten, daß eine große Infanterie-Streitmacht zu den Invasoren unterwegs war. Udajeet-Piloten hatten außerdem berichtet, daß Nagada anscheinend evakuiert wurde.

Die Invasoren würden nicht verhungern, wenn sie von den Einheimischen versorgt wurden. Das bedeutete, daß sie solange auf dem SternenTor sitzenbleiben mußte, bis sich die Maschinerie der Erdlinge totlief – was in Anbetracht der unsicheren Lage auf Tuat und den Lehenswelten zu lange dauern konnte. Hathor mußte bald zurückkehren und ihnen bestätigen, daß Ra tot war.

Widerwillig zog sie in Betracht, Abydos zu verlassen, den Planeten aber den Erdlingen zu entreißen. Sie konnte starten, die Hauptbatterien bemannen und die Waffen auf das Felsplateau richten. Die schweren Strahlenstöße würden die Pyramide und das SternenTor in brodelnde Schlacke verwandeln. Und bei einigem Glück würde dabei auch diese ärgerliche Streitmacht am Fuße des Plateaus vernichtet werden.

Danach könnte Hathor nach Tuat zurückkehren, sich über die rivalisierenden Götter erheben und dann, was allerdings in unbestimmter Ferne lag, eine genügend große Streitmacht um sich scharen und Abydos unterwerfen. Und wenn Abydos erst einmal ihr gehörte, wäre es an der Zeit, die SternenTor-Verbindungen wieder herzustellen.

Die Erde wäre als nächstes dran. Ein mögliches Szenario, aber sehr ... extrem. Und begleitet von zu vielen Unwägbarkeiten. Waren Ptah und die vorhandenen Techniker überhaupt noch in der Lage, eine gesamte SternenTor-Verbindung wiederaufzubauen? Nach der Arbeit zu schließen, die sie bei der Ausstattung des *Auge des Ra* geleistet hatten, war das mehr als zweifelhaft. Und wie lange konnte sie sich Zeit lassen, um ihre Position als Herrscherin zu festigen? Drei Monate hatten nicht gereicht, um ihre Führungsposition als

Ras Regentin durchzusetzen. Wenn die *fellahin* auf Abydos aber zu lange in Freiheit lebten, wäre sie noch gezwungen, die Bevölkerung des gesamten Planeten auszulöschen.

Hathor zwang sich, ihre Hände zu lockern; mit Abscheu betrachtete sie die blutigen Halbmonde, die ihre Fingernägel ins Fleisch gegraben hatten. Sie hatte keine Lösung für ihre Probleme gefunden. Sie brauchte Zeit, um nachzudenken, um andere Möglichkeiten zu finden.

Davor jedoch …

Hathor wandte sich an die Brückenmannschaft. »Die Udajeet zurückrufen«, befahl sie.

Adam Kawalsky und eine ausgesuchte Marine-Kompanie lagen in den ausgehobenen Gräben der Feuerbasis Drei und warteten auf ein lohnendes Ziel. Er und Colonel O'Neil waren sich darin einig, daß die Feuerbasis und der Rand des Plateaus im toten Winkel der Strahlenwaffen der fliegenden Pyramide liegen mußten.

Eine Untersuchung der Strahlen-Lanzen und der Strahlen-Kanonen hatte ergeben, daß für diese Waffen eine Art Lauf notwendig war. Zweifellos mußte das auch für die schwereren Waffen an Bord des Schiffes gelten. Die Gestalt des Kampfschiffes aber sprach gegen die Möglichkeit, das Feuer auf den Fuß der Pyramide zu lenken.

Etwa da lag Feuerbasis drei.

Und dann erinnerten sich sowohl Kawalsky als auch O'Neil, wie während ihrer ersten Schlacht gegen ein Raumschiff aus Ras Imperium die Udajeet gehandhabt worden waren. Die Angriffsgleiter operierten nicht unabhängig, sondern mußten am Mutterschiff andocken. Früher oder später, so glaubten sie, mußten auch diese Gleiter ins Schiff zurückkehren.

Und wenn sie zurückkehrten, dann wären *sie* das Ziel, das sich lohnen würde.

Bis dahin hielten sich Kawalsky und seine Männer unter Sand, Tarnnetzen und kochender Hitze verborgen und warteten.

»Lieutenant«, fragte Feretti, »glaubst du, sie kommen vor Einbruch der Nacht zurück? Ich meine, es nützt doch nicht viel, wenn man versucht, Leute in der Dunkelheit zu jagen.«

»Feretti, ich hab' nicht die geringste Ahnung, was bei Einbruch der Nacht hier passiert«, mußte Kawalsky zugeben. »Obschon ich hoffe, daß es bis dahin ein wenig kühler wird.« Er wischte sich den Schweiß von der Stirn und nahm einen Schluck lauwarmen Wassers aus seiner Feldflasche. Sogar das Plastik schien, als er es an die Lippen setzte, von der Sonne aufgeheizt zu sein.

»Ich will damit nicht sagen, daß sie in der Nacht kommen sollen«, fügte Feretti schnell an. »Das macht unsere Aufgabe nicht leichter, nicht wahr? Nein, ich hoffe, sie kommen eher früher als später. Um dir die Wahrheit zu sagen, es fällt mir schwer, wenn ich auf etwas warten muß.«

Kawalsky unterdrückte ein Grinsen. »Wirklich, Corporal? Wenn man dich so reden hört, würde man es kaum glauben.«

»Nun, du weißt, ich will mich ja nicht wichtig machen«, fuhr Feretti völlig unbeeindruckt vom Sarkasmus des Offiziers fort. »Wenn es darum geht, ob etwas früher oder später ...«

Sein Monolog wurde durch Schüsse unterbrochen, die von den Dünenkämmen, die den äußeren Rand von O'Neils Stellung markierten, abgegeben wurden.

»Das kommt von Skaaras Jungs – die Udajeet sind im Anflug«, sagte Feretti.

»Genau«, erwiderte Kawalsky lakonisch. »Sieht fast so aus, als würdest du deinen Wunsch erfüllt bekommen, Corporal – früher statt später.«

Nur Augenblicke später waren die Udajeet so nahe, daß auch die Männer in den Verstecken ihren Anflug sehen konnten. Die Gleiter kamen in aufgelöster, zerrissener Formation, als hätten die Piloten keine Erfahrung, in geschlossener Formation zu fliegen – oder als wären zu viele Nebenleute abgeschossen worden.

Auf Kawalsky machten sie nicht mehr den Eindruck, als wären sie die raubvogelartigen Killer-Maschinen, die sie noch am Morgen gewesen waren; sie erschienen ihm wie ein großer, unbeholfener Taubenschwarm, der in seinen Schlag zurückkehrte. Ihr Flug wirkte seltsam nervös. Dem Lieutenant fiel auf, daß sie in sehr viel größerer Höhe flogen und versuchten, sich außerhalb der Reichweite der Stinger zu halten.

Sein gewöhnlich gutmütiges Gesicht nahm etwas Teuflisches an, als er grinste. Sie würden näher herankommen müssen, wenn sie andocken wollten.

Während seines ersten Aufenthaltes auf Abydos, als sie vor der SternenTor-Pyramide in der Falle saßen, war Kawalsky wiederholt Luftangriffen der Udajeet ausgesetzt gewesen. Die Hälfte von Skaaras Freunden, die Hüter-Jungen, waren damals dem Gemetzel zum Opfer gefallen.

Kawalsky hatte sich geschworen, daß dies den Truppen, die unter seinem Befehl standen, nie wieder passieren würde. Nun würde er sein Versprechen einlösen können.

Langsam verloren die Udajeet an Höhe und steuerten die offenen Start- und Landedecks des Raumschiffes an. Kawalskys Leute richteten ihre Waffen aus. Er hatte sorgfältig die einzelnen Zielbereiche verteilt; manche nahmen sich die Vorhut vor, andere die Flügel der Formation. Kawalsky selbst zielte auf die Mitte.

Er trat ins Freie, verfolgte sein erstes Opfer mit der Raketenröhre, trat einen kleinen Schritt nach vorn, und ...

»Feuer!« schrie er und löste seine Rakete.

Stinger schossen nach oben, fuhren in die Bäuche der andockenden Fluggeräte und richteten zwischen den überraschten Piloten ein Chaos der Verwüstung an. Flügel brachen weg, Rümpfe stüzten ab, Gleiter krachten in andere Gleiter, während sie versuchten, die Formation zu verlassen.

Ruhig nahm Kawalsky die zweite Röhre und zielte.

Einige der Piloten über ihm versuchten, ihren Landeanflug zu Ende zu führen und zu landen. Das waren wahrscheinlich die klügeren unter ihnen – weil sie versuchten, dem Feuer aus dem Weg zu gehen.

Andere, vom Angriff völlig verwirrte Udajeet-Piloten

zogen weite Kurven, um den Hinterhalt zu überfliegen und das Feuer zu erwidern. Statt dessen gerieten sie in das Feuer der Stellung, die am Fuß des Plateaus lag.

Einige der Angreifer, die Gegenattacken versuchten, wurden vom Himmel geholt. Andere wichen in weitem Bogen aus und hofften, daß sie sich von einer anderen, sicheren Richtung den Andock-Stationen nähern konnten.

Einer der unglücklichen Piloten – der Rumpf seines Gleiters brannte lichterloh – glitt mit hoher Geschwindigkeit über den Hinterhalt hinweg und versuchte, seinen sterbenden Vogel in die Sicherheit des Pyramidenschiffes zu bringen.

»Feuer einstellen!« befahl Kawalsky plötzlich. »Ich denke, der Kerl wird ihnen dort drinnen mehr Ärger bereiten, als wenn wir ihn runterholen.«

Der Pilot mußte zu den etwas erfahreneren Udajeet-Piloten gehören. Trotz der Flammen, der Rauchfahne, die er hinter sich her zog, trotz des Schwankens seiner Maschine steuerte er in gerader Linie auf eines der offenen Tore zu. Es war fast eine perfekte Landung. *Fast.*

In allerletzter Sekunde, als der Pilot den Gleiter abfing, brach ein Flügel nach unten. Die Flügelspitze blieb etwa einen halben Meter unterhalb der Öffnung hängen, und der Udajeet überschlug sich mehrmals auf der Landebahn. Die Wirkung war verheerend; als hätten die Erdlinge eine Killer-Rakete mit einer Flügelspannweite von sechs Metern geschickt – eine Rakete, die die Panzerung des Schiffes durchschlagen hatte und sich nun ins Schiff fraß.

Denn eine schreckliche Explosion erschütterte die gesamte riesige Pyramide. Die offene Luke des Decks spie eine riesige Flamme aus, zusammen mit Wrackteilen von anderen Udajeet-Gleitern. In seinen letzten Zuckungen hatte der sterbende Schwan einige andere Gleiter mit in den Tod gerissen.

»Runter und Arsch einziehen, Leute!« brüllte Kawalsky. Er sprang den aufgeworfenen Erdhaufen hinab, um sich vor den brennenden Wrackteilen zu schützen, die von der Fassade des goldenen Raumschiffes abprallten.

Aber während er sich in den Dreck warf, lag ein Lächeln auf Adam Kawalskys Gesicht. Der Tod konnte nun jederzeit und in vielerlei Gestalt über ihn kommen. Aber Kawalsky würde glücklich sterben.

Er hatte ein Versprechen gegeben, und er hatte es gehalten. Er hatte es den Udajeet heimgezahlt.

ZWANZIGSTES KAPITEL
GEFECHTE UND REPARATURMASSNAHMEN

Nicht alle Udajeet, die in die Kanonade der Stinger-Raketen geraten waren, zerschellten oder verbrannten. Mehreren Piloten gelangen Landungen, die für ihre Maschinen hart, nach persönlichen Kriterien aber erfolgreich waren – sie überlebten. Sie stolperten zur Basis des *Auge des Ra* und schrien in die Kommunikatoren, die in ihren Horus-Masken integriert waren.

Manche hatten Verbrennungen davongetragen, andere bluteten. Einige wenige glückliche, unverletzte Piloten besaßen soviel Geistesgegenwart, ihre Strahlen-Lanzen mitzunehmen. Nicht, daß diese Waffen auf dem harten goldenen Quarz-Material des Rumpfs mehr als nur Kratzer hinterlassen hätten; aber wenigstens konnten sie sich selbst verteidigen, falls sie am Boden angegriffen wurden.

Kawalsky hatte sich wieder ausgegraben und sprach über Funk mit O'Neil, der sich dort aufhielt, wo sich der Großteil der Streitkräfte befand. »Etwa ein halbes Dutzend Piloten hat die Notlandungen und Abstürze überlebt«, sagte er. »Sie haben sich nun vor dem Schiff versammelt, etwa dort, wo der Eingang zur Steinpyramide gewesen ist.«

»Versuchen sie dort eine Stellung einzurichten?« fragte O'Neil.

»So wie sie mit den Kolben ihrer Strahlen-Lanzen gegen das Raumschiff schlagen«, sagte Kawalsky, und seine Aufregung beschleunigte die Worte, »würde ich sagen, sie erwarten, daß man ihnen aufmacht.«

»Kawalsky, wir kommen mit allem, was wir diesen Abhang hinaufschaffen können.« Auch O'Neils Stimme klang ziemlich erregt. »Und wenn sie dort oben eine Tür aufmachen, dann tut alles, um sie *offenzuhalten*, bis wir kommen.«

In einem der untersten Gänge des Raumschiffes starrte das weibliche Mitglied der Technikermannschaft, Naila, ängstlich auf den Krieger, der ihr gegenüberstand. Er hatte seine Helmmaske nicht aktiviert, sein nacktes Gesicht aber, entschlossen und voll kalter Wut, ängstigte sie mehr als die Darstellung des falkenköpfigen Horus. Die Augen des Mannes schienen fast ebenso tödlich zu sein wie die Spitze der Strahlen-Lanze, die er auf sie gerichtet hatte.

»Die – *Lady Captain*, sie hat den Befehl erteilt, daß die ebenerdigen Luken nicht geöffnet werden dürfen«, sagte Naila zögernd.

Der Krieger verlor seine Selbstbeherrschung. »Ammit soll deine Seele fressen! Da draußen ist mein *Bruder*! Wir wurden gemeinsam in Ras Dienst genommen – und gemeinsam haben wir unseren Treueeid auf Apis geschworen. Ihm habe ich Treue geschworen, nicht dieser Hündin, die sich nicht um ihre eigenen Leute kümmert!«

Mit funkelnden Augen stierte er Naila an. »Was ist mit Euch? Habt Ihr Ptah die Treue geschworen oder der blutbesudelten Hathor? Denkt gut nach – denn wenn Ihr nicht ihr geschworen haben, dann wollt Ihr doch sicherlich auch nicht für sie sterben, oder?«

Die Spitze der Strahlen-Lanze stieß schmerzhaft gegen ihre Rippen. Mit aufgerissenen Augen und trockenem Mund trat sie zurück.

»Öffnet die Tür! Ich weiß vielleicht nicht, wie man den Kontrollmechanismus betätigt, aber ich weiß, wie man *das hier* betätigt.« Er versetzte ihr einen weiteren schmerzhaften Stoß.

»Letzte Warnung«, grummelte der Krieger und legte seinen Finger an den Abzug.

Mit aschfahlem Gesicht wandte sich Naila an das photosensitive Steuerpult, dort, wo die Tür sich bilden sollte. Vor Nervosität verhaspelten sich ihre Finger, und sie mußte von neuem beginnen.

Beim zweiten Mal aber gab sie den richtigen Code ein. Das biomorphische System des Quarz-Kristalls bildete eine neue Gitterstruktur.

Und dort, wo eine Wand gewesen war, war nun eine Tür.

»Sie ist offen, sie ist offen!« schrie Kawalsky in sein Funkgerät. »Im feindlichen Schiff hat sich eine Tür aufgetan!«

Er und sein ausgesuchter Haufen, die Sturmgewehre in Anschlag, stürmten aus der Feuerbasis Drei. Die meisten gestrandeten Piloten waren zu sehr damit beschäftigt, in den Eingang des Schiffes zu gelangen, und achteten nicht darauf, was um sie herum geschah.

Nur einige der weniger Verletzten drehten sich um und brachten ihre Strahlen-Lanzen in Anschlag. Kugeln trafen auf Strahlenstöße, und auf beiden Seiten gingen Soldaten zu Boden.

»Laßt sie nicht die verdammte Tür schließen!« brüllte Kawalsky seinen Männern zu. Einer von ihren trug noch immer eine Stinger. Er zielte und schickte sie in die Öffnung. Funken und Flammen erhellten das Innere.

Und dann hörte Kawalsky hinter sich das schwere Rattern eines Verbrennungsmotors. Einer seiner Männer war auf einen Bulldozer geklettert, der hier noch herumgestanden war, und steuerte damit auf den Eingang zu.

»Mal sehen, ob sie die Tür noch zubringen, wenn *das* hier dazwischensteht«, brüllte der Marine durch den Lärm der Maschine, während er sich mit ruppigen Manövern dem Portal in der Quarzwand näherte.

Die überlebenden Horus-Wächter konzentrierten ihr Feuer auf die Erdbewegungsmaschine. Der Marine allerdings hielt den Schild des Bulldozers zwischen sich und den

Strahlenstößen der Wächter. Energieblitze tanzten auf dem schweren Stahl, er erglühte und schmolz, aber die tödliche Strahlung drang nicht durch. Ras Strahlen-Lanzen waren offensichtlich eher zum Töten von Menschen konzipiert, weniger für Abbrucharbeiten.

Der Bulldozer krachte gegen die schmale, hohe Tür und drehte sich, als sich der Schild an einer Seite festfraß. Unter dem Feuer der Verteidiger sprang der Marine, der die Maschine gesteuert hatte, nun herab. Nach den röchelnden Schreien zu urteilen, die von drinnen kamen, hatte der Bulldozer jemanden gegen die Wand gequetscht.

Kawalsky und seine Männer kletterten wie Affen – wie schwerbewaffnete Affen – über den Bulldozer hinweg und feuerten auf alles, was sich bewegte. Die Verteidigung schmolz dahin. Ein oder zwei Strahlen-Lanzen waren noch in Aktion, dann war es noch eine ... dann überhaupt keine mehr.

Als Kawalsky dann allerdings tiefer ins Raumschiff vorstieß, traf er auf einen einzelnen Horus-Wächter – zumindest hielt er ihn für einen. Er war muskulös gebaut, trug aber keine Falkenmaske; er stand neben einem Pult mit glühenden Lichtern, hielt ein blaßgesichtiges Mädchen in den Armen, und auf seinem Gesicht lag das blanke Entsetzen. Er hielt eine Hand von ihr an die Paneele und schrie und flehte sie an, in einer Sprache, die Kawalsky nicht verstand.

Aber es spielte keine Rolle mehr, was er sagte, falls das Schiff nicht mit einem dieser magischen Sarkophage ausgestattet war, die Daniel Jackson erwähnt hatte.

Denn das Mädchen war ganz offensichtlich tot.

Hathor war noch übel von den enormen Verlusten in der Luft, als die Nachricht von dem neuerlichen Desaster eintraf.

Lediglich fünfundzwanzig Prozent ihrer Udajeet hatten den Hinterhalt der Erdlinge überlebt. Die Zahl der Maschinen, die sie durch ihren Rückrufbefehl in Sicherheit bringen wollte, war – das sichere Schiff vor Augen – nochmals halbiert worden.

Und nicht nur das; der größte Teil eines Pyramiden-Oberdecks war wegen eines bruchgelandeten Gleiters zerstört worden. Der Steuerkreislauf war beschädigt, und ihre Techniker waren sich noch nicht einmal sicher, ob sie die Deckplatten wieder schließen konnten, um das Startdeck zu versiegeln.

Sie erschauerte. Sollte das der Fall sein, so hieße dies, daß sie mit einem offenen, dem Vakuum zugänglichen Deck durch den Raum kreuzen mußten. Die Brücke, weiter oben in Richtung des Scheitelpunkts der Pyramide gelegen, wäre dann vom Rest des Schiffes vollständig abgeschnitten.

Und dann war eine Meldung gekommen, die von einem weiteren Problem mit einer Öffnung im Schiff handelte.

»*Lady Captain*«, meldete jemand von der Scanner-Crew mit ängstlicher, gedrängter Stimme. »Wir haben ein Leck in Bodennähe.«

»*Was*?!« In Hathors Stimme lag völlige Bestürzung, als sie den unglücklichen Techniker befragte. »Wie konnte das geschehen? Die Invasoren verfügen nicht über Waffen, die Löcher in unseren Rumpf reißen können. Und außerdem hätten wir es gespürt, wenn wir so schwer getroffen worden wären.«

Wenn nicht, dachte sie, *wenn nicht der Udajeet-Absturz nur Vorwand war für eine Minen-Operation*.

Sie wies den Gedanken zurück. Wer konnte einen Unfall wie diesen schon planen?

Aber die Stimme des Technikers wurde noch unsicherer. »Die Öffnung wurde uns nicht von außen zugefügt, *Lady Captain*. Es scheint, daß das Hauptportal … von innen …«

»Ich habe den Befehl erteilt, daß alle bodennahen Öffnungen geschlossen bleiben«, sprach Hathor nun mit leiserer, aber vor Wut bebender Stimme. »Wer war es, der dort unten das Portal geöffnet hat?«

»Naila, sie gehört zur Schadens-Kontrolle, überprüfte auf der untersten Ebene verschiedene Leitungen.« Der Techniker holte tief Luft. »Draußen standen überlebende Udajeet-Piloten ...«

»Das weiß ich«, sagte Hathor ungerührt. »Aber ich weiß auch, daß ein offenes Portal einer Einladung gleichkommt, sollte dieser Abschaum dort draußen versuchen, das SternenTor zu erreichen. War es möglich, das Portal wieder zu versiegeln?«

Schweißperlen erschienen auf der Unterlippe des Technikers. »Wir haben es versucht, *Lady Captain*, aber irgend etwas scheint in der Öffnung zu stecken – etwas Großes.«

»Ihr wollt damit sagen, daß das Portal *blockiert* ist? Habt ihr geprüft, ob sich Eindringlinge im Schiff aufhalten?«

Und als sie mit dem Techniker das Ergebnis der Überprüfung betrachtete, wurden beide blaß. Hathor aktivierte den Kommunikator. »An alle Krieger«, sagte sie. »Einschließlich der Udajeet-Piloten. Waffen aufnehmen und Eindringlinge zurücktreiben. Ich wiederhole, Eindringlinge zurücktreiben. Eindringlinge auf der untersten Ebene des Schiffes entdeckt. SternenTor-Wächter, Stellung halten. Mit feindlichen Angriffen ist zu rechnen.«

Im gleichen Moment rief der Techniker am externen Scanner: »*Lady Captain*, die feindlichen Truppen am Fuß des Plateaus – sie kommen hoch.«

Hathor drehte sich zum taktischen Display um. Wenn diese Masse von Soldaten an Bord gelangte, wären ihre verfügbaren Fußsoldaten nicht mehr in der Lage, mit ihnen fertig zu werden.

»Geschützraum!« rief sie voller Verzweiflung. »Sekundär-Batterien, volle Ladung. Dauerfeuer.«

»*Lady Captain*«, kam eine dünne, aber deutliche Stimme über die Kommunikationsleitung. »Unseren Berechnungen zufolge können wir den Feind mit unseren Waffen nicht belangen.«

»Ich will Abschreckungsfeuer«, sagte Hathor. »Richtet die Salven auf die Kante des Plateaus, um diesen Abschaum davon abzuhalten, hier hochzuklettern.«

Zumindest hoffe ich, daß es etwas hilft, sagte sie still für sich.

»Sekundär-Batterien, Feuer«, wiederholte die Artillerie-Offizierin.

Lichtstreifen erschienen auf dem taktischen Display und zeigten an, wohin die Batterien feuerten. Aber das Ergebnis war schwach und wies große Lücken auf, so, als ob nur die Hälfte der vorhandenen Strahlen-Kanonen feuerten.

»Geschütz …« begann sie, aber die Stimme der früheren Dienerin Thots meldete sich bereits. »*Lady Captain*«, sagte die Artillerie-Offizierin, »es scheint, daß unser Feuerleit-Kreislauf beschädigt ist. Alle Batterien oberhalb von Startdeck Vier sprechen nicht an.«

Startdeck Vier – das war dort, wo der Udajeet hineingekracht war.

»Schadens-Kontrolle, auf Ersatzkreislauf umschalten«, bellte Hathor.

»*Lady Captain*«, meldete sich eine ängstliche Stimme über den Kommunikator. »Es gibt keinen Ersatzkreislauf. Unter dem Zeitdruck der Instandsetzung …«

Unter dem Zeitdruck der Instandsetzung, damit, hatte Ptah sich wohl gedacht, habe er mich wenigstens dieses eine Mal – im übertragenen Sinne – im Sack.

Der Ausdruck auf Hathors Gesicht ließ einige Besatzungmitglieder zusammenzucken.

»Schadens-Kontrolle, seht zu, daß ihr die unterbrochenen Feuerleit-Kreisläufe reparieren könnt. Geschützraum, ihr müßt mit halb so viel Kanonen doppelten Raum abdecken.«

Hathor war hin- und hergerissen zwischen dem Wunsch, sich zu übergeben, und dem Bedürfnis, etwas – irgend etwas – zu zerschmettern. Aber keines von beiden konnte sie tun. Als Befehlshaberin des Schiffes war sie an die Brücke gebunden.

Ah, Ptah, dachte sie, *falls – wenn – ich zurückkomme, dann werde ich dich mir persönlich vorknöpfen, und es wird sehr weh tun, und lange, lange dauern.*

Hier und da trafen Energieentladungen die Kante des Felsplateaus, das steil zu den darunterliegenden Sandflächen abfiel. Der größte Teil des Abhangs aber war so steil, daß er im toten Winkel der Strahlen-Batterien des riesigen Schlachtschiffs lag und nicht getroffen werden konnte.

Dennoch reichte die pyrotechnische Wirkung aus, um die heißblütigsten Geister abzuschrecken, ganz zu schweigen von Männern, deren Einheiten eine schwere Tracht Prügel bezogen und sich zerstreut hatten.

O'Neil schaffte es mit einer Freiwilligentruppe – einem Haufen von Skaaras Jungen-Miliz und einigen Marines – das Plateau zu erklimmen. Daniel Jackson begleitete ihn, wie auch Sha'uri. Als sie die Plateauoberfläche erreicht hatten, schien die Luft ionisiert zu sein. O'Neil roch Ozon. Er durchschritt den toten Winkel des Schußbereichs des Schiffes und ging auf ein Portal zu, das mit einem Bulldozer blockiert wurde, dessen Motor immer noch lief.

Einer der Marines stellte die Maschine ab. Dann waren sie im Inneren des Raumschiffes. Die Wände bestanden aus dem gleichen goldfarbenen Quarz, ihre Oberfläche aber war rauher, matter.

»Ich denke, wir sind hier auf dem Zwischendeck gelandet«, sagte Daniel. »In Ras fliegendem Palast war das Dekor viel schöner.«

»Natürlich«, erwiderte O'Neil. »Aber da haben wir ja auch nie den Maschinenraum zu Gesicht bekommen. Ich darf dir versichern, die Kerker liegen immer auf der unfreundlichen Seite.«

Eine sandfarbene Gestalt löste sich von einer der rauhen Wände. »Ich jedenfalls bin auf eurer Seite«, sagte Kawalsky.

»Wie sieht's aus, Lieutenant?« fragte O'Neil.

»Wir haben uns trotz wachsenden Widerstands kurz mal umgesehen«, berichtete Kawalsky. »Dieser Hauptgang führt direkt zum Eingang des SternenTors, aber dort hat sich eine starke Truppe von Horus-Wächtern verschanzt. Außerdem haben wir den Zugang zur nächsthöheren Ebene entdeckt. Der Rest des Decks ist verschachtelt wie ein Labyrinth. Und die andere Seite kennt das Gelände besser als wir. Die Wächter scheinen uns aber nicht offen anzugreifen. Manche versuchen nur, uns den Zugang zu bestimmten Bereichen zu verwehren, während andere uns in den Rükken fallen und kleinere Gruppen angreifen.«

»Dann wollen wir mal sehen, was es hier so gibt«, entschied O'Neil.

Der Trupp, nach allen Seiten sichernd, tastete sich den Hauptkorridor entlang.

Als Daniel eine in die Wand gelassene Platte mit Hieroglyphen-Inschriften entdeckte, fiel er allerdings zurück. Sha'uri blieb bei ihm, wie auch zwei von Skaaras Miliz-Jungen.

»Ich verstehe davon kaum ein Wort«, sagte Sha'uri.

»Die Hieroglyphen stellen technische Zeichen dar«, sagte Daniel schließlich. »Scheint, als wären das Instruktionen für den Stromkreislauf, der sich wohl in der Wand befinden muß ...«

Seine gelehrten Ausführungen fanden ein abruptes Ende, als sie hinter sich tödlichen Lärm hörten. Das Ehepaar drehte sich um, nur um festzustellen, daß eine ihrer Wachen bereits tot war; der andere hauchte in der tödlichen Umklammerung eines Horus-Wächters sein Leben aus.

Sha'uri riß ihre Pistole heraus. Der Wächter ließ den toten Jungen fallen und brachte seine Strahlen-Lanze in Anschlag.

Daniel hatte das alles schon einmal erlebt. Sha'uri hatte versucht, ihn mit ihrer Pistole zu verteidigen, und der Horus-Wächter hatte sie mit seiner Strahlen-Waffe getroffen. Aber hier gab es keinen wunderheilenden Sarkophag; oder wenn es ihn gab, dann hatte Daniel nicht die geringste Ahnung, wo er sich befand.

Er stürmte zu einem wilden Angriff vor und stieß die Lanze des Wächters zur Seite; ein Energiestoß löste sich, und der Knall der Pistole hallte in Daniels Ohren wider.

Daniel ging zu Boden und zog den Horus-Wächter mit sich, dann entwand er ihm die Strahlen-Lanze. Der Wächter leistete keinen Widerstand. Erst als sich Daniel erhob, sah er den Grund dafür. Im Brustkorb des Wächters befand sich ein Einschußloch.

Daniel drehte sich Sha'uri zu. Sie runzelte die Stirn. »Du hättest getötet werden können!«

»Ich hab' ihm die Lanze abgenommen.«

»Nicht ihm«, sagte Sha'uri und sah ihn dabei verängstigt an. »Seinem Leichnam! Mein Schuß muß direkt an deinem Kopf vorbeigegangen sein!«

»Tatsächlich!« Nun legte sich auch Daniels Stirn in Falten. »Ich habe es nicht bemerkt. Mir gingen andere Dinge durch den Kopf.«

Als das Ehepaar zur Hauptgruppe aufschloß, trug Daniel die Strahlen-Lanze und hatte ein Gewehr um seine Schulter geschlungen, Sha'uri war mit dem Gewehr des anderen Jungen und ihrer Pistole bewaffnet.

Die Prozession war zum Stehen gekommen, nachdem ein weiterer Horus-Wächter der Spitze des Stoßtrupps aufgelauert hatte. Ein Schwarzer in Armee-Tarnkleidung, versehen mit Sergeant-Streifen, lag tot auf dem Boden. Daneben ein Junge aus Skaaras Miliz. Die Hauptgruppe war gerade noch rechtzeitig eingetroffen, um den Wächter mit Kugeln zu durchsieben.

»Wer auch immer den Befehl über diese Schüssel hat, es sieht so aus, als hätte er Personalprobleme«, sagte O'Neil schließlich.

»Der Kerl scheint sich aber teuer verkauft zu haben«, warf Kawalsky ein.

»Genau wie der, der beinahe Sha'uri und mich getötet hat«, fügte Daniel an.

»Sie kämpfen, jeder für sich genommen, hervorragend«, stimmte O'Neil zu. »Aber sie scheinen nicht allzu viele zu sein. Ich habe das bereits vermutet, nachdem der Infanterieangriff auf unser Basislager ausgeblieben ist.«

»Genau, das wäre die normale militärische Vorgehensweise gewesen«, mußte Kawalsky zugestehen.

»Statt dessen haben sie uns erlaubt, unsere Ausrüstung zu retten und uns neu zu formieren, während sie versucht haben, uns durch Luftangriffe zuzusetzen.« O'Neil runzelte die Stirn. »Ich wette, der größte Teil der Bodenkräfte im

Schiff ist abgestellt worden, um das SternenTor zu besetzen – und dort sind sie noch immer.«

»Und die übrigen spielen mit uns Guerilla-Krieg und wollen uns einzeln herausgreifen.« Kawalsky setzte ein Gesicht auf, das voller Abscheu war.

»Aber nur, wenn wir das Spielchen mitspielen«, sagte O'Neil. »Oder – wir könnten ihnen unser eigenes Spielchen aufzwingen.«

»Wie?« wollte Daniel wissen.

»Indem wir uns dahinbegeben, wo sie sich uns stellen und gegen uns kämpfen müssen«, erwiderte O'Neil. »Wir haben festgestellt, daß es hier unten im Schiff ein wenig schäbig aussieht. Deswegen denke ich, daß sich die Brücke wahrscheinlich weiter oben befindet.« Er überprüfte sein Gewehr. »Wollen wir es herausfinden?«

Sie waren durch mehr Ebenen gekommen, als Daniel zählen wollte. Kawalsky und O'Neil kletterten wie Maschinen. Skaara hielt mit seiner grenzenlosen jugendlichen Energie mit. Mit zusammengebissenen Zähnen mußte sich Daniel zwingen, eine Stufe nach der anderen zu nehmen. Und Sha'uri wollte natürlich nicht zurückbleiben.

Sie hatten weitere Mitglieder des Stoßtrupps verloren, die Überlebenden aber hatten sich aus Ras Waffenarsenal bedient und die Strahlen-Waffen der toten Krieger an sich genommen.

O'Neil hatte in zwei Dingen recht gehabt. Je höher sie kamen, desto schöner wurde die Einrichtung. Und der Widerstand der Horus-Wächter wurde härter.

Sie hatten gerade ein Deck mit offensichtlich bewohnten Mannschaftsquartieren durchschritten, nachdem sie vorher mehrere Stockwerke durchquert hatten, in denen die Unterkünfte leer, heruntergekommen und verstaubt ausgesehen hatten.

Daniel roch den Geruch der Verwüstung, der auf der Treppe vom darüberliegenden Deck heruntergetragen wurde. Er roch den Rauch, verbranntes Metall und einen beißenden chemischen Geruch. Als sie die Treppe hinaufgegangen waren, fanden sie ein vollkommen zerstörtes Flugdeck vor. Ausgebrannte Udajeet-Rümpfe standen in den schmierigen Lachen chemischen Schaums. Die Flammen mußten schlimm gewütet haben, denn das Quarz-Kristall der Wände, der Decken und des Bodens schien in Mitleidenschaft gezogen; teilweise hatte es sich verfärbt, an manchen Stellen war es sogar aufgesprungen und nun von Rissen durchzogen. An einer Wand waren die Umrisse einer Arme und Beine von sich streckenden menschlichen Gestalt zu sehen, auch die Fläche außen herum hatte sich verfärbt.

»Hier muß der Gleiter zerschellt sein«, sagte Daniel.

»Wenigstens gibt es hier, abgesehen von den Stützbalken, viel freie Fläche«, witzelte Kawalsky. »Sieht aus wie ein riesiges Parkhaus.«

Er hatte noch nicht zu Ende gesprochen, als hinter den Flugzeugwracks Horus-Wächter auftauchten und ihre Strahlen-Lanzen auf die Eindringlinge richteten.

»Verdammt«, entfuhr es Kawalsky. »Ich *hasse* es, wenn sie das tun!«

Die falkenköpfigen Wächter hatten ihren Hinterhalt gut gewählt. Sie griffen den Stoßtrupp auf der offenen Fläche, weit entfernt von den Treppen, an; und hier befanden sich mehr Horus-Wächter, als das bisher der Fall gewesen war. Wie O'Neil vorhergesagt hatte, der Feind zog mehr und mehr Soldaten zusammen.

Aber ihre Anzahl reichte noch nicht aus, um die Invasoren aufzuhalten. O'Neil und Kawalsky führten Marines und Milizionäre in Flankenbewegungen herum, und ihre Kugeln und Strahlenstöße trieben die maskierten Krieger zurück.

Daniel bemerkte allerdings, daß O'Neil trotz des Sieges nachdenklich aussah. »Warum haben diese Kerle so hartnäckig ein zerstörtes Deck verteidigt?« fragte er.

»Vielleicht benützen wir diesen Aufgang schon zu lange«, schlug Kawalsky vor. »Also konnten sie sich auf unser Kommen vorbereiten.«

»Dann sollten wir uns nach einem neuen Weg umsehen«, meinte O'Neil.

Auf dem offenen, verbrannten Deck bewegten sie sich nun vorsichtiger – sie sicherten sich vorne und an den Flanken ab, der Hauptteil des Trupps folgte mit den Gewehren im Anschlag.

Die Horus-Wächter ließen sich langsam zurückfallen und gaben noch vereinzelt Stöße aus ihren Energiewaffen ab.

O'Neil legte die Stirn in Falten. »Sie versuchen uns in diese Richtung zu locken.« Mit dem Kopf wies er auf die sich zurückziehenden Wächter.

»Direkt in den nächsten Hinterhalt«, sagte Kawalsky. »Wohin also nun?«

O'Neil wählte eine beliebige Richtung, und der Trupp setzte sich in Bewegung. Doch Daniel fiel zurück, als er erneut auf eine der Platten mit Hieroglyphen aufmerksam wurde. Diese war in den Boden eingelassen, von Rissen durchzogen und von einem der größeren zerborstenen Träger halb eingeäschert.

Bedeutete dies, daß die dahinterliegenden Stromkreisläufe nun offen lagen?

Daniel trat um eine dicke Säule herum – und stand vor einem ebenso überraschten Horus-Wächter, der seine Lanze auf den Boden gestellt hatte.

Der maskierte Krieger schnellte die Waffe hoch, doch Daniel brachte seine in Anschlag und feuerte. Getroffen ging der Wächter zu Boden.

Erst dann bemerkte Daniel eine zierliche Technikerin, die am offenen Kreislauf arbeitete. Kreischend fuhr sie herum. Das Werkzeug, das sie in Händen hielt, ein biomorphisches Quarz-Kristall-Teil, durchlief, während sie ihn anstarrte, verschiedene Stadien der Veränderung.

Daniel spürte, daß ihm keine andere Wahl blieb. Wieder feuerte er seine Strahlen-Lanze, und die Technikerin war tot.

Dann richtete er seine Energiewaffe auf die freigelegten Schaltungen.

Ich weiß nicht, was passiert, dachte Daniel, während er einen Strahlenstoß nach dem anderen auf den ihm unverständlichen Schaltkreislauf abgab. *Aber alles, was dem Schiff schadet, kann uns nur nützen.*

Auf der Brücke des *Auge des Ra* kam Hathor zu einer Entscheidung. Ihre Wächter konnten die Eindringlinge nicht aufhalten. Aber es gab noch eine andere Möglichkeit, um mit dem Problem fertigzuwerden. Der Feind befand sich bereits auf dem Deck, das gegen das Vakuum nicht abgedichtet werden konnte.

»Alle Krieger von Start-Deck Vier zurückrufen«, befahl sie.

»*Lady Captain,* es ist noch eine Technikerin ...«

»Benachrichtigt alle Besatzungsmitglieder!« sagte Hathor schroff. »Die Schadens-Kontrolle wird den Bereich versiegeln.«

Dann konnte *Das Auge des Ra* abheben und hochsteigen, sehr hoch steigen, und die Eindringlinge würden nicht mehr in der Lage sein, das Schiff weiterhin zu belästigen – weil sie nicht mehr in der Lage waren, zu atmen.

Und gleichzeitig konnten die Hauptbatterien des Schiffes das Plateau vernichten, auf dem die SternenTor-Pyramide stand, und mit ihm auch die Invasoren, die sich dort verborgen hielten – und natürlich das SternenTor selbst.

Die Situation hatte sich extrem verschlechtert, so daß diese extreme Lösung nun gerechtfertigt schien.

»Maschinenraum, Starttriebwerke vorbereiten!«

Das Auge des Ra begann zu zittern, als sich die Landeklauen von der darunterliegenden Pyramide lösten.

»Geschützraum, beginnt mit dem Aufladen der Hauptbatterien.

Schadens-Kontrolle, das Deck versiegeln.«

Aufrecht stand Hathor auf der Brücke. »Auf meinen Befehl«, sagte sie.

Energie und Informationen summten durch das Schiff.

Aber an der kritischen Stelle, etwa auf halber Strecke zwischen Brücke und Maschinenraum, war der Kreislauf zerstört und unterbrochen. Befehle an die Triebwerke gingen verloren oder kamen an der falschen Stelle an. Energieströme wurden umgeleitet.

Auf der Brücke begannen Kontrollampen zu flackern, Warnsirenen fingen an zu heulen. Das Schiff zitterte nicht mehr, sondern wurde wild hin- und hergestoßen.

»*Lady Captain*«, sagte die Navigationsfrau auf der Brücke mit aschfahlem Gesicht. »Die Triebwerke – sie reagieren auf außerordentlichen Energieabfluß. Energie fließt in Systeme, die sie nicht benötigen.«

Ihre Hände strichen über die photosensitiven Anzeigen, die schwächer leuchteten und dann, ohne augenscheinlichen Zusammenhang, hell aufflackerten. »Die Systeme – es ist mir nicht möglich ...«

Die junge Frau schrie in ihren Kommunikator: »Triebwerke, SB-29 nebenschließen! Sofort, bevor wir ...«

Die Lichter auf der Brücke erloschen, dann fiel auch das holographische Display aus.

Und Hathor sprach den Satz zu Ende: »- bevor wir eine Kaskadenschaltung haben.«

Das Hologramm-Bild war verschwunden, nur noch das fahle Phosphoreszieren der Notbeleuchtung erhellte die Brücke.

Aber Hathor sah vor sich ein Bild, ein Halbgesicht, das unwirklich schimmerte und ihr zum Abschied ein unheimliches Halblächeln zukommen ließ.

Es war das Gesicht, das sie als letztes auf Tuat gesehen hatte.

Es war das Gesicht von Ptah.

EINUNDZWANZIGSTES KAPITEL

DEM SIEGER ...

Als sie den Lärm von Daniels Strahlen-Lanze hörten, rannte der Hauptteil des Stoßtrupps mit erhobenen Gewehren zurück. Sie sahen ihn über zwei Leichnamen stehen und in eine Öffnung feuern, die sich in dem ansonsten makellosen kristallinen Quarz aufgetan hatten, aus dem die Decks und die Wände des riesigen Raumschiffes bestanden.

In der Öffnung zeigte sich die kristalline Gitterstruktur eines komplexen, feingeäderten Netzwerks. Zumindest war das zu sehen gewesen, bevor Daniels Strahlen-Lanze in Aktion trat. Nun war das Adernsystem zerschmolzen und verschmort.

»Wir dachten schon, du wärst in einen Hinterhalt geraten«, sagte Kawalsky. »Aber es sieht aus, als wäre es umgekehrt gewesen.«

Sha'uris Blick ging vom niedergestreckten Wächter zur toten Technikerin. »Du hast sie umgebracht?« fragte sie.

Colonel Jack O'Neil stieß mit der Stiefelspitze gegen die Hand der Toten, und das Werkzeug, das sie umklammert hielt, fiel zu Boden. Es war ein Teil, das aus dem biomorphischen Kristall bestand. Die wandelbare Gitterstruktur hatte in diesem Fall allerdings die Form einer Schneide angenommen, deren Klinge mit fast überschallschneller Geschwindigkeit vibrierte.

Der Colonel nahm das Gerät und schnitt eine Linie in den sonst undurchdringbaren Kristall auf dem Boden. »Stell dir vor, was das Ding mit menschlichem Fleisch und Knochen angerichtet hätte«, sagte er. Nach eingehender Untersuchung konnte er den Schalter lokalisieren, stellte die Schneide ab und steckte das Ding in seine Tasche.

»Die Vorführung ist beendet«, sagte er. »Wir sollten uns nun lieber auf die Suche nach ...«

Das Deck unter seinen Füßen begann zu beben. Und in dem Schaltkasten – oder was immer es auch sein mochte –

fingen die goldfarbenen Adern an zu glühen. Es kam ihnen vor, als betrachteten sie eine mikroskopische Lichtershow – Energieimpulse liefen wellenförmig durch die winzigen Verästelungen und blitzten hin und wieder auf.

Als die Energieimpulse jedoch auf die zusammengeschmolzene Masse trafen, die Daniel angerichtet hatte, begannen sie wie verrückt zu kreisen, wurden von ihren Bahnen abgelenkt. Märchenhafte Lichter blinkten und zuckten, der Kreislauf sowie die kurzgeschlossenen Bahnen luden sich mehr und mehr auf. Die goldenen Äderchen erhitzten sich, wurden rot und glichen den Hitzestäben in einem Toaster.

Die gesamte Konstruktion, in die sie eingelassen waren, begann zu zittern. Hitzewellen strömten aus dem Schaltkasten. Fast unbewußt traten die Mitglieder des Stoßtrupps zurück.

Das Schimmern des zerstörten Schaltkreislaufs wurde zu einem grellen Leuchten. Funken stiegen auf. In unregelmäßigem Rhythmus erzitterte das Pyramidenschiff, als versuchte der Boden, auf dem sie standen, sie abzuwerfen. Die Eindringlinge wankten – gerade noch rechtzeitig – fort. Bogenförmig schoß eine Energieentladung aus der Öffnung, die fast die Stärke eines Strahlenstoßes hatte.

Mit finsterer Miene sah Kawalsky zu Daniel. »Was hast du da nur gemacht?« wollte er wissen.

»Ein wenig Sabotage – dachte ich zumindest«, sagte Daniel, der nun nur noch darauf bedacht war, sich so weit wie möglich von dem zuckenden Schaltkreislauf zu entfernen.

Das unregelmäßige Zittern im Deck und in den Wänden hatte fast die Ausmaße eines Erdbebens erreicht. Das gesamte Schiff schien sich für einen Augenblick zu heben. Dann sackte es nach unten, ein Aufprall, der so hart war, daß jeder ins Stolpern geriet. Die Beleuchtung des Decks fiel aus; es wurde dunkel.

Aber zumindest auf diesem Stockwerk drang durch die weiträumigen Öffnungen der Startdecks das Licht der Sonnen von Abydos herein.

»Ich denke«, sagte O'Neil, »daß das Schiff starten wollte. Was bei dem offenen Deck für uns hätte sehr peinlich werden können, wenn es nur hoch genug gestiegen wäre. Laßt uns von hier verschwinden.«

Sie nahmen die erste nach oben führende Treppe, die sie finden konnten. Oben war der Zugang durch eine Quarz-Kristall-Tür zur Hälfte versperrt. »Sieht aus wie eine Druckkammer-Tür«, murmelte Kawalsky.

»Eher wie ein luftdichtes Schott«, sagte O'Neil, während er unten hindurchschlüpfte. Das Schott hätte zweifelsohne verriegelt werden sollen, war aber auf halbem Wege stehengeblieben, als wäre plötzlich die Energie ausgefallen.

Die Korridore des Schiffes waren nun so schwarz wie die Nacht. Der immer auf alles vorbereitete Colonel O'Neil holte einige Taschenlampen aus der Jacke. »Ich hoffe, ein paar von euch haben auch welche dabei«, sagte er. »Die hier werden kaum reichen, bis wir auf der Brücke sind.«

Die Brücke des Schiffes war ein Schauplatz totalen Chaos; Ptahs Techniker taten alles, um mit den Schäden am Hauptkreislauf fertig zu werden, die wiederum direkte Folge des Zeitdrucks waren, den ihnen ihre Führerin auferlegt hatte.

»Es gibt keine Ersatz-Systeme«, rief fast flehentlich einer aus der Mannschaft. »Wir können diese Schaltungen nicht umgehen; das Übertragungsnetz würde nicht standhalten. Sollten wir es versuchen, dann legen wir nur andere Verbindungen lahm.«

»*Lady Captain*«, kam eine Stimme aus dem Maschinenraum, »ich befürchte, dieser Fall ist bereits eingetreten.«

»Schadens-Kontrolle«, sagte Hathor, die versuchte, die Situation unter Kontrolle zu bekommen. »Wie lange werden die Reparaturen dauern?«

Es folgte ein kurzes Schweigen. »*Lady Captain*, es wird mindestens so lange dauern wie nach dem letzten Unfall.« Die Stimme hielt kurz inne. »Vielleicht länger.«

Hathor verspürte ein heißes, metallisches Brennen im Mund, als hätte ihr jemand Blei eingegossen, während sie nicht aufgepaßt hatte. Und plötzlich wurde ihr bewußt, daß das der Vorgeschmack der Niederlage sein mußte.

»Scanner«, sagte sie und versuchte, die Frage in einem gleichmütigen Tonfall vorzutragen. »Wie sieht es draußen aus?«

Das Abschreckfeuer der Sekundärbatterien war eingestellt worden, als *Das Auge des Ra* versuchte hatte, abzuheben. Und natürlich war nun nicht mehr genügend Energie vorhanden, um das Feuer wieder aufzunehmen.

»*Lady Captain.*« Es war die Stimme eines verängstigten Untergebenen, der weitere und noch schlimmere Nachrichten zu überbringen hatte. »Feindliche Truppen ersteigen das Plateau. Es dringen immer mehr in das Schiff ein.«

Einen Augenblick lang meinte Hathor das gesamte Gewicht des Schlachtschiffes auf ihren Schultern zu spüren. Sie hatte nicht genügend Leute, um erfolgreich Widerstand leisten zu können, und sie hatte nicht genug Energie, um zu entkommen. Sie steckte fest, war das Opfer alter Maschinen und der Niedertracht ihres einstigen Gemahls.

Er hat niemals verstanden, was zwischen mir und Ra gewesen ist, dachte sie.

Hathor warf das Kinn hoch. Vielleicht sollte sie es ihm erklären – wenn sie zurückkehrte, um ihn zu töten.

»Maschinenraum«, sagte sie schroff. »Können wir genug Notenergie abziehen, um die Materie-Transmitter zu aktivieren?«

Einen Augenblick lang war es still, während die Techniker rechneten. »Ja, *Lady Captain.*«

»Dann tut das. Alle nicht unbedingt notwendigen Besatzungsmitglieder werden zum SternenTor abgezogen. Alle Krieger versammeln sich weiterhin auf den oberen Decks und verlangsamen den Vormarsch der ersten Gruppe von Eindringlingen und vernichten sie.«

Sie zögerte. »Ich benötige Freiwillige für einen Udajeet-Einsatz, um die feindlichen Truppen davon abzuhalten, ins Raumschiff einzudringen.«

Eine trügerische Hoffnung, dachte sie.

Hathor wandte sich an ihre Mannschaft auf der Brücke, die nur noch aus aufgescheuchten, aufgelösten Technikern bestand. »Ich benötige Personal für die Triebwerke, Kommunikation und Schadens-Kontrolle«, sagte sie. »Navigation und alle anderen – ihr könnt gehen, sobald der Materie-Transmitter aktiviert ist.«

Die bezeichneten Besatzungsmitglieder verließen sofort ihre Plätze und begaben sich zu einer riesigen, mit Kupfer überzogenen Scheibe, die in den Boden eingelassen war. Eine ähnliche Scheibe war oben an der Decke angebracht.

»Maschinenraum!« rief Hathor. »Ist der Materie-Transmitter aktiviert?«

»Ja, *Lady Captain*.«

»Dann bereitet die Übertragung der ersten Ladung vor.« Sie trat zu der Chnum-Statue, die neben dem Transmitter-Kreis stand. Um den Hals der Figur hing ein goldenes Kollier, darin ein milchig-blauer Stein. Hathor drückte gegen die Gemme.

Vom Kreis oben strahlte leuchtendblaues Licht auf die Besatzungsmitglieder hinab. Vier Metallringe schienen herabzuschweben und sie zu umfassen. An den Rändern der beiden Kupferkreise brach pulsierend blaues Licht hervor, das so intensiv wie ein Laserstrahl war und sich aufbaute, bis die Besatzungsmitglieder von einem schimmernd blauen Lichtzylinder umschlossen waren.

Einen Augenblick später waren sie verschwunden.

Der Aufstieg zur Brücke war harte Plackerei geworden, abwechselnd schleppten sie sich vorwärts und lieferten sich Feuerkämpfe. Mit jeder Treppe, die der Stoßtrupp erklomm, wurde der Widerstand härter und die Horus-Wächter verzweifelter.

Daniel keuchte, er spürte seine Beine nicht mehr, und an seinem Daumen, so vermutete er, mußte er vom ständigen Auslösen der Strahlen-Lanze längst eine Blase haben. Der Stoßtrupp war zusammengeschmolzen, immer mehr waren gefallen. Nur noch der Kern der ursprünglichen Mannschaft war übrig: O'Neil, Kawalsky, Daniel, Sha'uri, Skaara und einige von Skaaras Milizionären.

Aber auch die Reihen der Horus-Wächter waren ausgedünnt. Sowohl die Angreifer wie die Verteidiger waren nun mit Strahlen-Lanzen bewaffnet, obwohl der praktisch orientierte O'Neil nichts dagegen hatte, heimatliche Technologie – wie Handgranaten – einzusetzen, wenn der Feind sich zu sehr verbarrikadiert hatte.

Auf jedem Stockwerk stießen sie nun auf Brustwehren, aber die Zahl der nach oben führenden Treppen nahm ab. Außerdem gab es für die Horus-Wächter nicht mehr viele Ausweichmöglichkeiten, da die Grundfläche mehr und mehr abnahm.

Nur verschwommen nahm Daniel wahr, daß sie sich nahe der Pyramidenspitze befinden mußten. Das Deck, auf dem sie standen, war nichts weiter mehr als ein großer Raum mit einigen wenigen Verstrebungen. Vier Treppen, jeweils in einer Ecke, führten zum darunterliegenden Stockwerk. Das Fort auf diesem Deck war in der Mitte des Raums aufgebaut, eine rechteckige Bastion, die aus Möbeln, Ausrüstungskoffern und den Schaltkonsolen bestand, die sie anscheinend aus dem Boden gerissen hatten.

Kaum ein halbes Dutzend Wächter mit Falkenmasken feuerten mit den Strahlen-Lanzen auf die Eindringlinge, die von den vier Treppen aus das Feuer erwiderten.

»Was verteidigen sie dort so zäh?« fragte Daniel, während er schnell hintereinander drei Stöße auf einen Schlitz im Wrack abgab, den die Wächter als Schießscharte benutzten.

»Den letzten Fluchtweg«, erwiderte Kawalsky. »Ich nehme an, es handelt sich dort in der Mitte um eine Wendeltreppe.«

Zwei der Wächter fielen, dann ein dritter. Ihre noch lebenden Gefährten feuerten wie wild um sich.

»Es sollten mehr Treppen sein«, sagte O'Neil und schien sich dabei fast zu beschweren. »Sie könnten uns dort oben einen tollen Empfang bereiten.«

Vom Deck darüber ertönte ein gedämpfter Schrei, und alle Wächter, die noch laufen konnten, stürzten die Wendeltreppe hoch. Alle drei wurden niedergemäht, nachdem sie ihre schützende Barrikade verlassen hatten.

Vorsichtig ging O'Neil voran – sie hatten mittlerweile

genügend Erfahrung mit Wächtern, die sich tot stellten und dann aufsprangen, um die sich unbedacht Nähernden anzugreifen. Aber die drei maskierten Gestalten waren definitiv tot.

Der Marine-Colonel inspizierte die spiralförmige Treppe. Niemand schoß auf ihn herab.

»Jeder bleibt in seiner Ecke«, warnte er die anderen.

Dann nahm er seine letzten beiden Handgranaten und warf sie nach oben. Daniel sah, wie O'Neil auf der anderen Seite der Barrikade Deckung suchte. Dann gingen die Granaten hoch, ein Knall, ein Blitz und ein Sprühregen von Geschossen wurde entfacht, der alle, die sich oben noch aufhielten, durchsieben mußten.

»Jetzt!« schrie O'Neil.

Er war als erster auf der Treppe. Dahinter Kawalsky. Daniel hatte es irgendwie geschafft, seine toten Beine in Bewegung zu setzen und als dritter die Brücke des Raumschiffs zu betreten.

Die Brücke war leer – bis auf eine ausladendene Frauengestalt, die inmitten eines blauen Lichtzylinders stand – eines aktivierten Materie-Transmitters. Der verlockende Körper der Frau war unter dem Kilt eines Kriegers und einem Jochbein-Kollier verborgen, und ihr Gesicht war mit einem goldenen Kristallhelm maskiert, der die Züge einer Katze aufwies.

Es war vorbei. Der letzte Udajeet war beim letzten verzweifelten Angriff vom Himmel geholt worden. Das letzte Besatzungsmitglied war evakuiert – die Mannschaften im Maschinenraum besaßen einen eigenen Materie-Transmitter. Sogar die letzten Horus-Wächter waren im blauen Lichtkegel zum SternenTor entschwunden – bis auf die kleine Gruppe unten, die die Treppe blockierte und sich wahrscheinlich nicht mehr rechtzeitig zurückziehen konnte.

Hathor rief sie und sah, wie die drei in Fetzen zerrissen wurden, noch bevor sie das Ende der Treppe erreicht hatten. Nun war sie die letzte an Bord des *Auge des Ra*. Sie drückte den Gemmen-Mechanismus an Chnums Jochbein-Kollier und wurde in azurblaues Licht getaucht.

Außerhalb ihres blauen Kokons detonierten Blitze, die Invasoren bereiteten mit einer Art Bombe ihren Aufstieg vor. Noch immer verzögerte Hathor ihren Transit; sie wollte warten, bis ihr die Angreifer leibhaftig gegenüberstanden. Dann waren sie da und starrten sie an, was nicht anders zu erwarten war.

Aber auch Hathor starrte sie an. Der dritte Eindringling, der die Brücke betrat, war ein Mann, wie sie ihn noch nie gesehen hatte.

Als Ras telepathischer Aufruf an die Menschheit erging, waren davon vor allem die Bevölkerungsteile betroffen, die in relativer Nähe zu seiner Hauptstadt lebten – Altägypter, Berber, Nubier, die Bewohner der Arabischen Halbinsel und des Nahen Ostens folgten seinem Aufruf.

Der Aufruf aber erreichte niemals das nördliche Europa.

Und deshalb, trotz ihrer Reisen zu den anderen Welten in Ras Imperium und ihrer Kämpfe mit anderen Rassen, die Ra untertan waren ... hatte Hathor niemals einen Menschen gesehen, der helle Haut und blondes Haar besaß.

»Wer –?« Diese unwahrscheinliche Erscheinung sprach sie in einer Sprache an, die ihr vertraut genug war, um sie zu verstehen. Er starrte auf ihre Katzenmaske. »Hathor?« sagte er schließlich.

Sie betätigte den Schalter an ihrem Jochbein-Kollier, und ihre Helm-Maske verschwand.

»Du sollst wissen, goldener Mensch, daß ich Hathor bin«, sagte sie. »Wir werden uns wiedersehen. Und du und deinesgleichen werdet für die Demütigung zahlen, die ihr mir hier bereitet habt.«

Der Materie-Transmitter wurde schließlich aktiviert, und sie wurde in die SternenTor-Kammer hinuntergezogen, tief unter die Oberfläche von Abydos, mit einer Geschwindigkeit, die schneller als das Licht war.

»Wer, zum Teufel, war das?« fragte Kawalsky mit offenstehendem Mund.

»Hathor«, sagte Daniel. »Je nach dem, welche Legenden man zugrundelegt, ist sie die Göttin der Liebe oder des blutrünstigen Abschlachtens.«

»Nun«, sagte Kawalsky abwägend, »so wie sie aussieht, scheint sie für beides geschaffen zu sein.«

Der Materie-Transmitter war nun still.

»So viele, wie sicher daraufpassen, auf diesen Kreis«, sagte O'Neil und trat an die Chnum-Statue. »Ich nehme an, das ist der Schalter für unten.« Er sah zu dem Trupp, der sich auf der kupferüberzogenen Platte drängelte. »Und laßt noch Platz für mich.«

Nur wenige Augenblicke, nachdem Hathor verschwunden war, kamen sie in der Kammer der Steinpyramide an, die den Materie-Transmitter beherbergte.

Aber als sie zur SternenTor-Kammer gingen, hörte Daniel männliche Stimmen, die laut miteinander stritten. »Diese Hündin hat uns hier zurückgelassen und uns dem Tod ausgeliefert!« rief einer der Männer. »Wenn wir das SternenTor zerstören, sitzen wir hier in der Falle. Und wenn uns die Invasoren nicht töten, dann werden uns die *fellahin* alle Glieder einzeln ausreißen!«

»Und wenn wir Hathor folgen – nun, dann kommt das einem Selbstmord gleich«, erwiderte ein anderer. »Das dürfte noch schlimmer sein als der Kriegertod.«

Dann hatten die Horus-Wächter keine Zeit mehr für weitere Argumente; der Stoßtrupp stürmte die Kammer und streckte sie nieder.

Kawalsky unterbrach daraufhin die Energiezufuhr der leichten Strahlen-Kanone, die auf den Fuß des SternenTors gerichtet war.

»Ich nehme an, sie sollten sie bei unserer Ankunft abfeuern«, sagte O'Neil.

Daniel nickte. »Nur waren sie zu sehr damit beschäftigt, darüber zu diskutieren, wie sie überleben sollten.«

Der Colonel überprüfte seine Strahlen-Lanze. »Jackson, du und Sha'uri bleibt hier und führt die nächste Welle an.

Kawalsky, ich und die anderen gehen sofort durch. Wenn wir den Kerlen in den Rücken fallen, dann können sie in Creek Mountain nicht allzu viel Schaden anrichten.«

Aber Daniel packte O'Neil am Arm. »Wenn du da durchgehst, kommst du bestimmt nicht am Creek Mountain heraus. Du wirst nicht einmal auf der Erde herauskommen.«

Er zeigte auf die Symbole, die in die sieben Sparren am äußeren Ring des Tores eingraviert waren. »Glaub mir, ich kenne die Koordinaten der Erde. Und das Tor ist *nicht* darauf eingestellt.«

Daniel klopfte Brust- und Hosentaschen ab. »Hat irgend jemand Stift und Papier?« fragte er. »Wir müssen diese Kombination aufzeichnen. Und dann stelle ich die Kombination für zu Hause ein.« Und als sein Blick auf die Abydianer fiel, die sich in der Kammer befanden – sie stellten die große Mehrheit aller Anwesenden –, fügte er an: »Ich meine, für den Planeten *Erde*.«

Als Jack O'Neil zur Berichterstattung durch das SternenTor trat, wurde er von einem ganzen Zug Marines empfangen, deren Finger sehr nervös am Abzug lagen und die ihm fast den Kopf wegknallten.

Hinter den Druckkammertüren des Silos hatte General West ein richtiggehendes Krisen-Management-Center eingerichtet. »Sie haben die Invasoren geschlagen?« wollte er wissen.

»Als Invasion konnte man das kaum bezeichnen, dazu hatten sie weder genügend Männer noch genügend schweres Gerät«, sagte O'Neil. »Eher ein Erkundungstrupp, würde ich sagen. Obwohl, wenn wir nicht gewesen wären, hätte die Streitmacht ausgereicht, um Nagada in Schutt und Asche zu legen.«

»Aber Sie haben sie geschlagen?« wiederholte West.

»Ich bedauere Ihnen melden zu müssen, daß General Keogh im Feld gefallen ist«, sagte O'Neil formell. »Wir mußten schwere Verluste hinnehmen – vor allem an Panzern und

Fahrzeugen. Schließlich aber war der Feind gezwungen, seine Stellung zu verlassen und sich durch das SternenTor zurückzuziehen.«

»Durch das SternenTor?« West runzelte die Stirn. »Aber sie sind hier nicht angekommen.«

»Nein, Sir.« O'Neil hielt einen Fetzen Papier in der Hand, auf dem etwas hastig hingekritzelt war. »Das hier ist eine wichtige Neuigkeit, Sir. Die Koordinaten für die Position eines weiteren SternenTors.« Er grinste. »Jackson sagt, wir müssen uns von der Vorstellung lösen, daß es sich nur um eine einzige Verbindung handelt. Die SternenTore sind an ein ganzes Netzwerk angeschlossen. Und das ist eine neue Nummer, die wir anwählen können.«

»Wenn wir den Apparat nicht vorher von der Leitung nehmen«, grummelte West.

Schließlich, als sich O'Neil im Raum umblickte, sah er die Spuren des Kampfes. Einschußlöcher befanden sich in den Wänden, und die Decke war von den Entladungen der Strahlen-Lanzen geschmolzen.

»Aber wenn wir die Verbindung unterbrechen, Sir, dann entgeht uns die Chance, das Raumschiff zu inspizieren, das der Feind auf Abydos zurückgelassen hat.«

West fixierte O'Neil, als wären seine Augen der Zwillingslauf einer Luftabwehrkanone.

»Ein funktionierendes Raumschiff?« fragte er.

»Momentan außer Gefecht gesetzt«, mußte O'Neil zugeben. »Aber das einzuschätzen übersteigt die Fähigkeiten eines Ägyptologen oder eines Marine. Sie müßten das Wissenschaftler-Team, das damals das SternenTor untersucht hat, neu zusammenzustellen. Und wahrscheinlich brauchen Sie noch ein paar Physiker – und vielleicht einige Leute von der NASA.«

Er gestattete sich, ein wenig aufgeregt zu klingen. »Aber denken Sie nur daran, was dort zu finden ist, Sir – technisch sind sie uns einen Quantensprung voraus. Es gibt ein Deck, das voll ist mit Anti-Gravitationsgleitern – völlig unbeschädigt. Unglaubliche Computer – und erst die Datenmengen, die dort abgespeichert sind. Technologische Verfahren, Informationen über andere Sternensysteme ...«

»Schwere Waffen«, unterbrach ihn West.

O'Neil nickte. Jedem das seine.

»Wann können wir damit beginnen, das Schiff hierherzuschaffen?« wollte West wissen.

»Äh, Sir«, erwiderte O'Neil, »vielleicht schauen Sie es sich erst einmal an, bevor Sie Pläne machen.«

West runzelte die Stirn, nickte dann aber. »Vielleicht sollte ich das an Ort und Stelle inspizieren.«

Dann wirst du feststellen, daß die Kriegsbeute nicht auf einen Laster paßt, dachte O'Neil.

Das Problem war, daß der General noch immer in irdischen Dimensionen dachte.

Wenn du erst einmal durch das SternenTor gegangen bist, verändern sich deine Maßstäbe für immer, wurde sich O'Neil in diesem Moment bewußt. *Ob es einem nun gefällt oder nicht, man hat ein größeres Bild vor Augen.*

ENDE